Dorit Lehmann

Kaleidoskop Herzen: Aus dem Takt

DORIT LEHMANN

KALEIDOSKOP

aus dem takt

HERZEN

ROMAN

FSC
www.fsc.org
MIX
Papier aus ver-
antwortungsvollen
Quellen
Paper from
responsible sources
FSC® C105338

Für Kathrin Schmidt,
die mir die richtigen Fragen gestellt hat

Nächsten Sommer sehen wir uns wieder …

Jenna

»Ich hab die Flugtickets«, rief ich begeistert, als ich Victors Anruf entgegennahm.

Es war kurz vor neun, ein herrlich warmer, letzter Juniabend mit lauem Wind, der angenehm auf der Haut kitzelte und mit meinen Locken spielte. Voller Freude tänzelte ich über die Terrasse, als wäre ich eine Primaballerina – ich war allein zu Hause und Stillstehen war gerade unmöglich für mich.

Schon in drei Tagen würden wir in den Berliner Himmel abheben und kurz darauf in Amsterdam landen, wo unser großes Europa-Abenteuer starten sollte. Von dort aus würden wir nach einigen Tagen weiter nach Paris, Wien und Rom reisen und zum krönenden Abschluss noch ein paar Badetage auf Sizilien verbringen. Ein unvergesslicher Sommer wartete auf uns, bevor im Herbst mein Studium begann. Germanistik war nicht meine erste Wahl. Ich hatte mich für Illustration beworben und träumte davon, Kinderbüchern ihre einzigartigen Bilder zu schenken.

Bereits seit einem Jahr stand ich auf der Warteliste für die Zulassungen. Die ernüchternde Nachricht vor ein paar Wochen, dass ich leider nicht zum Wintersemester anfangen könnte, hatte meiner Freude auf den Umzug nach Berlin einen riesigen Dämpfer versetzt.

Umso mehr ersehnte ich unsere große Reise. Um mir die finanzieren zu können, hatte ich bis zum Umfallen Supermarktregale aufgefüllt und mit dem E-Bike hungrigen Menschen ihr Essen geliefert, bis ich Krämpfe in meinen Waden bekommen hatte. Nebenbei hatte ich es irgendwie auch noch hingekriegt, mein zukünftiges Studentenleben in Berlin zu organisieren. Aber jetzt war ich definitiv urlaubsreif und freute mich wie ein Kind auf die Reise mit jenem Mann, der mich auch auf allen weiteren Reisen begleiten sollte.

»Hey Jen!«

Irritiert hielt ich mitten in einer schwungvollen Drehung inne. Victors Tonfall klang zögerlich und die mangelnde Begeisterung in seiner Stimme gefiel mir gar nicht.

»Was ist?«, fragte ich und hörte wie er tief einatmete.

»Es ist … etwas passiert«, sagte er stockend.

»Was meinst du?«

»Ich … hatte einen Unfall«, presste er hervor.

Es dauerte kurz, bis die Bedeutung dieser Worte zu mir durchsickerte.

»Unfall? Was …?« Augenblicklich erstarrte ich. »O Gott, bist du verletzt?« Vor Schreck hatte meine Stimme sich um mindestens eine Oktave erhöht und in meinem Kopf überschlugen sich die Gedanken. Obwohl die Sonne warm auf meinen Rücken schien, erfasste mich ein Frösteln.

»Nicht sehr schwer verletzt«, hörte ich ihn sagen.

»Etwa mit dem Motorrad?«, fragte ich ungeduldig.

Was hieß das – nicht schwer verletzt? Würden wir unsere Reise nun antreten können?

»Also ich …« Von Neuem atmete er tief ein. Plötzlich schoss Wut in meinen Bauch. Ja, die Honda war seine Leidenschaft und sein Traum war es, eines Tages seine eigene Motorrad-Schmiede zu eröffnen. Ich hatte ihn darin immer unterstützt, aber … wenn dieses Motorrad daran schuld war, dass unsere Reise nicht stattfinden konnte, dann …

»Victor, bist du noch dran?« Ich presste das Handy dicht an mein Ohr, als könnte ich ihm dadurch näher sein.

»Nein, kein Motorradunfall.« Er klang seltsam monoton, beinahe wie ein Roboter.

»Vic, was ist denn los?« Es machte mich schier wahnsinnig, dass er so herumdruckste, zumal es sonst nicht seine Art war. Es kam mir vor, als wäre ich in eine Quizrunde geraten, in der ich nur häppchenweise Antworten bekam und diese wiederum über meinen Sommer entschieden.

»Ich hab nur eine leichte Prellung am Oberschenkel.«

»Was ist denn dann das Problem? Und wo bist du überhaupt?«

»Wir sind … ich meine, … ich bin noch im Krankenhaus … Oh Shit«, setzte er gedämpft hinterher.

»Wer ist wir?«

Es vergingen endlos erscheinende Sekunden, in denen mein Herz unruhig in meiner Brust hämmerte, als würde es ahnen, was mein Verstand noch nicht begriff.

»Meli ist auch im Krankenhaus.«

»Was?«

Melina, meine einzige und beste Seelenfreundin war zusammen mit ihm im Krankenhaus? Weil sie Victor nach dem Unfall hingebracht hatte oder …?

Nein. Bitte nicht. Bitte, bitte nicht!

»Sie wird noch untersucht.« Er schluckte.

»Wieso Meli?«, fragte ich mit zitternder Stimme.

»Jenna, Meli und ich hatten einen Autounfall.« Victors Stimme war heiser und ich spürte seinen Widerwillen, die Wahrheit auszusprechen. »Wir waren zusammen unterwegs.«

Ich musste die Hand auf meinen Mund legen, um einen Aufschrei zu unterdrücken. Alles um mich herum schien sich urplötzlich zu drehen. Blind suchte ich nach Halt und ließ mich in einen der großen Loungesessel sinken.

Meine Hand krampfte sich um das Telefon und mein Gehirn war nicht fähig, auch nur einen klaren Gedanken zu fassen. Zugleich schossen mir tausend Fragen auf einmal durch den Kopf. Victor und Meli – zusammen unterwegs?

Was bedeutete das? Wieso hatte er mir nichts davon erzählt? Wir hatten uns immer nur zu dritt getroffen. Nie hatten die beiden ohne mich Zeit miteinander verbracht, das war ein unausgesprochenes Tabu gewesen …

»Ich … ich verstehe nicht«, stotterte ich. »Was hattet ihr vor? Wohin wolltet ihr?«

Sein Zögern verstärkte mein beklemmendes Gefühl, was in mir aufstieg und seine ausweichende Antwort erst recht.

»Das ist alles nicht so leicht zu erklären.«

Mein Atem beschleunigte sich. »Versuch es«, brachte ich mühsam hervor, obwohl ich Angst davor hatte, was ich nun erfahren würde.

Plötzlich fühlte ich mich in die Vergangenheit zurückversetzt, als Victor und ich uns kennengelernt hatten. Anfangs war ich zögerlich gewesen, doch er war hartnäckig geblieben und hatte um mich und mein Vertrauen gekämpft.

Mir kam Melis damalige Aussage in den Sinn: »Wenn du ihn nicht willst, schnapp ich ihn mir.«

Danach hatte sie schelmisch gelacht, als habe sie nur einen Scherz gemacht, und ihre Bemerkung war nie mehr Thema gewesen, nachdem Vic und ich ein Paar geworden waren.

Ich hatte ihre beiläufigen Worte schon fast wieder vergessen, doch nun schoben sie sich wie dunkle, Unheil verheißende Wolken in meine Gedanken.

»Wir haben uns immer mehr angefreundet. Es ist einfach so passiert. Du warst immer so gestresst und hattest nie Zeit für mich …« Er brach ab, als wüsste er selbst, wie erbärmlich sich seine Worte anhörten.

»Ich habe mir für unsere Reise den Arsch aufgerissen, schon vergessen?«, schoss es aus mir heraus. »Was ist eigentlich damit? Fliegen wir oder nicht?«

»Ich …«, begann er und im gleichen Moment schwoll im Hintergrund eine Krankenwagensirene an, die ihm ein wenig Zeit verschaffte, während ich den Atem anhielt, obwohl alles in mir schreien wollte.

»Jenna … ich … sorry, ich kann das nicht … Jetzt mit dir

verreisen. Es geht nicht, es wäre nicht richtig.«

Ich schloss die Augen. Victors Worte fühlten sich an wie ein weiterer Schlag in die Magengrube. Das alles war zu viel für mich.

»Du kannst nicht? Das hast du jetzt einfach so entschieden? Warum?« Ich ärgerte mich darüber, wie schrill meine Stimme klang und dabei zitterte und bebte. »Wir haben vorgestern noch unsere Unternehmungen in Amsterdam geplant.«

»Weil ich dachte, dadurch würde es aufhören.« Er war so leise, dass ich ihn kaum hören konnte. Trotzdem war es unnötig zu erklären, was er mit »es« meinte.

Ein heißer Schmerz stieg quälend langsam durch meinen zu eng gewordenen Brustkorb empor, wie Magma, das sich unaufhaltsam seinen Weg durch die Erdkruste bahnte.

Jetzt verstand ich, weshalb er immer stiller geworden war, je näher die Reise rückte. Ich hatte mir diese Veränderung dadurch erklärt, dass es beim ihm auf der Arbeit drunter und drüber ging. Die Motorradwerkstatt befand sich mitten in der Hochsaison. Es grenzte an ein Wunder, dass er den Urlaub überhaupt nehmen konnte.

Dabei was die Arbeit gar nicht der Grund gewesen. Und wenn ich ehrlich war, hatte ich dieses vage Unbehagen in meinem Bauch längst gespürt, es aber jedes Mal mit aller Gewalt beiseitegeschoben, wenn ich ihn nicht erreicht oder er ein Gespräch ungewohnt schnell beendet hatte.

Anstatt diese subtilen Vorzeichen ernst zu nehmen, hatte ich sie mit meiner eigenen Freude auf den Trip zu verdrängen versucht.

Eine heiße Träne rann über mein Gesicht. Vergeblich kämpfte ich gegen mein aufkommendes Schluchzen an. Weder konnte ich weitersprechen noch ihm länger zuhören. Meine bisherige Welt hatte aufgehört zu existieren.

»Jenna, bist du noch da?«, hörte ich Victor am anderen Ende der Leitung besorgt fragen. Aber ich blieb stumm.

Mein Daumen schwebte einige Augenblicke über dem Display. Dann tippte ich auf den roten Hörer und ließ mein Handy sinken. Sekunden später klingelte es nochmals. Entschieden drückte ich Victor weg und aktivierte den Flugmodus.

Eine kurze Weile lang blieb ich starr sitzen, bevor ich die Hände vors Gesicht schlug und mein Schluchzen meinen gesamten Körper erzittern ließ.

Erst als es fast dunkel war, versiegten meine Tränen und mein verzweifeltes Weinen ging in ein leises Wimmern über.

Es gab nur eine einzige Frage, die wie ein stummer Schrei durch meinen Kopf raste: Warum?

Weitere Minuten vergingen, ehe ich die Kraft besaß, aufzustehen und in mein Zimmer zurückzukehren.

Dort ließ ich mich, so wie ich war, aufs Bett fallen und flüchtete mich in einen bleiernen, betäubenden Schlaf.

***

Die Morgensonne schien mir warm ins Gesicht. Ich hatte einen Fensterplatz ergattert. Victor schnallte sich neben mir an und wir warteten aufgekratzt auf den Start der Maschine. Mein Bein wippte auf und ab und ein freudiges Kribbeln durchflutete mich. So lange hatten wir darauf hingefiebert und nun war es endlich soweit.

Der Captain gab gut gelaunt durch, dass Amsterdam uns mit warmen 26 Grad und einem wolkenlosen Himmel erwartete. Die Flugzeit würde 1 Stunde und 25 Minuten betragen.

Victor und ich lächelten uns an und er vergrub seine Hand in meiner.

Dann blieb eine weibliche, seltsam verschwommene Gestalt neben uns stehen. Meine Augen konnten nicht richtig sehen. Instinktiv kniff ich sie zusammen, doch das Bild wollte sich nicht scharf stellen, als wäre ich auf einmal stark kurzsichtig.

»Verzeihung«, sagte die Person. »Das ist mein Platz!«

In diesem Augenblick verschwand Victors Hand aus meiner und hinterließ eine beißende Kälte.

***

Erschrocken schnappte ich nach Luft und öffnete die Augen. Ich lag rücklings auf meinem Bett und mein Herz schlug mir bis zum Hals. Kalte Schweißperlen benetzten meine Stirn.

Das eben war ein Traum gewesen – das gestern die Wirklichkeit. Und ich befand mich irgendwo dazwischen. Mich überkam dieselbe Schwere, mit der ich eingeschlafen war. Leise stöhnend schloss ich meine Augen, um zu vergessen, woran mein Kopf sich Stück für Stück erinnerte, doch es war sinnlos. Mein Körper war steif wie ein Brett und das *Warum* in meinen Gedanken noch dominanter als am Abend zuvor. Unentwegt brüllte es mich an.

Mühsam schob ich mich aus dem Bett und ging zum Schreibtisch, um mein Handy zu holen, das ich gestern darauf abgelegt hatte. Es war bereits 11 Uhr.

Das Display zeigte mir 3 verpasste Anrufe und eine Nachricht von Victor. In der Vorschau las ich, dass Meli ein Schleudertrauma und einen Schlüsselbeinbruch erlitten hatte. Mehr wollte ich nicht erfahren.

Erneut musste ich die Tränen zurückhalten. Dieses Mal wollte ich stark bleiben. Das Weinen würde nichts ändern. Wie ferngesteuert schlurfte ich ins Badezimmer und machte eine kurze Katzenwäsche. Zurück in meinem Zimmer zog ich wahllos ein paar Sportsachen an. Ich würde ins Krankenhaus fahren, denn ich brauchte Gewissheit. Darüber, wie es Meli ging, und vor allem, was mit ihr und meinem Freund Sache war. Hastig schnappte ich mir meinen Rucksack und lief nach unten.

»Hey, da bist du ja! Wo willst du denn so eilig hin?«, fragte meine Mum, die mich auf einem Bein tänzelnd im Flur erwischte, als ich versuchte, mir meine Sneakers anzuziehen.

Einen kurzen Moment überlegte ich, ob ich erwähnen sollte, was gestern passiert war. Nein, ich hatte keine Zeit, es ihr zu erklären. Außerdem wäre ich dabei nur zum x-ten Mal in Tränen ausgebrochen.

»Erzähl ich dir später«, murmelte ich und wandte mein Gesicht ab, damit sie meine verquollenen Augen nicht sehen konnte.

Endlich hatte ich die blöden Schuhe an den Füßen und stürmte zur Tür hinaus, bevor sie weitere Fragen stellen konnte. Dann schnappte ich mir mein Fahrrad und raste über die Landstraße zum Nachbarort, als wäre der Teufel höchstpersönlich hinter mir her.

Eine halbe Stunde später kam ich völlig außer Atem an der Klinik an und machte eine halsbrecherische Vollbremsung, als ich Victor sah, der gerade seine Honda abgestellt hatte, sich den Helm abstreifte und mit einem leichten Humpeln ins Gebäude lief, in seiner rechten Hand ein Blumenstrauß.

Kalte Übelkeit stieg in mir auf. Mühsam unterdrückte ich ein Würgen und musste die Hand gegen meinen Magen pressen, um mich nicht zu übergeben.

So weit war das schon … Anstatt zu mir zu kommen und mit mir zu sprechen, düste Victor ins Krankenhaus zu Meli … um nach ihr zu sehen, sich um sie zu kümmern … ihr Blumen zu schenken …

Wie in Zeitlupe rangierte ich mein Rad ein paar Meter rückwärts, bis es mir gelang, es zu umzudrehen. Zu fahren brauchte ich gar nicht erst zu versuchen. Also schob ich es neben mir her, während ich zu verdauen versuchte, was ich eben gesehen hatte.

Irgendwie schaffte ich es, nach Hause zu kommen, wo ich sofort in mein Zimmer eilte. Mit verkrampftem Kiefer klappte ich den Laptop auf, loggte mich bei den Kleinanzeigen ein und bot unsere Flugtickets zum Verkauf an. Dann stornierte ich unser erstes Hostel. Anschließend rollte ich mich wie ein Baby auf dem Bett zusammen. Mein Magen knurrte laut, aber beim

Gedanken an Essen wurde mir abermals übel. Bevor ich mich in den Schlaf flüchten konnte, hörte ich, wie behutsam die Tür geöffnet wurde.

»Was ist denn los, Kleines?«

Meine Mutter setzte sich neben mich und in dem Moment, als ihre Hand liebevoll durch meine Haare strich, begann ich zu weinen.

Erst jetzt begriff ich, was geschehen war und dass es kein Zurück mehr gab. Jene beiden Menschen, die ich am meisten liebte und ohne die eine Zukunft für mich unvorstellbar war, hatten mir meinen Sommer zerstört.

Jenna

Nächsten Sommer sehen wir uns wieder …
Ich hatte nicht die leiseste Ahnung, woher diese Worte kamen. Sie hatten sich unbemerkt in mein Bewusstsein geschlichen, wie durch eine Hintertür. Immer wieder überlegte ich, zu welcher Erinnerung sie gehörten, doch ich kam zu keinem Schluss. Sie passten ganz und gar nicht zu dem Kaleidoskop an Gedanken, Wortfetzen und Satzfragmenten, die seit Victors Anruf durch meinen Kopf wirbelten. Der Gedanke an ihn und an Meli verursachte beinahe körperliche Schmerzen.

Vier Tage waren vergangen und ich befand mich noch immer in einer inneren und äußeren Starre. So energielos hatte ich mich schon lange nicht mehr gefühlt. Wie in einem Vakuum. Ich schwebte im Nirgendwo, ohne Anfang und Ende. Mir kam der alte Bowie Song in den Sinn. Gestrandet wie Major Tom im Orbit – so fühlte ich mich.

Die Julisonne hingegen störte sich nicht an meiner traurigen Verfassung. Sie tat lediglich das, wofür sie erschaffen wurde – sie strahlte. Ihr Licht fiel durchs Dachfenster des Badezimmers und hüllte den Raum golden ein.

Seit einer gefühlten Ewigkeit stand ich regungslos vor dem Spiegel und versuchte mir solange selbst in die Augen zu blicken, bis mein Gesicht zerfiel und sich neu zusammensetzte.

Meine Augen, müde von zu wenig Schlaf und immer noch gerötet vom Weinen, waren mir schon immer einen Tick zu groß erschienen. Sie standen weit auseinander und hatten ein sonderbares Grau, wie das Meer beim Ende der Dämmerung, kurz bevor die Nacht hereinbrach.

Meine blonden Haare umrahmten lockig mein herzförmiges Gesicht. Sie führten oft ihr Eigenleben. Momentan hingen sie jedoch nass und kraftlos herunter, als hätten sie sich meiner deprimierten Stimmung angepasst.

Es kam mir vor, als ob alles andere außer diesem Bob, den ich schon immer trug, nicht zu mir passte. Ich hätte auch gut den Zwanzigerjahren des vorigen Jahrhunderts entsprungen sein können.

»Du bist nicht unbedingt eine klassische Schönheit, dafür hast du deinen ganz eigenen kecken Charme«, hatte meine Mum mich immer aufgemuntert, wenn ich während meiner Pubertät so manches Mal mit meinem ungewöhnlichen Aussehen gehadert hatte.

Den Charme hatte ich wohl, die vereinzelten Sommersprossen auf der Nase eingeschlossen. Aber nun war er einer erdrückenden Ernsthaftigkeit gewichen. Meine Mundwinkel hatten schon seit Tagen nicht mehr gelächelt.

Ich beobachtete, wie sich ein Wassertropfen vom Haaransatz löste und sich seinen Weg über mein Gesicht und den Hals zur Schulter bahnte. Er kitzelte leicht.

Die kalte Dusche hatte meinem Körper gutgetan. Ein paar Lebensgeister kehrten allmählich zurück. Nur mein Herz fühlte sich noch immer schwer an und pochte träge in meiner Brust, als wäre es unendlich müde.

Nichts wünschte ich mir mehr, als die Zeit zurückdrehen zu können. Ich riss meinen Blick von meinem erbärmlichen Antlitz los und tappte, ins kuschelige Handtuch gewickelt, in mein Zimmer.

Vor meiner Dusche hatte ich beide Fenster aufgerissen und nun erfüllte der Duft von Blüten und Gräsern den Raum. Als mir dieses belebende Aroma in die Nase stieg, begehrte zum ersten Mal seit Tagen etwas in mir auf. Dieser Trübsinn konnte nicht ewig so weitergehen. Ich hatte buchstäblich meinen eigenen Mief satt – ebenso wenig hatte ich Lust, mich mit ihm auseinanderzusetzen.

Nachdem ich mich eingecremt und angezogen hatte, ordnete ich das zerwühlte Bett, das in den vergangenen Tagen meine kleine Höhle gewesen war, in der ich mich vor der Welt und den Dingen, die darin geschahen, hatte verstecken können. Sorgsam zupfte ich die Tagesdecke an allen Seiten des Bettes glatt und stieß mir dabei den Zeh an meinem gepackten Rucksack, der noch immer vor meinem Kleiderschrank stand und geduldig darauf wartete, abzureisen. Mir entfuhr ein leises Fluchen. Grimmig schaute ich den Rucksack an, als wäre alles seine Schuld. Ich wandte mich von ihm ab und ließ mich auf meinem Schreibtischstuhl nieder. Das offene Fenster gab den Blick in den üppig blühenden Garten frei, in dem es zirpte, tschilpte und summte.

Es war Sommer geworden. Allmählich sollte ich mich entscheiden, was ich denn daraus machen wollte, bevor er vorbei war. Instinktiv nahm ich einen bunten Zeichenstift aus dem Halter und drehte ihn gedankenverloren zwischen meinen Fingern. Die Flugtickets waren verkauft und umgeschrieben. Jemand anderes freute sich nun auf Amsterdam. Es war die richtige Entscheidung.

Einsam durch die Grachtenstadt? Allein in Paris, der Stadt der Liebe – ohne Liebe? Ich schüttelte den Kopf. Kutschfahrt für eine Person durch die Wiener Altstadt? *Nicht wirklich*, dachte ich. Was sollte ich stattdessen tun? Hierbleiben, bei meinen Eltern und meinem Bruder und darauf warten, dass es Herbst wurde und mein Studium begann? Das war die allerschlechteste Option, zumal ich dann womöglich Victor begegnen würde.

Nachdem ich seine Anrufe nicht angenommen hatte, fing er an, mir Sprachnachrichten zu schicken, die ich ebenfalls ignorierte. In meine anfängliche Traurigkeit begann sich allmählich Wut zu mischen, die sich schleichend und brennend wie kleine Gifttropfen in mir ausbreitete.

Mir kamen Schimpfwörter in den Sinn, von denen ich noch nicht einmal gewusst hatte, dass ich sie kannte, geschweige denn, je benutzt hätte. Ich wollte nichts Hässliches denken und fühlen. Aber etwas in mir gab ihm die Schuld an allem – er hatte mir meine Lebensträume zerstört und mir meine einzige richtige und beste Freundin genommen, mit der er hinter meinem Rücken angebandelt hatte.

Ich konnte ihm nicht verzeihen, dass er nach seiner Entlassung zu Meli ins Krankenhaus gefahren war, anstatt sich mir zu stellen. Dabei spielte es für mich keine Rolle, dass ich ihm verweigert hatte, mit mir zu sprechen. Jedes Mal, wenn ich an diesen Punkt kam, verhedderten sich meine Gedanken und alles fing von vorne an.

Reglos sah ich einer Hummel zu, die laut wie ein Hubschrauber am Fenster kreiste, unschlüssig, ob sie herein fliegen oder draußen bleiben sollte. Ich beneidete sie um ihre Fähigkeit, überall hinfliegen zu können und ihre Freiheit zu genießen. Mir blieb immer noch Rügen. Dort hatte ich mich stets frei, sicher und wohl gefühlt. Ja, ich würde mir meinen gepackten Rucksack schnappen und in unser Ferienhaus fahren. Es gehörte meiner Mutter und ihrem Bruder, meinem Onkel Martin, zu gleichen Teilen – und der war gerade nicht vor Ort. Meine Eltern hatten ebenfalls nicht vor, dort Zeit zu verbringen. Entschlossen stand ich auf und lief nach unten. Es roch nach gebratenem Fisch und Gemüse. Meine Mutter bereitete das Mittagessen zu.

»Hey mein Schatz«, begrüßte sie mich, als ich in die Küche kam. »Magst du mit uns essen?«

»Mama, ich fahre nach Rügen«, verkündete ich, ohne auf ihre Frage einzugehen. Sie bedachte mich mit einem mitfühlenden Blick und mir wurde bewusst, wie ähnlich wir uns sahen. Sie hatte mir die großen Augen und widerspenstigen Locken vererbt.

»Okay. Dann hast du dich entschieden. Das ist gut«, sagte

sie sanft und goss selbst gemachten Eistee in die Gläser auf dem Tisch. Ich nickte bekräftigend, nahm ein Glas und trank schon mal davon, denn ich wollte auf keinen Fall mehr als nötig über mein Sommerferien-Fiasko sprechen.

»Du weißt ja, wo der Schlüssel hängt.«

Erleichtert umarmte ich sie und drückte ihr einen Kuss auf die Wange.

»Danke.« Ich legte symbolisch die Handflächen aneinander. »Und ja, ich würde gern mitessen«, beantwortete ich ihre ursprüngliche Frage.

»Geheimnisse?«, fragte mein Vater der gerade hereinkam und uns so nah beieinanderstehen sah.

»Ich fahre nach Rügen«, wiederholte ich.

Er nickte bedächtig. Meine Mutter mied den Blick in seine Richtung und wandte sich wieder dem Essen zu. Auf einmal schien sich die Temperatur in der Küche in frostige Bereiche abgesenkt zu haben und ich fragte mich, was zwischen meinen Eltern los sein mochte. Sie waren nicht gerade dafür bekannt, Konflikte offen auszutragen.

»Hab ich richtig gehört, du haust ab?«, fragte Eric, der ebenfalls im Türrahmen aufgetaucht war. Seine volle und dunkle Stimme erstaunte mich aufs Neue. *Kleiner Bruder* war ganz und gar keine zutreffende Bezeichnung mehr für ihn, zumal er mich bereits um einen Kopf überragte. Der Geruch von Essen musste wohl auch bei ihm oben angekommen sein. Hunger und die Aussicht, ihn zu stillen, lockte ihn zuverlässig aus seinen digitalen Welten hervor.

»Ja, hast du«, bestätigte ich und zwang mich zu einem Lächeln, das sich anfühlte wie eine Grimasse.

»Cool, dann habe ich das Bad ja für mich allein«, brummte er.

So viel Freude über mein Verschwinden, dachte ich und nahm es ihm nicht übel. Es war eben seine ganz eigene Art, seine Liebe für seine Schwester auszudrücken.

Mein Vater zwinkerte mir zu. »Sag Bescheid, wann es losgeht. Ich bringe dich zum Bahnhof.«

»Danke Papa.«

Mein Vater war beruflich immer viel unterwegs – und vielleicht war es das, was manchmal zwischen meinen Eltern lag. Aber wenn er daheim war, dann konnte ich mich immer auf ihn verlassen. Vor allem würde er mir keine Fragen stellen, die ich nicht beantworten wollte. Gemeinsam versammelten wir uns um den Tisch. Zum ersten Mal seit der Hiobsbotschaft von Victor konnte ich wieder mit Appetit essen und beteiligte mich an den Gesprächen meiner Eltern.

In Wahrheit konnte ich es kaum erwarten, endlich zu verschwinden – und damit auch alle schmerzenden Gefühle hinter mir zu lassen.

Jenna

Als ich am nächsten Nachmittag den grasbewachsenen Weg zum Haus entlanglief, konnte ich dahinter bereits das Meer hören, jenes vertraute Rauschen, das mich augenblicklich bei mir selbst ankommen ließ. Der Tanz der Wellen mit dem Wind war meine persönliche Lieblingsmelodie und ich fühlte mich in ihr zutiefst zu Hause.

Die Sonne kitzelte mein Gesicht und die salzige Luft durchströmte wohltuend meine Lungen. Seitdem ich denken konnte, war dieser Ort mein ganz eigenes Paradies.

Erinnerungen an die sorglosen Tage mit Marcel stiegen in mir hoch, jenem rothaarigen Jungen, der die Sommer auch regelmäßig mit seinen Eltern hier verbracht hatte. Er war ein Jahr älter als ich und meine allererste unschuldige Liebe gewesen. Wir hatten viel erlebt und allerhand Blödsinn zusammen angestellt. Sehr zur Freude meines Bruders, der uns mit Vorliebe damit aufzog, dass wir später mal heiraten würden.

Ich, damals gerade mal zarte dreizehn, protestierte, dass man niemanden heiraten könnte, ohne ihn zuvor wenigstens geküsst zu haben. Marcel, der mir bis dahin als eher schüchtern erschien war, ging daraufhin schnurstracks auf mich zu und sagte: »Na wenn das so ist!«

Im nächsten Augenblick bekam ich den ersten Kuss meines Lebens. Von ihm war es leider auch der letzte, denn im darauffolgenden Sommer wartete ich vergeblich auf ihn.

Später erfuhr ich von meinem Onkel, dass seine Familie weggezogen war, was Eric damit nur trocken kommentierte, dass ich dann wohl jemand anderes heiraten würde.

Mein Liebeskummer damals war recht schnell vergangen – und kein Vergleich zu dem Schmerz, den mein gebrochenes Herz nun in mir auslösen würde, sobald ich es wagte, ihn in seiner vollen Stärke zuzulassen. Noch war ich dazu nicht bereit und erhoffte mir, hier den ersehnten Abstand zu gewinnen.

Nach einer weiteren Biegung kam jenes anmutige Kapitänshaus zum Vorschein, das sich schon seit Generationen in unserem Familienbesitz befand. Zwischendurch hatten meine Eltern darüber nachgedacht, es an Feriengäste zu vermieten, diese Idee jedoch wieder verworfen, weil wir das Haus am liebsten zu jeder Zeit im Jahr für uns allein haben wollten und so, wann immer uns danach war, herkommen konnten.

Deshalb zögerte ich, als ich einen dunklen Wagen mit Rostocker Kennzeichen vor dem Zaun stehen sah. Hatte Onkel Martin sich etwa ein neues Auto zugelegt? Selbst wenn, dann würde es ganz sicher kein Renault sein. Er hatte schon immer einen Volvo gefahren. Und er als Universitätsprofessor würde mit Sicherheit nicht mitten im Semester hierherkommen.

Angestrengt lauschte ich, aber ich konnte nur den Singsang des Windes, das Rauschen des Meeres und das entfernte Kreischen der Möwen hören. Hatte er das Haus etwa doch vermietet?

Bitte nicht, flehte ich stumm und trat argwöhnisch näher, bis der verspielte Giebel vor mir aufragte. Die blau-weiß gestrichene Eingangstür mit den kleinen Fenstern war einladend wie immer. Bis auf die Tatsache, dass ein fremdes Auto vor der Tür stand und die unangenehme Möglichkeit verhieß, dass ich gar nicht allein sein würde. Dieser Gedanke blockierte mich, sodass es mir zunächst nicht gelang, beherzt die Tür aufzuschließen und einzutreten. Alles in mir wehrte sich dagegen. Gleichzeitig war ich neugierig, wem wohl das Auto gehörte. Wer auch immer hier war, musste eine Verbindung zu Onkel Martin haben.

Zögernd steckte ich den Schlüssel ins Schloss. Obwohl es unsinnig war, kam ich mir wie ein Eindringling vor. Die Holztür knarrte leise und der vertraute Geruch von getrockneten Kräutern aus der Küche und Büchern aus der Bibliothek stieg mir in die Nase.

»Hallo?«, fragte ich so leise, dass es eigentlich niemand hören konnte, der nicht direkt neben mir stand. Das Gefühl, nicht zu wissen, mit wem ich es hier zu tun bekommen könnte, und die Ungewissheit darüber, was in den nächsten Minuten passieren würde, ließen mich nervös auf meiner Unterlippe herumkauen.

Im Haus war es absolut still. Lauschend lugte ich in die kleine Diele hinein, die direkt in die Küche führte. Durch das Fenster schien die Sonne herein. Der Rucksack lastete mittlerweile schwer auf meinen Schultern und ich stellte ihn ab. Dann ging ich in die Küche, in deren Mitte sich ein großer Tisch befand, der über und über mit Büchern und Papieren bedeckt war. Ein zugeklappter Laptop stand an der Stirnseite, neben ihm ein halbleerer Becher Kaffee. Ja, hier wohnte ganz eindeutig jemand – und er schien sich bereits überaus zu Hause zu fühlen.

Die Ernüchterung darüber, nicht allein zu sein, machte sich als Anspannung in meinem gesamten Körper breit und meine Zähne pressten sich fest aufeinander.

Ich ging um den Tisch herum zum gegenüberliegenden Fenster, das den Blick in einen wunderbar wild wuchernden Garten freigab. Das Gras war kniehoch und die alte Holzbank versank im satten Grün. Aber auch hier war niemand zu sehen.

»Hey«, hörte ich plötzlich eine tiefe Stimme hinter mir.

Ich erschrak so sehr, dass ich gedämpft aufschrie und die Hand auf mein Herz legte, das beinahe aus mir herausspringen wollte. Keuchend drehte ich mich um und blickte einem hochgewachsenen, jungen Mann mit dunklen Haaren in die Augen – dem ich noch nie zuvor begegnet war, einem vollkommen Fremden. Reglos standen wir uns gegenüber. In Sekundenschnelle scannte ich ihn von oben bis unten, spürte jedoch instinktiv, dass von ihm keine Gefahr ausging. Er war schlank, fast drahtig und lässig in Jeans und T-Shirt gekleidet. Sein braunes Haar fiel ihm in Wellen bis weit in den Nacken. Einzelne Strähnen umspielten sein Gesicht. Um seinen Mund herum zeichnete sich ein deutlicher Bartschatten ab. Wie alt mochte er wohl sein? Ich schätzte ihn auf Mitte zwanzig.

»Wer sind Sie?«, presste ich atemlos hervor. Mein Herz wollte sich immer noch nicht beruhigen – und seltsamerweise fühlte es sich dabei an, als würde es sich freuen.

»Ich bin Tom Börger.« Seine Stimme war im Gegensatz zu meiner auffällig ruhig.

»Burger? Wie Cheeseburger?«, hakte ich nach, um Zeit zu gewinnen. Er hieß nicht wirklich Burger?

»Mit ö«, antwortete er emotionslos. »Börger mit ö.«

»Aha.« Umlaut hin oder her – in meinen Augen hatte er seinen Spitznamen bereits weg. Tom Cheeseburger, im Hause meines Onkels. Es sah allerdings nicht so aus, als wäre er hier eingebrochen.

»Und was tun Sie hier, Tom Börger?«

»Ich schreibe an meiner Bachelorarbeit. Und wir können gern Du sagen.«

Ich ließ meinen Blick über das Bücherchaos auf dem Tisch und zu ihm zurück wandern.

»Darf ich denn auch erfahren, wer du bist?«, fragte er und sein Blick ruhte auf mir. Irgendetwas an ihm brachte mich aus dem Konzept, auch wenn ich nicht genau benennen konnte, was es war. Ich kam mir vor, als befände ich mich in einen schlechten Traum und würde jeden Moment aufwachen. Gleichzeitig fühlte ich mich so wach wie noch nie in meinem Leben – eine absurde Kombination.

Tom neigte seinen Kopf, um seiner Frage Nachdruck zu verleihen. Anstatt ihm zu antworten, hatte ich ihn stumm angestarrt.

»Jenna Wilms. Meiner Familie gehört das Haus und ich bin hier, weil … also …«, stotterte ich unbeholfen und brach verärgert ab. Nein, DAS wollte ich ihm ganz bestimmt nicht erzählen. Aber etwas anderes fiel mir auch nicht ein. Ich war völlig konfus, weil ich mit solch einer Situation nicht gerechnet hatte und nun einem Fremden erklären sollte, dass ich hier nichts als Ruhe, Ruhe und nochmals Ruhe suchte – ein Plan, der gerade komplett durchkreuzt worden war.

Amüsierte ihn das Ganze etwa? Ich nahm ein feines Lächeln um seine Mundwinkel wahr.

»Dann bist du mit Martin Reinbach verwandt?«, fragte er weiter, als könnte er diesen Umstand nicht so recht glauben.

»Er ist mein Onkel«, stellte ich klar. »Woher kennst du ihn?«

»Jetzt ergibt das natürlich Sinn«, sagte er. »Martin ist ein Freund unserer Familie und hat mir das Haus für den Sommer überlassen.« Langsam ließ er eine Hand durch seine Haare gleiten. »Er hatte wohl keine Ahnung, dass du auch herkommst«, schlussfolgerte er.

Die hatte ich bis vor Kurzem ja selbst noch nicht gehabt.

»Es war nicht ganz geplant, dass ich hierherkomme. Aber eigentlich vermieten wir das Haus gar nicht«, erwiderte ich mit leisem Vorwurf. Er sollte ruhig spüren, dass ich nicht begeistert von seiner Anwesenheit war.

»Na ja, in diesem Fall bin ich tatsächlich Gast hier.«

Statt einer Antwort fischte ich mein Handy aus der Tasche. »Ich muss mal kurz telefonieren.«

Ohne ihn noch eines Blickes zu würdigen, lief ich an ihm vorbei und trat hinaus ins Freie, wo ich erst einmal tief durchatmete.

Okay, dieser Tom Cheeseburger war Onkel Martins Gast. Das schien soweit in Ordnung zu sein und ich konnte wohl auch nichts daran ändern. Nichtsdestotrotz störte er mich.

Ich musste meinem Onkel erzählen, dass ich hier war. Nach dreimal Klingeln ging er ran.

»Hey, mein Goldschatz, wie geht es dir auf Reisen?«, fragte er fröhlich. Seitdem ich denken konnte, nannte er mich so – Goldschatz. Ich mochte es noch immer, obwohl ich bereits 21 war.

»Hi, Onkel Martin! Ich bin hier gerade auf Rügen und … na ja, irgendwie nicht allein.«

»Wieso bist du auf Rügen? Ich dachte, du jettest gerade durch Europa«, rief er erstaunt.

»Hat sich zerschlagen. Ist eine lange Geschichte.« Ich versuchte, den Stich im Herzen zu ignorieren den dieser Gedanke verursachte.

»Oh. Okay. Willst du darüber reden?«

Ich lief ein paar Schritte durch den Vorgarten umher, ohne auf die Umgebung zu achten.

»Eher nicht.«

»Geht es dir gut?«

»Soweit ja.«

»Dann hast du Tom also kennengelernt.«

»Kennengelernt wäre zu viel gesagt. Was tut er hier? Es ist unser Haus.« Wieder klang ich vorwurfsvoll – wie ein Kind, das sein versprochenes Eis nicht bekommen hatte.

»Ja, es ist unser Haus, aber ich habe ihm erlaubt, den Sommer dort zu wohnen, damit er in Ruhe seine Abschlussarbeit schreiben kann.«

»Und das kann er nicht bei sich zu Hause tun?« Nun hörte ich mich nicht mehr vorwurfsvoll an, sondern genervt. Martin hatte unser ungeschriebenes Gesetz gebrochen – keine Fremden in unserem Haus.

»Er wohnt in einer WG und hat dort nicht die Muße und Inspiration, die er benötigt. Natur und Meeresrauschen setzen eventuell sein verlorenes kreatives Potenzial frei.«

»Er sagte, du wärst ein Freund seiner Familie.«

»Das stimmt. Ich kenne seine Familie seit ein paar Jahren. Ist auch eine lange Geschichte.«

Dieser Satz weckte sofort meine Neugier und ich fragte mich, was für eine Geschichte dies wohl war.

»Ist er etwa dein Student?«

»Nein, ist er nicht. Er studiert nur in meiner Fakultät.«

Ich schwieg einige Sekunden und wollte schon ein letztes Mal fragen, ob es nicht eine andere Möglichkeit gab, Tom seine Arbeit schreiben zu lassen, als Martin weitersprach.

»Jenna, was auch immer passiert ist, wovor du weggelaufen bist, vielleicht ist es besser für dich, abzureisen und dich deinen Schwierigkeiten zu stellen.«

Damit hatte ich nicht gerechnet. Sein Ton war freundlich, wenn auch unmissverständlich. Ich hatte ganz sicher nicht vor, wieder abzureisen. Einen Moment lang kämpfte ich gegen meine Tränen und war nicht imstande, etwas zu sagen.

»Bist du noch dran?« Nun klang er besorgt.

»Ja. Ja, ich bin noch dran.«

»Okay. Wenn du reden willst, ruf mich jederzeit an. Aber Tom wird bleiben. Wenn du das auch vorhast, wirst du dich wohl oder übel mit ihm arrangieren müssen.«

Ich seufzte abgrundtief in den Hörer, als ich realisierte, dass ich die Lage nicht würde drehen können. Martin brach seine Versprechen nicht; er würde Tom nicht vor die Tür setzen.

»Das Haus ist groß genug. Und Tom ist ein feiner Kerl. Stör ihn nicht, dann stört er dich nicht.«

»Verstanden«, gab ich klein bei.

»Okay, Goldschatz.« Das Lächeln in seiner Stimme beruhigte mich ein wenig.

»Also dann, danke trotzdem«, sagte ich.

»Immer gern. Bis bald. Und vertragt euch!«

»Klar. Bis bald, Onkel Martin.«

Es klickte und die Verbindung war unterbrochen.

∗∗∗

Na super! Frustriert legte ich den Kopf in den Nacken. Über mir breitete sich ein perfekter Schäfchenwolken-Himmel aus, von wo aus sich scheinbar gerade alles gegen mich verschworen hatte.

28

Was war das kleinere Übel? Eine Zwangs-WG samt ihren möglichen Unannehmlichkeiten oder eine stundenlange Heimreise, für die ich dann mit den besorgten Blicken meiner Eltern und tonnenweise miesen Erinnerungen belohnt würde? Ein Blick auf mein Handy verriet mir, dass es für heute schon zu spät war, um zurückzufahren. Es war schon halb fünf. Und ich war zu müde, um mir ein Hotel zu suchen, abgesehen davon, dass dies nicht in meinem Budget lag. Deshalb entschied ich mich notgedrungen, vorerst zu bleiben.

Mein Onkel hatte recht. Das Haus war groß genug; man konnte sich, wenn man wollte, aus dem Weg gehen. Und es war eine optimale Gelegenheit, viel Zeit draußen zu verbringen. Sonnenlicht war genau das, was ich in den letzten Tagen nicht abbekommen hatte, und es hellte angeblich die Stimmung auf. Jetzt musste nur dieser Tom noch zustimmen. Ich schloss kurz die Augen, versuchte mich zu entspannen und ging entschlossenen Schrittes zurück ins Haus.

Tom lehnte am Küchentresen und trank einen Kaffee. Das Aroma nach frisch gemahlenen Bohnen erfüllte den ganzen Raum, sodass ich sofort Lust darauf bekam.

»Auch einen?«, fragte er, als könnte er hellsehen.

»Gern.«

Er goss einen Becher voll und deutete fragend auf die Milch, woraufhin ich stumm nickte. Seine ruhigen Bewegungen passten zu seinem gesamten Auftreten und seine stoische Präsenz wühlte mich auf. Nichts an ihm schien durchschaubar. Es kam mir vor, als ob die Zeit in seiner Gegenwart halb so schnell verging.

Er kam einen Schritt auf mich zu und reichte mir den Becher. Aus der Nähe konnte ich seine ungewöhnliche Augenfarbe erkennen. Braun, grün, golden, alles in einem. Er sah entfernt einem Schauspieler ähnlich, dessen Name mir aber nicht einfallen wollte. Erst in diesem Moment wurde mir bewusst, dass ich ihn anstarrte – schon wieder. Das musste wirklich aufhören.

»Danke«, sagte ich leise und schlug die Augen nieder, um an der Tasse zu nippen. Der Kaffee schmeckte köstlich.

Immerhin das konnte er – guten Kaffee kochen.

»Ähm, wegen unserer Situation hier«, begann ich zögernd, die Wimpern immer noch gesenkt. »Ich habe mit meinem Onkel gesprochen.« Aus den Augenwinkeln nahm ich wahr, dass Tom nickte. »Er konnte nicht wissen, dass ich herkommen würde. Und ich dachte nicht, dass jemand hier sein könnte. Es hat sich irgendwie alles … so ergeben. Na ja«, fuhr ich fort, weil Tom schwieg, mir aber aufmerksam zuzuhören schien – ein merkwürdiges Gefühl. »Zurückzufahren kommt für mich auch nicht infrage, zumindest nicht heute. Wir werden uns das Haus wohl teilen müssen.«

Tom nahm einen Schluck aus seiner Tasse, bevor er antwortete. »Tja, ich schätze, ich kann dich wohl schlecht hinauskomplimentieren, wenn euch das Haus gehört.«

»Das heißt, es ist für dich in Ordnung, wenn ich hierbleibe?« Ich schaute ihn über den Rand meiner Tasse hinweg an.

Er fuhr sich erneut mit der Hand durchs Haar. Eine Strähne blieb hartnäckig und fiel ihm wiederholt in die Stirn. »Ich denke schon«, sagte er.

»Wir werden uns bestimmt nicht in die Quere kommen.«

Ich hoffte, dass dies nicht nur ein Wunsch bleiben, sondern auch Wirklichkeit werden würde.

Seine stumme Antwort war ein flüchtiges Halblächeln.

»Okay, dann … werde ich mal meine Sachen auspacken«, verkündete ich piepsig, stellte den Becher in die Spüle und wollte die Küche verlassen.

»Das obere Schlafzimmer ist frei.«

»Okay. Danke.«

»Hey«, hörte ich ihn hinter mir und drehte mich noch einmal um. »Tut mir leid, dass dein Urlaub anders wird, als geplant.«

»Schon gut.« Ungerührt zuckte ich mit den Schultern. Er hatte ja keine Ahnung, wie anders mein ganzer Sommer werden würde.

Ich schnappte mir meinen Rucksack und bog nach links ins Wohnzimmer ab. Von dort aus führte eine offene Holztreppe nach oben. Schon immer hatte mir die ungewöhnliche Architektur des Hauses gefallen. Es mochte von außen klein erscheinen, dafür war es innen wunderbar verwinkelt und bot viele Rückzugsorte. Das war in Kindertagen großartig zum Versteckenspielen gewesen. Und auch heute hatte es nichts von seiner Faszination eingebüßt.

Gegenüber, auf der anderen Seite der Diele, befand sich die gemütliche Bibliothek, die schon immer mein Lieblingsort gewesen war, nicht nur aufgrund des Kamins und des großen Sofas in der Mitte. In der Anwesenheit von Büchern fühlte ich mich wohl. Für mich waren es magische Wesen, deren Seiten die geheimen Geschichten der Welt durch den Raum zu flüstern schienen. Daran angrenzend lag das Schlafzimmer des Erdgeschosses, das Tom sich wohl ausgesucht hatte. Es kam mir gelegen, dass sich unsere Schlafzimmer auf unterschiedlichen Etagen befanden.

Oben angekommen beförderte ich meinen Rucksack schwungvoll aufs Bett und ließ mich sogleich daneben fallen. Was für ein Tag! Einige Minuten lang blickte ich mit vor Müdigkeit brennenden Augen an die Decke und sann darüber nach, was hier gerade alles passierte. Da kam ich hierher, um Ruhe und Einsamkeit zu finden und stolperte prompt über einen unerwarteten Mitbewohner, der hier das Gleiche gesucht hatte – nur aus anderen Beweggründen.

Was half es, mich weiter darüber zu ärgern? Davon würde er auch nicht verschwinden. Ich würde einfach das Beste aus diesem Zwangs-Arrangement machen und hoffte, dass er so gut wie unsichtbar blieb.

Tom

»Komm schon, Tom«, schallte die anklagende Stimme meines Vaters durchs Telefon. »Du warst bisher immer da und hast eine Rede gehalten. Und deiner Mutter bedeutet diese kleine Tradition so viel.«

Lautlos seufzend streckte ich meine Beine aus, lehnte mich an das Kopfteil meines Betts und schloss die Augen. Es war nur eine Frage der Zeit gewesen, bis dieser Satz fallen würde.

Die Gefühle meiner Mutter waren seit unserer großen Tragödie immer DAS Argument für alles und sollten zumeist mein schlechtes Gewissen auf den Plan rufen. Als wäre sie die Einzige von uns, die litt. Ich wollte keineswegs ewig darauf Rücksicht nehmen und ihre Trauer auf meine Schultern laden. Zudem fand ich diese sogenannte Tradition schrecklich. Sie riss die dürftig verheilte Wunde nur unnötig auf; jedes Jahr auf's Neue.

»Ich weiß nicht, ob ich bis dahin zurück sein werde«, versuchte ich mich herauszureden, mit wenig Hoffnung darauf, dass dies akzeptiert werden würde.

»Du könntest dafür herkommen und danach wieder an die See fahren, schließlich bist du ja nicht am anderen Ende der Welt«, konterte mein Vater.

Noch nicht, dachte ich, hütete mich jedoch, es auszusprechen. Bisher war es ohnehin nicht mehr als ein vager Plan.

»Hör zu Papa, ich weiß es noch nicht, okay. Ich habe hier noch einen Berg Arbeit vor mir.« Es tat mir weh, das zu sagen, weil es in den Augen der anderen die falsche Botschaft transportierte – nämlich Gleichgültigkeit. Und ich fühlte mich alles andere als gleichgültig. Gleichzeitig hatte ich keine Ahnung, wie ich je diesen Bann brechen sollte, dass es nichts Wichtigeres in unserer Familie gab, als den Tod meiner Schwester, und dass mein Vater mich permanent daran erinnern musste. Als wüsste ich nicht selbst, dass dieser sich schon in wenigen Tagen zum vierten Mal jähren würde.

Für mich war sie nicht an einem bestimmten Ort, zu dem ich pilgerte, sondern ich trug sie in meinem Herzen, wo auch immer ich war. Und sich zu versammeln und gemeinsam auf einen Grabstein zu starren, machte sie ganz gewiss nicht wieder lebendig. Sie hätte das mit Sicherheit auch nicht gewollt, nur schien ich der Einzige zu sein, der dies so empfand.

Vater gab derweil so schnell nicht auf. »Überleg es dir.« Der Klang seiner Worte ließ keinen Spielraum für echte Überlegung, sondern war im Grunde eine Aufforderung.

»Das mache ich«, sagte ich monoton, auch wenn ich bereits ganz genau wusste, dass ich diesmal nicht dabei sein würde.

»Gut. Wie geht's denn mit deiner Abschlussarbeit voran?«

Der Themenwechsel kam mir gelegen, auch wenn ich nichts Positives zu berichten hatte.

»Mal so, mal so«, murmelte ich vage. In Wahrheit lief es mies. Die Schreibblockade hatte mich nach wie vor fest im Griff. Aber das zu erklären, wäre müßig gewesen. Für meinen Vater war Disziplin die Lösung für sämtliche Probleme und ich wollte mir nicht auch noch Faulheit vorwerfen lassen.

»Wie gesagt, ist eine Menge zu tun.«

Ich ließ meinen Blick aus dem Fenster schweifen. Der Rasen davor war längst eine üppige Wiese geworden. Ein Rasenmäher würde hier nichts mehr ausrichten können, da musste wohl eine Sense her.

»Wie geht es dir denn körperlich?«

Noch ein Themenwechsel – und ich war vom Regen in die Traufe gekommen. In den vergangenen Wochen hatte ich viel Zeit in diversen Wartezimmern verbracht; ohne Ergebnis. Seine

Anspielung auf meine merkwürdigen Herzrhythmusstörungen, die urplötzlich aufgetaucht waren, setzte unserem schwerfälligen Gespräch die Krone auf. Ich hatte einige Untersuchungen über mich ergehen lassen, doch es konnte keine organische Ursache festgestellt werden. Ungeachtet dessen jagte mir und meinen Eltern das ständige Herzstolpern, samt den damit verbundenen Schmerzen in der Brust, eine Scheißangst ein. Deshalb hatte ich auch mit dem Laufen aufgehört. Das war mit das Schlimmste daran – das und die Ungewissheit, was mit mir los war. Außerdem hatte ich das beengende Gefühl, dass meine Eltern seitdem noch mehr an mir festzuklammern versuchten.

»Geht ganz gut derzeit«, log ich.

»Das klingt beruhigend«, hörte ich meinen Vater sagen. »Der Aufenthalt am Meer scheint dir ja offensichtlich gut zu tun.«

»Ja.« Mehr gab es nicht zu erwidern.

»Dann will ich dich nicht länger stören, mein Sohn. Du machst das schon. Lass es dir gut gehen.«

»Danke dir. Wir hören uns, grüß Mama.« Ich legte auf.

Im Augenblick gab es wenig, das mich und meine Familie verband.

Der Unfalltod von Carmen vor vier Jahren hatte eine Menge Gräben zwischen uns aufgerissen, obwohl ich glaubte, dass diese schon viel früher dagewesen waren und nur jetzt ihr volles Ausmaß an Missklang zwischen uns zeigten. Ich hatte keine Kraft mehr, das ganze brüchige Konstrukt zusammenzuhalten, indem ich ständig greifbar blieb. Auf der anderen Seite waren da meine mysteriösen körperlichen Kapriolen, die Vater und Mutter mit Besorgnis erfüllten. Natürlich hatten sie panische Angst, noch ein Kind zu verlieren, auch wenn dieses Kind längst erwachsen war und seine eigenen Schritte gehen wollte.

Martin hatte mir eine Heilpraktikerin in Bergen empfohlen. Ich hatte ernsthafte Zweifel, ob eine Kräutertante mir bei meinen diffusen Herzproblemen helfen könnte. Doch als ich vor ein paar Tagen mitten in der Nacht wieder dieses Flattern in der Brust bekommen hatte, hatte ich mich dazu durchgerungen, am nächsten Morgen in der Praxis anzurufen. Ich sollte mich auf Martin berufen, hatte er gesagt und wie durch ein Wunder bekam ich schnell einen Termin. Morgen würde es soweit sein – einen Versuch war es wert.

Zwar machte ich mir keine sonderlich großen Hoffnungen, doch war ich gespannt, welche Tinkturen sie mir wohl verschreiben würde, die eine Wunderheilung hervorrufen sollten. Inzwischen war ich bereit, nach Strohhalmen zu greifen, damit mein Herz sich endlich beruhigen würde.

Außerdem machte es mich unterschwellig aggressiv und unruhig, dass ich mich nicht mehr traute, zu laufen.

Ich litt an Kopfschmerzen, Stimmungsschwankungen und Konzentrationsstörungen. Manchmal hatte ich auch Wortfindungsschwierigkeiten und irgendwie das Gefühl, gaga zu werden. Auf keinen Fall wollte ich mich damit abfinden, dass mein Körper mit Mitte 20 zu einem Wrack mutierte.

Mit verkniffenem Gesicht dehnte ich meine versteiften Schultern nach hinten. Eine Massage würde wahre Wunder wirken. Katharina war darin eine Meisterin. Der Gedanke an sie rief Schuldgefühle in mir wach, da ich mich bei ihr schon länger nicht gemeldet hatte. Allmählich benahm ich mich wirklich wie ein Einsiedler. Ich nahm mir fest vor, sie demnächst anzurufen.

Nun musste ich mich erst einmal damit auseinandersetzen, dass ich nicht mehr allein in diesem Haus wohnte – Martins Nichte Jenna war heute überraschend hier aufgetaucht und offensichtlich nicht mit meiner Anwesenheit einverstanden. Leider war ihr nichts anderes übrig geblieben, als sich damit zu arrangieren.

Seit sie vorhin nach oben gestiefelt war, hatte sie sich im Untergeschoss nicht mehr blicken lassen. Im Haus war es so ruhig wie eh und je. Es war schon ein merkwürdiger Zufall, dass sie ausgerechnet zu dieser Zeit hier Urlaub machen wollte. Richtig einschätzen konnte ich sie und ihr Auftauchen nicht.

Vorhin hatte sie jedenfalls ziemlich verspannt gewirkt.

Das laute Knurren meines Magens holte mich ins Hier und Jetzt zurück. Also raffte ich mich auf, ging in die Küche, machte mir ein paar Sandwiches und beschloss, meinem besten Kumpel Jonas etwas vorzukauen.

»Hey Dude, was geht?«, meldete er sich sofort, als hätte er auf meinen Anruf gewartet. Ich hatte es mir auf dem Stuhl bequem gemacht und platzte gleich mit der Neuigkeit heraus.

»Ich habe heute Besuch bekommen«, verkündete ich und biss von meiner kulinarischen Komposition ab, die vor Mayo nur so triefte. Rasch schob ich mein Kinn über den Teller, damit ich nicht alles vollkleckste und ich war froh, dass wir keinen FaceTime-Call hatten.

»Wie? Hast du etwa Geister im Haus?«

»Nein, ein lebendiges Mädel ist vorhin hier aufgetaucht.«

»Ich bin ganz Ohr«, sagte Jonas erwartungsvoll. Ich schluckte meinen Bissen herunter.

»Ihrer Familie gehört das Haus und sie will hier anscheinend Ferien machen.«

»Lass mich raten: Sie war extrem begeistert, dich zu sehen.«

»Korrekt«, entgegnete ich grinsend.

»Das klingt nach spannenden Verwicklungen. Endlich kommt mal Leben in die Bude!«

»Sie hat mich gesiezt«, schmatzte ich mit vollem Mund. »Und nannte mich Cheeseburger, na ja, zumindest indirekt.«

Jonas lachte so schallend, dass mein Handy-Lautsprecher übersteuerte.

»Wie alt ist sie denn?«

»Keine Ahnung. 19? 20? Ich bin schlecht im Schätzen.«

»Für sie bist du wahrscheinlich schon ein Greis. Wie sieht sie denn aus?«

Ich rief mir ihre kleine, zierliche Gestalt ins Gedächtnis. »Normal halt. Bisschen mager vielleicht.«

»Sonst ganz annehmbar?«

»Annehmbar wofür?« fragte ich, obwohl ich genau wusste, worauf Jonas anspielte.

»Hey, du teilst dir mit ihr die Hütte. Wäre reine Verschwendung, sich so eine Gelegenheit entgehen zu lassen.«

»Sie ist die Nichte des Hausbesitzers! Hab keine Lust, mir Ärger einzuhandeln.«

»Was das Eisen noch heißer macht«, flüsterte Jonas übertrieben lasziv. Ich rollte gespielt genervt mit den Augen, musste aber schmunzeln.

»Und, wirst du es Katharina sagen?«

»Was?«

»Na, dass die Madame bei dir reingeschneit ist.«

Entschieden schüttelte ich den Kopf. Erst gestern hatte mich Katharina per Sprachnachricht gefragt, ob bei mir im Ferienidyll alles in Ordnung sei. Seit einer Woche war ich nun schon hier und auch wenn es kein Erholungsurlaub war, genoss ich meinen Aufenthalt.

Katharina war die Schwester von Henning, dem damaligen Freund von Carmen, und wir führten seit vielen Jahren eine lockere Beziehung. Dennoch hielt ich es für besser, darauf zu verzichten, meinen weiblichen Besuch zu erwähnen.

»SSV, schon vergessen? Strikte Stressvermeidung«, beantwortete ich Jonas' Frage. »Nein, da halte ich mich mal schön bedeckt. Außerdem weiß sie auch noch gar nicht genau, ob sie überhaupt hier bleibt. Was gibt's bei dir so Neues?«, wechselte ich das Thema.

»Nicht annähernd so delikate Dinge wie bei dir.«

Jonas begann zu erzählen, doch ich schaffte es nicht, ihm zuzuhören, sodass ich das Gespräch rasch beenden wollte – auch weil er wieder von Jenna anfing und ich mich dazu hinriss, sie als Schnecke zu bezeichnen.

Ausgerechnet in diesem Moment kam sie in die Küche geschneit. Wahrscheinlich hielt sie mich nun erst recht für einen totalen Vollidioten.

Außerdem spürte ich noch immer den Druck auf mir lasten, den der Anruf meines Vaters ausgelöst hatte, und hätte ihn mir am liebsten vom Leib geschüttelt.

Erst als ich später in meinem Bett lag und in einen unruhigen Schlaf glitt, schien mein Körper leichter zu werden und irgendwann hörte auch mein Kopf endlich damit auf, unlösbare Gedanken zu wälzen.

Jenna

Mein Rucksack war ausgepackt und der Inhalt in Kommoden verteilt. Zufrieden glitt mein Blick durch das sparsam, aber stilvoll eingerichtete Zimmer. Ein karierter Ohrensessel war die einzige Sitzgelegenheit. Die Dachschräge über dem weißen Holzbett vermittelte gemütliche Geborgenheit. Das Fenster gab den Blick in den Garten frei und am Horizont wogte das Meer, dessen tiefes Blau mir immer ein Gefühl von Zuhause verlieh.

Ja, hier werde ich es wohl eine Weile aushalten können, dachte ich. Wenn da nicht der Mitbewohner wäre. Warum musste er in diesem Haus sein, ausgerechnet jetzt? Dieser Umstand trübte meine miese Laune noch mehr und machte das Ganze eine Spur unkomfortabler.

Allmählich bekam ich Hunger. Ich hatte schon ein richtiges Loch im Bauch. Es fühlte sich gut an, dass zumindest mein Appetit wiederkam. Ich hatte mir ein wenig Proviant mitgebracht, griff nach der Tüte und ging barfuß nach unten. Als ich um die Ecke zur Küche bog, stockte ich. Tom Cheeseburger fläzte mit dem Rücken zu mir auf einem Stuhl und telefonierte mit jemandem. Und zwar über mich.

»Die Schnecke heißt Jenna«, hörte ich ihn sagen. »Schon vergessen?«

Mir klappte vor Empörung der Mund auf und meine Augen verengten sich zu Schlitzen.

Schnecke? Er wagte es wirklich, von mir als Schnecke zu sprechen? Ich konnte es nicht fassen. Was bildete sich dieser Knabe eigentlich ein? Es kostete mich enorme Selbstbeherrschung, keinen Mucks von mir zu geben.

Er hörte mich nicht, so schlich ich mich von hinten an ihm vorbei, um mit einem lauten Krachen mein Zeug auf die Anrichte zu knallen und mich dann mit anklagender Miene zu ihm umzudrehen.

Es war ein Bild für die Götter. Er fuhr dermaßen zusammen, dass er beinahe vom Stuhl gekippt wäre und sein Handy fallen gelassen hätte. Mit großen Augen starrte er mich an.

»Warum so schreckhaft? Ist nur die Schnecke, die ein paar Sachen in die Küche bringt«, sagte ich übertrieben süßlich, aber mit gehässigem Unterton.

»Ich rufe später noch mal an«, brummte Tom ins Telefon und beendete das Gespräch, ohne mich aus den Augen zu lassen. Peinlich berührt stand er auf und blieb vor dem Stuhl stehen. Eine Welle der Genugtuung wogte durch meinen Körper.

»Hey, das war nicht so gemeint. Wir haben nur dumm rumgeblödelt. Jungs eben.«

Ja, klar. Jungs. Kläglicher Versuch, dachte ich und konnte nicht nachvollziehen, was Onkel Martin vorhin mit *feiner Kerl* gemeint haben könnte. Ich reckte herausfordernd das Kinn. »Blödel bitte woanders. Oder lass es am besten gleich ganz bleiben.« Ich war erstaunt, wie fest und selbstbewusst meine Stimme klang, obwohl ich innerlich kochte. Und um nichts in der Welt wollte ich ihn meine momentane Dünnhäutigkeit spüren lassen.

»Sorry. Kommt nicht wieder vor.« Es lag keine echte Reue darin, wenngleich er betreten wirkte und darauf zu warten schien, dass ich etwas sagte. Aber das tat ich nicht. Stattdessen ließ ich meinen Blick langsam über seinen Körper wandern und nickte schließlich stumm. Dann widmete ich mich meiner Tüte auf dem Tresen, als wäre nichts geschehen und packte sie in aller Ruhe aus.

»Tja, dann«, sagte er und verschwand lautlos aus der Küche.

Was für ein Typ, dachte ich, ahnte aber, dass ich mich gerade benommen hatte, wie eine verbiesterte Emanze. Noch immer empfand ich seine Anwesenheit als störend. Gleichzeitig regte sich in mir der Widerwille, klein beizugeben und abzureisen.

Jetzt erst recht, flüsterte mir eine leise Stimme auffordernd zu. Möglicherweise würde er ja über kurz oder lang den Wunsch hegen, sich zu verdünnisieren, wenn ich ihm weiterhin die kalte Schulter zeigte.

Plötzlich hatte ich keine Lust mehr, Spaghetti zu kochen.

Obwohl Tom nicht mehr auftauchte, beschloss ich, mir auswärts ein Sandwich zu holen und am Strand zu essen.

20 Minuten später saß ich auf einem Baumstamm und hörte dem Plätschern der Wellen zu. Am Horizont breiteten sich die ersten Abendwolken aus und überzogen den Himmel nach und nach wie rosa gefärbte Wattebäusche. Links von mir in der Ferne konnte ich den nördlichsten Zipfel der Insel mit dem Leuchtturm von Kap Arkona sehen, hinter dem die Sonne unterging. Die Romantik dieser Szene wollte nicht zu mir durchdringen. Alles könnte so friedlich und wunderbar sein, wenn nicht …

Ich dachte den Gedanken nicht zu Ende, sondern kramte hektisch mein Hand aus der Tasche und rief Mama zurück, damit sie wusste, dass ich wohlbehalten hier angekommen war. Aus irgendeinem Grund vermied ich es, Tom zu erwähren.

Als ich fragte, wie es Papa ging, tat sie seltsam ausweichend. Schon vor ein paar Tagen und auch gestern hatte ich das wiederkehrende Gefühl gehabt, dass eine merkwürdige Stimmung zwischen den beiden herrschte. Meine Mutter hatte nie besonders offen über Probleme geredet; sie verstand es perfekt, so zu tun, als wäre immer alles in Ordnung. Kein einziges Mal hatten meine Eltern vor Eric und mir gestritten. Unterschwellig spürte ich, dass es immer mal Spannungen gab, auch wenn penibel der Mantel des Schweigens darüber geworfen wurde.

Also beendeten wir das Gespräch, ohne über unsere echten Gefühle gesprochen zu haben und ich sann eine Weile darüber nach, was daheim wohl los sein mochte. Kurz darauf holten mich meine eigenen Sorgen ein.

Victor hatte sich heute nicht wieder gemeldet, aber all seine Nachrichten lauerten wie unbekannte Wesen in meinem Telefonspeicher, als wollten sie mich in eine dunkle Tiefe aus Traurigkeit und Kummer ziehen. Im Augenblick war ich nicht bereit, so tief hinabzutauchen und mich unbequemen Wahrheiten zu stellen.

Allmählich wurde es frisch, und da ich keine Jacke dabei hatte, machte ich mich auf den Rückweg. In Toms Zimmer brannte Licht. Gut, dann würden wir uns nicht mehr begegnen. Das war mir recht. Ich schloss die Tür auf und lief nahezu geräuschlos auf direktem Wege nach oben. Nach einem Abstecher ins Bad kuschelte ich mich in das gemütliche Bett und überließ mich der wohligen Schwerelosigkeit des Schlafes.

Jenna

Es war der erste Morgen seit vielen Tagen, an dem ich vor zehn Uhr und auch ohne Verzögerung aus dem Bett kam. Vermutlich lag es an der Meeresluft, sie machte mich munterer. In der letzten Nacht hatte ich auch weitaus besser geschlafen und nicht mehr so wirr geträumt.

Aber der Übergang vom Schlaf in den Wachzustand, jener Moment, in dem ich registrierte, dass ich all das Drama der letzten Tage nicht geträumt hatte, sondern es bittere Realität war, schmerzte von Neuem und ließ meinen Puls sofort um ein paar Schläge ansteigen.

Meine Gedanken fuhren weiterhin Achterbahn mit Meli und Victor als vorherrschenden Akteuren. Das Bild, wie Victor vor meinen Augen mit Blumen in der Hand ins Krankenhaus marschiert war, hatte sich fest in mir eingebrannt. Unermüdlich stellte ich ihn mir vor, wie er an ihrem Krankenbett saß, ihre Hand in seiner, und ihr gut zuredete, dass sie bald gesund werden würde und sie dann endlich zusammen sein konnten.

Und obwohl ich wusste, dass ich mich nirgends auf der Welt vor diesen Gedankenspiralen verstecken konnte, wollte ich zumindest die Illusion aufrechterhalten, dass räumlicher Abstand mich vor dem Durchdrehen bewahren würde.

Wie hieß es noch in einer Kapitelüberschrift aus »Eine Jeans für vier«, nach wie vor eines meiner liebsten Bücher, die ich als Teenie verschlungen hatte:

Von den sechsunddreißig Wegen, einer Katastrophe zu entgehen, ist Weglaufen der beste.

Ich war zwar kein Teenie mehr, dieses Konzept schien mir aber immer noch halbwegs vernünftig zu sein.

Aktuell befand sich in meinem Kopf zusätzlich ein gedanklicher Einkaufszettel. Ich hatte nicht so viele brauchbare Nahrungsmittel mitschleppen können und musste dringend den Kühlschrank auffüllen. Tom schien sich vorwiegend von Kaffee zu ernähren.

Zumindest gab mir das die Gelegenheit, mein altes Mountainbike aus dem Schuppen zu holen und in den Nachbarort zum Einkaufen zu fahren.

Als ich vom Wohnzimmer um die Ecke in die Diele bog, war ich so in Gedanken versunken, dass ich gar nicht bemerkte, wie Tom aus der Küche kam, und geradewegs gegen seine Brust prallte. Das Erste, was ich wahrnahm, war sein erstaunlich angenehmer Geruch – holzig-erdig, herb und doch dezent und flüchtig. Unwillkürlich atmete ich tiefer ein, was sich glücklicherweise wie ein erschrockenes Seufzen anhörte. Tom war über unseren Zusammenstoß genauso überrascht wie ich.

»Wooow«, machte er und seine Hände griffen reflexartig nach meinen Schultern, um mir Halt zu geben. Ich hatte mich heute Morgen für ein leichtes Trägertop entschieden, sodass seine Handflächen meine nackte Haut berührten.

Bis ich es schaffte, meinen gesenkten Kopf zu heben, schienen Ewigkeiten zu vergehen. Tom schaute mich prüfend mit hochgezogenen Augenbrauen an. Wie in Zeitlupe ließ er meine Schultern los, verharrte jedoch noch einen Augenblick mit den Händen dort, als wollte er sichergehen, dass ich tatsächlich mein Gleichgewicht wiedererlangt hatte.

Die Wärme seiner Hände hinterließ ein wohliges Gefühl auf meiner Haut. Für einige Sekunden verfingen sich unsere Blicke ineinander.

Dann war ich plötzlich wieder klar bei Verstand.

»Sorry«, brachte ich errötend hervor. Warum musste er nur so gut riechen?

»Hast du dir wehgetan?«, fragte er.

»Nein, alles gut. Ich war nur …«, ich wedelte mit meiner Hand um meinen Kopf herum, »… in Gedanken.«

»Kommt vor«, entgegnete er gelassen und ließ dasselbe Halblächeln erscheinen, welches ich bei unserem ersten Aufeinandertreffen schon nicht hatte einordnen können. Sofort verspürte ich jenes Ziehen in der Bauchgegend, das mir gestern schon aufgefallen war – und seine Ruhe ließ mich noch konfuser werden.

Exakt gleichzeitig wollten wir uns zur Haustür bewegen und stoppten erneut mitten in der Bewegung, um nicht noch einmal aufeinanderzuprallen.

»Ich muss auch raus.« Tom deutete mit dem Kinn zum Ausgang, um mir zu signalisieren, dass er mit den Vortritt lassen würde.

»Okay. Soll ich irgendwas vom Hofladen mitbringen?«, hörte ich mich fragen. Ich hatte nicht die leiseste Ahnung, warum ich das tat und woher meine Nettigkeit kam, vor allem nicht nach gestern Abend. Sollte er selber zusehen, sein Essen ranzuschaffen.

Er grinste. »Kaffee. Der Verbrauch könnte jetzt steigen.« Er unterstrich diese Worte mit einem Zwinkern. »Bis später«, rief er mir zu und schlenderte zu seinem Auto.

Verdattert stand ich noch wie angewurzelt auf der Türschwelle, ohne den geringsten Schimmer, ob er mich wohl auf den Arm nahm oder ob er immer so war. Ich wurde nicht schlau aus ihm. Kopfschüttelnd lief ich um das Haus herum, um mein Fahrrad aus dem Schuppen zu holen.

***

Es tat überraschend gut, den Wind im Gesicht zu spüren, nachdem ich aufgestiegen war und die ersten Meter zurückgelegt hatte. Mühelos radelte ich über die Dorfstraße, trat schwung-

45

voll in die Pedale und war dankbar für die Bewegung.

Die Vorstellung, dass ich zu diesem Zeitpunkt nach meinem ursprünglichen Plan durch eine europäische Metropole gelaufen wäre, kam mir hier seltsam unwirklich vor, wie ein anderes Leben. Und in gewisser Weise war es das ja auch.

An meinem Leid änderte das nichts. Ich war eine Närrin, wenn ich glaubte, all meine negativen Gefühle würden sich nur durch einen Ortswechsel einfach auflösen. So bohrten sie sich spiralförmig durch mich hindurch und egal, wie ich mich wand, ich konnte ihnen nicht ausweichen. Im einen Augenblick vermisste ich Meli unendlich, im nächsten wollte ich sie wütend anbrüllen und schlimmste Schuldgefühle in ihr auslösen. Und doch konnte ich sie nicht derart hassen, wie es aktuell bei Victor der Fall war.

Das Einzige, was ich in Bezug auf sie durchweg spürte, war peinigender Schmerz, wie permanente Stiche in meinem Inneren. Gleichzeitig fehlte sie mir so sehr. Ich wünschte, ich könnte ihr von Tom erzählen, der mir tierisch auf die Nerven ging. Sie hätte mit Sicherheit eine angemessene Lösung parat gehabt, wie ich mit diesem selbstgefälligen Kerl umzugehen hatte. Andererseits müsste ich mich nicht mit ihm herumschlagen, wenn nicht passiert wäre, was passiert war. Denn dann wäre ich wohl kaum an die Ostsee gefahren. Und so drehte sich meine Gedanken- und Gefühlsspirale bis ins Endlose im Kreis.

Hinter der nächsten Kurve bremste ich abrupt ab und kam mit offenem Mund zum Stehen.

»Wow!«, entfuhr es mir. Ein Mohnblumenfeld erstreckte sich Hunderte Meter ins Land hinein. Die knallroten Blüten wogten geschmeidig im Wind und hoben sich kontrastreich von dem wolkenlosen blauen Himmel ab. Sofort wollte ich ein Foto machen und griff nach meiner Tasche, um enttäuscht festzustellen, dass ich mein Handy nicht dabeihatte. Ich beschloss, bald noch einmal hierherzukommen. Schon lange wusste ich um die Schönheit und Anziehungskraft der Mohnfelder in diesem

Landstrich, hatte aber seit meiner Ankunft nicht daran gedacht, dass sie zurzeit blühten. Jedes Jahr lockten sie zahlreiche Fotografen an, auf der Jagd nach den besten und schönsten. Und immer blühten sie woanders.

Spontan stellte ich mein Rad ab und lief ein paar Meter in den Mohn hinein, bis ich komplett von ihm umgeben war. Ich hob die Arme und drehte mich wie ein spielendes Kind im Kreis. Für ein paar schwerelose Minuten waren alle meine Sorgen wie weggewischt. Nachdem ich eine Weile in dem Blütenmeer verbracht hatte, fuhr ich weiter.

Als ich am Hof ankam, herrschte schon einiger Betrieb. Die ersten Touristen hatten die Umgebung bevölkert.

Seit unserem ersten Urlaub hatte sich einiges verändert. Der Laden war im Familienbesitz und bekam mehr und mehr Zulauf, sodass die Inhaber in eine größere Verkaufshalle investiert hatten. Es war nun eher ein kleiner Supermarkt als ein klassischer Hofladen.

Als ich hineinging, stieß ich einen kleinen Schreckenslaut aus. Da hatte es wohl jemand mit der Klimaanlage übertrieben. Es war so kalt, dass sich Pinguine wohlgefühlt hätten. Sofort kroch eine Gänsehaut über meine Arme und ich wünschte mir, dass ich vorhin doch meine Sweatjacke übergezogen hätte.

Zielgerichtet ging ich mit meinem Korb durch die Regale, bis ich einen jungen Mann an der Käsetheke entdeckte, der mir vage bekannt vorkam und mich interessiert musterte. Ich kniff die Augen zusammen. Aus der Entfernung konnte ich nicht einordnen, wer es war. Er hob grüßend die Hand. Automatisch drehte ich den Kopf, um sicherzustellen, dass niemand hinter mir stand und er wirklich mich meinte.

Lächelnd kam er auf mich zu, weil ich noch immer zögerte.

»Hi, Jenna«, begrüßte er mich.

Auf einmal erkannte ich ihn und riss die Augen auf. »Malte!«, stieß ich verwundert hervor. Dieser schlanke, durchtrainierte Mann, war bei meinem letzten Besuch auf der Insel noch mindestens doppelt so breit gewesen. Auch seine Brille war verschwunden, was seinem Gesicht einen markanteren Ausdruck verlieh. Kein Wunder, dass ich ihn nicht sofort erkannt hatte.

»Ja, der bin ich.« Er hob die Hände, wie um das Gesagte zu unterstreichen. »Ein bisschen verändert.«

»Das kann man wohl sagen«, stimmte ich anerkennend zu. »Wow!«

Seine Eltern schmissen hier den Laden. Und er war offensichtlich voll ins Familienbusiness integriert. Die blaue Schürze mit dem Logo stand ihm erstaunlich gut. Ich stellte meinen Korb vor mir ab, der immer schwerer zu werden schien und einen Krampf in meinem Oberarm verursachte.

»Auch mal wieder hier?«, fragte er.

»Hm.« Ich nickte. Seit dem letzten Mal waren schon zwei Jahre vergangen.

»Mit deiner Family?«, hakte er neugierig nach.

»Nein, diesmal allein«, was leider nur halb stimmte.

»Dann ist das etwa alles für dich?« Er zeigte auf meinen üppigen Einkauf.

»Und wenn?«, gab ich keck zurück.

»Dann würde ich mal wetten, dass du nicht unbedingt auf Diät bist.« Er grinste mich unverhohlen an. Ich wusste nicht genau, ob er über sich selbst oder über mich scherzte. Also ließ ich ihm diese Frechheit mal durchgehen.

»Wissen deine Eltern, dass du die Kundschaft hier so überaus zuvorkommend behandelst?«

»Nein. Ist mein Geheimrezept. Darum haben wir ja so viele Kunden. Und meine Eltern denken, es liegt an ihnen.«

Beim letzten Satz verfiel er in Flüstern und beugte sich ein wenig näher zu mir, als verriete er ein streng gehütetes Geheimnis.

Ich musste niesen und rieb mir über die kalten Arme.

»Dann sieh mal zu, dass deine Kunden nicht so frieren müssen.«

Malte machte eine wegwerfende Handbewegung. »Ja. Die

Firma, die die Klimaanlage reparieren sollte, hat einen dringenden Großauftrag auf dem Festland. Heute Nachmittag kommt endlich jemand, der das in Ordnung bringt.«

Ich wies auf die Kasse und machte Anstalten zu gehen. »Ich muss dann mal. Hat mich gefreut, dich wiederzusehen, Malte.«

»Ja, mich auch«, sagte er. »Bist du denn noch eine Weile hier?«

»Schon, wieso?«

»Wir könnten ja mal was zusammen machen.«

Sollte das etwa ein Date werden? Bevor ich meine Frage aussprechen konnte, kam er mir mit seiner Erklärung zuvor.

»Ich hänge öfter mit ein paar Leuten am Strand in Glowe ab. Ganz locker. Komm gern mal dazu, wenn du magst. Würde mich freuen.« Bei den letzten Worten wurde seine Stimme merklich tiefer.

»Danke. Mal sehen«, sagte ich.

»Okay, ich muss dann mal weiterarbeiten. Bis bald, Jenna.« Er steuerte auf die Käsetheke zu. Am Ende des Ganges drehte er sich noch mal um und lächelte. Unglaublich, wie er sich verändert hatte. Aus dem pummeligen Jungen war ein athletischer Erwachsener geworden, der auch sämtliche Schüchternheit abgelegt zu haben schien.

Nach und nach drangen die Geräusche des Ladens wieder in meine Ohren. Ich hob meinen Korb an und prüfte, ob ich nichts vergessen hatte. Rasch bewegte ich mich zur Kasse, um meinen Einkauf zu bezahlen und ahnte schon, dass ich spätestens nach meiner Rückkehr ins Haus nichts mehr zu tun haben würde, um meinen quälenden Gedanken zu entkommen.

Meine gute Stimmung fiel in sich zusammen – und nicht einmal der leuchtende Mohn, dessen Blüten immer noch geheimnisvoll im Sommerwind tanzten, konnte es ändern.

Tom

»Shit …«, fluchte ich unterdrückt und riss das Lenkrad herum, um die Abzweigung noch zu erwischen. Schon wieder hatte ich mich in meinen Gedanken verloren – und ich wollte nicht zu spät in der Praxis erscheinen. Laut Martin war es gar nicht so leicht, dort einen Termin zu bekommen; ich wollte es nicht riskieren, ihn zu verpassen.

Mein Zusammenstoß mit Jenna ging mir nicht mehr aus dem Kopf und zerrte an meiner Konzentration. Sie mochte zwar klein und zierlich sein, besaß aber eine Menge Energie. Mitten in der Diele war sie – völlig in Gedanken versunken – gegen meine Brust gerannt und hatte einige Sekunden gebraucht, um mir ins Gesicht schauen zu können. Fast so, als hätte etwas an mir sie benebelt. Prüfend schnupperte ich an meinen Achselhöhlen. Nein, so weit alles okay. Mein Deo hatte nicht versagt.

Wahrscheinlich hatte ich es nach unserer Kollision auf ihrer Beliebtheitsskala nicht unbedingt weiter nach oben geschafft.

Trotzdem stahl sich ein Lächeln auf mein Gesicht, als ich an ihren erschrockenen Blick dachte. Ich musste zugeben, dass sie wirklich hübsch war, auf ihre ganz eigene Weise und im wahrsten Sinne bemerkenswert. Vor allem ihre besondere Augenfarbe, dieses außergewöhnliche Dunkelgrau, verlieh ihr einen geheimnisvollen Ausdruck.

Ich war gespannt, wie sich unsere unfreiwillige WG wohl gestalten würde. Nach unserem Zusammenstoß war sie mit dem Rad einkaufen gefahren, was nicht darauf hindeutete, dass sie abzureisen plante.

Ich war bereits in Bergen und ließ mich von meinem Navi durch die Stadt lotsen, denn die Praxis befand sich außerhalb. Langsam bog ich in eine schmale Straße aus Kopfsteinpflaster ein. Im Schritttempo näherte ich mich einem beigefarbenen Gutshaus – ein beeindruckender Landsitz.

An einigen Stellen bröckelte der Putz und gab die darunterliegenden Ziegelsteine frei, was dem Ganzen einen anmutigen Charme verlieh. Die roten Dachpfannen schienen relativ neu zu sein und glänzten in der Sonne. An den Fassaden rankten prächtige Rosenbüsche empor. Augenblicklich hatte ich das Gefühl, in einem anderen Jahrhundert angekommen zu sein. Ich parkte direkt vor dem Haus unter einer alten Eiche, deren Blätter sacht im Wind rauschten.

Mir blieben noch knapp zehn Minuten Zeit bis zu meinem Termin. Meine Finger begannen nervös auf dem Lenkrad zu trommeln. Ich hatte absolut keine Vorstellung, was mich da drinnen erwarten würde.

Mit einem leicht mulmigen Gefühl stieg ich aus, nahm die Sonnenbrille ab, rollte meine angespannten Schulterblätter nach hinten und blieb noch eine Weile am Auto gelehnt im Schatten stehen.

Das Haus besaß zwei Eingänge. Einer war offensichtlich privat, der andere führte zur Praxis. Als ich schließlich eintrat, knarrte die massive Holztür leise und ich tauchte in eine andere Welt ein. Vor mir lag ein Raum, der sich mit nur zwei Worten beschreiben ließe – weiträumig und spartanisch.

Es gab tatsächlich kaum Mobiliar, außer einem antiken Holzschreibtisch, der als Anmeldetresen diente und drei grün gepolsterten Schalensessel vor einem der bodentiefen Fenster.

Der Raum wirkte keineswegs leer. Er war durchzogen von rostrotem offenem Gebälk, das ihn stimmig teilte und sich entlang der hohen Decken fortsetze. Eine Leinwand mit einem riesigen, erhabenen Mandala in allen möglichen Blau- und Violetttönen zierte die gegenüberliegende Wand.

Ich war so gefangen von dieser einnehmenden Atmosphäre, dass ich zuerst gar nicht merkte, wie jemand auf mich zukam.

»Guten Tag, Sie müssen Tom Börger sein. Mein Name ist Juliane Hartner.« Die blonde Frau vor mir reichte mir ihre schlanke Hand und lächelte mich an. Ihre blauen Augen strahlten.

Sie trug eine karamellfarbene Leinenhose und ein lässiges weißes T-Shirt und war erstaunlich groß. Ich überragte sie nur um wenige Zentimeter. Am meisten zog mich ihre sanftmütige Ausstrahlung in den Bann.

»Hallo«, sagte ich. »Ich war so fasziniert von diesem Raum, dass ich Sie gar nicht habe kommen sehen.«

»Dankeschön. Das Haus war eine verrückte Erbschaft. Und es hat lange gedauert, bis es so aussah wie jetzt. Heute genießen wir es alle sehr. Kommen Sie, lassen Sie uns nach nebenan gehen.« Sie nickte in die Richtung, aus der sie gekommen war. Schweigend folgte ich ihr. Auch das Nebenzimmer, das ganz und gar nicht einem jener sterilen Behandlungsräume glich, in denen ich in den vergangenen Monaten so oft untersucht worden war, spiegelte ihren erlesenen Einrichtungsgeschmack wider.

In der Mitte standen einander zwei bequeme Korbsessel gegenüber, zwischen ihnen befand sich ein kleines Tischchen mit einer Karaffe Wasser und zwei Gläsern. Auf einem Sekretär am Rande stapelten sich einige Formulare und Unterlagen. Mehrere massive Vitrinen im Vintage Stil nahmen die gesamte Wand ein und dienten als Bücherregale.

»Nehmen Sie Platz«, forderte Frau Hartner mich auf und wies auf den linken Stuhl. Sie nahm sich ein Notizbuch vom Sekretär und setze sich zu mir.

»Möchten Sie etwas trinken?«

»Sehr gern«, sagte ich und sie goss mir ein Glas ein, das ich sofort ergriff, um meine Verlegenheit zu überspielen und ein paar Schlucke zu trinken.

Die entspannte Atmosphäre ließ mich ruhiger werden. Ich lehnte mich in den Sessel und hatte einen Moment lang das

Gefühl, darin zu versinken.

»Sie kommen auf Empfehlung von Martin?«

»Ja.« Ich räusperte mich. »Er sagte, ich solle mal mit Ihren über meine Sache reden.«

Sie schaute mich interessiert an. Am Telefon hatte ich erfahren, dass unser Erstgespräch kostenlos war. Sollte eine Behandlung anschließen, würde dieses später verrechnet werden. Noch konnte ich mir nicht vorstellen, wie eine solche Behandlung aussehen sollte. Im Raum befand sich kein einziges medizinisches Gerät.

»Dann erzählen Sie mal, Herr Börger. Was führt Sie zu mir?«

Stockend begann ich, von meiner Arzt-Odyssee und den zahlreichen Untersuchungen zu berichten, die allesamt kein Ergebnis zutage gebracht hatten – es hatte keine organische Ursache festgestellt werden können. Juliane Hartner machte sich derweil Notizen in ihrem Büchlein.

»Sie wirken äußerst sportlich. Wie alt sind Sie?«, wollte sie wissen, nachdem ich verstummt war.

»26. Und ja, ich laufe regelmäßig – nein, bin gelaufen. Ich habe damit aufgehört, weil ich Schiss habe, unterwegs zusammenzubrechen.«

»Das kann ich gut verstehen.« Sie nickte und beugte sich zu mir, bevor sie weitersprach.

»Bei Ihrer körperlichen Konstitution und in Ihrem jungen Alter wäre eine plötzlich auftretende Herzschwäche höchst unwahrscheinlich. Es sei denn, es liegen genetische Ursachen vor. Gibt es Herzkrankheiten in Ihrer Familie?«

Ich schüttelte den Kopf.

»Ist da möglicherweise etwas, das Sie aktuell sehr belastet und nicht körperlicher Natur ist?«

Meine Hände krampften sich in die Seitenlehnen und in mir regte sich eine Spur von Widerstand. Sollte ich etwa meine privaten Herausforderungen vor ihr ausbreiten? Und ihr von meiner Schreibblockade erzählen? Und unser Familien-Tragödie?

Sie bemerkte mein Zögern und sagte:

»Verstehen Sie mich nicht falsch. Das hier ist keine Psychotherapiestunde. Ich versuche nur, mir ein Bild von Ihnen zu machen, um die Zusammenhänge zu erkennen.«

»Ehrlich gesagt, habe ich gedacht, Sie verschreiben mir ein paar Kräuterpillen und alles ist gut«, brachte ich meine innere Erwartung auf den Punkt, was sie leise lachen ließ. Nichts an dieser Frau war laut oder aufdringlich.

»Ich habe definitiv keine Kräuterpillen für Sie. Es geht mir nicht darum, nur Symptome zu bekämpfen, sondern die Ursachen herauszufinden.«

Ich begriff. Sie meinte wohl diese sogenannte Ganzheitlichkeit, von der Martin gesprochen hatte. Das ergab ja auch Sinn. Selbst einige der Ärzte hatten gefragt, ob ich derzeit besonders viel Stress hätte.

Allmählich entspannte ich mich wieder, schob meine Widerstände beiseite und umriss kurz die Geschichte mit meiner Schwester und die Erwartungen, die meine Familie in Bezug auf ihren nahenden Todestag an mich hatte. Und ich erwähnte die Schreibblockade hinsichtlich meiner Abschlussarbeit.

»Danke für Ihre Offenheit«, sagte sie. »Das alles kann in der Tat Schwerstarbeit für ein Herz sein. Wie genau fühlen sich diese Symptome jeweils an?«

»Es ist so eine Art Flattern hier drin und es fühlt sich an, als würde ich kurz keine Luft bekommen«, beschrieb ich und meine Fingerspitzen fuhren zwischen meiner Brust hoch und runter.

»Eher unter dem Brustbein?«, fragte sie.

»Ja.«

Sie schrieb in ihr Notizbuch und nickte. »Haben Sie noch weitere Auffälligkeiten bemerkt?«

»Manchmal habe ich Kopfschmerzen. Hatte ich früher auch nie.«

»Wo und wie verspüren Sie diese?«

»Es ist so eine Art Pochen, genau hier.« Ich tippte zwischen meine Augenbrauen. »Vielleicht habe ich ja auch einen Gehirntumor.«

Frau Hartner lächelte mich milde an.

»Das glaube ich nicht«, sagte sie. »Sie haben bestimmt keinen Gehirntumor. Wenn Sie diesbezüglich Sicherheit haben wollen, müssen Sie jedoch in eine Klinik gehen und sich in die Röhre schieben lassen.«

Ihr Wort in Gottes Ohr, dachte ich. Obwohl ich bereits zwei Gläser Wasser getrunken hatte, fühlte sich meine Kehle wie ausgedörrt an.

»Ich glaube eher, dass Ihre Beschwerden psychosomatischer und energetischer Natur sind.«

»Energetisch? Was meinen Sie damit?«

»Schauen Sie, unser Körper ist ein komplexes System, durch das ständig Energien fließen. Diese Energien haben eine bestimmte Frequenz. Wenn diese Frequenzen gestört werden, entstehen Disharmonien, die sich in Schmerzen und anderen Symptomen äußern können. Damit zeigt Ihr Körper Ihnen womöglich, dass etwas nicht stimmt, nicht in Harmonie mit dem ist, was eigentlich zu Ihnen passt und Ihnen entspricht.«

Frequenzen? Disharmonien? Ich verstand kein Wort und runzelte die Stirn. Wiederholt stiegen Zweifel in mir auf.

»Entfallen Ihnen in letzter Zeit öfter Dinge, sind Sie vergesslich?«

Wie auch immer sie darauf kam, sie traf damit voll ins Schwarze. Ich nickte bedächtig. »Ja«, sagte ich und erinnerte mich an Situationen, in denen mir bestimmte Wörter und Begriffe nicht hatten einfallen wollen. Oder in denen ich mich nicht hatte erinnern können, was ich wenige Stunden zuvor genau gemacht hatte. Wollte sie etwa auf eine beginnende Demenz hinaus? Allmählich kam mir das Gespräch unheimlich vor. Während ihr alles immer klarer zu werden schien, tauchten in mir immer mehr Fragezeichen auf.

»Was genau habe ich denn jetzt für ein Problem?« Unbehaglich rutschte auf meinem Stuhl herum.

»Es könnte sein, dass Sie sich in einem intensiven inneren Entwicklungsprozess befinden und Ihre Energiezentren, um die es dabei geht, sich bemerkbar machen. Und Ihr Herz möchte Ihnen zeigen, wonach es in Wahrheit strebt und dass Ihr altes Leben nicht mehr zu Ihnen passt.

»Deshalb macht mein Körper all diese Mucken?«

»Ja, das kann durchaus sein. Auffälligkeiten sollten natürlich immer medizinisch abgeklärt werden – aber das haben Sie ja getan.«

»Ja, und die Ärzte haben nichts gefunden«, antwortete ich frustriert. Mit Frequenzen, Disharmonien und Energiezentren konnte ich allerdings auch nicht viel anfangen.

»Bewusstseinsveränderungen können im Körper erst mal zu Startschwierigkeiten führen. So als würde man beispielsweise ein altes Auto mit neuer Technologie ausstatten. Es knattert und knirscht anfangs.«

Mit dieser Metapher konnte ich schon eher etwas anfangen. Vorsichtig nickte ich ihr zu, um ihr zu verstehen zu geben, dass sie fortfahren konnte.

»Es kann auch sein, dass alte Themen verstärkt hochkommen und angeschaut werden wollen. Traumata, Blockaden, Ängste. Von denen reinigt sich das System allmählich, um dann die neuen Energien integrieren zu können. Das könnte Ihren momentanen psychischen Zustand erklären.«

»Aber warum passiert mir das alles, ausgerechnet, wo ich meine Abschlussarbeit schreiben muss?«

»Na ja, vielleicht möchte Ihre Seele diesen Entwicklungsschritt machen. Sie ist sozusagen reif dafür.«

Ich atmete einmal tief ein und aus. Das alles musste ich erst mal sacken lassen. Jetzt sprach sie auch noch von meiner Seele. Ich fühlte mich reichlich überfordert.

Frau Hartner stand auf, holte eine Mappe und legte mir zwei Zettel hin. Auf dem einen standen einige Leseempfehlungen über Meditation, Psychosomatik, Bewusstseinserweiterung und so einen Kram. Alles Bücher, die ich bislang nie im Traum auch nur angefasst hätte.

Auf dem anderen Blatt befand sich ein QR-Code. Ich blickte auf die beiden Zettel und dann zu ihr.

»Das ist der Code zu einer App, die wir in Zusammenarbeit mit einem Klanglabor entwickelt haben«, erklärte sie. »Sie enthält Musik in verschiedenen Frequenzen, die für bestimmte Körperbereiche heilend und stimulierend wirken. Ich empfehle Ihnen, Meditation auszuprobieren und dabei diese Musik zu hören, speziell die für das Herzchakra.« Sie legte ihre Hand auf die Mitte ihrer Brust. »Dieser Bereich wird dann entspannen und es kann sein, dass die Beschwerden mit der Zeit nachlassen.«

Das sollte alles sein? Einfach Musik hören und der Spuk hörte auf? Für meinen Verstand klang das alles zu abgefahren, um wahr zu sein. Ich sehnte mich nach einer Wunderpille, die mein Problem lösen würde. Aber das? Meine Zweifel schienen mir ins Gesicht geschrieben zu sein.

»Probieren Sie es mal aus. Und vor allem: Machen Sie weiterhin Sport. Tun Sie Ihrem Körper Gutes. Doch übertreiben Sie es nicht. Wenn Sie müde sind und Ruhe brauchen, gönnen Sie sich die Auszeit. Ihr Körper reguliert und regeneriert sich von ganz allein. Kämpfen Sie nicht dagegen an, sondern sorgen Sie gut für sich.«

»Also bleibe ich noch eine Weile am Leben?«, erwiderte ich trocken.

»Sieht ganz so aus«, sagte sie und bedachte mich mit einem unlesbaren Lächeln.

Als ich mich verabschiedet hatte und im Auto saß, konnte ich nicht sofort losfahren. Mein Gehirn rauchte von all den Kuriositäten, mit denen ich eben konfrontiert worden war. Das ganze Gespräch war so meilenweit von dem entfernt gewesen, was ich erwartet hatte.

Zögerlich nahm ich die Liste der Buchempfehlungen in die

Hand. Eines sprang mir sofort ins Auge. Ich checkte es kurz online, es war als E-Book verfügbar. So spontan hatte ich noch nie zuvor auf *Bestellen* geklickt.

Ich lehnte mich im Sitz zurück und fasste mir an die Stirn, als könnte ich selbst nicht fassen, was ich hier gerade getan hatte. So abgedreht das Ganze auch sein mochte – alles was Juliane Hartner gesagt hatte, fühlte sich auf einer nicht-logischen Ebene besorgniserregend stimmig an.

Wenn ich Jonas davon erzählte, würde er mich nicht mehr für voll nehmen. Er hasste alles, was auch nur ansatzweise mit Esoterik zu tun hatte.

Das mit der Meditation musste ich nochmal ernsthaft überdenken. Allein das Wort verursachte ein Gefühl von lähmender Langeweile in mir. Einzig, dass ich wieder laufen durfte, war doch ein erfreulicher Lichtblick. Mit diesem Gedanken startete ich endlich den Motor.

Jenna

Meine Gedanken fuhren noch immer Karussell. Kein schönes, wie diese Vintage-Jahrmarktmodelle mit eleganten auf und ab gleitenden Pferden. Es war ein nicht enden wollender Wirbel aus Fragen und wirren Antworten. Und es machte mich verrückt. Begleitet wurden diese Gedanken von lebhaften Bildern.

In endlosen Wiederholungsschleifen stellte ich mir Victor und Meli vor, wie sie sich heimlich verliebte Blicke zuwarfen, zu einem romantischen Essen trafen, vertraut über Gott und die Welt sprachen und sich dabei immer näher kamen – körperlich und emotional.

Keine Ahnung, warum ich mich selbst damit so peinigte. Doch ich wusste auch nicht, wie ich dieses Kopfkino zum Stillstand bringen konnte. Ausgestreckt lag ich auf meinem Bett und fixierte reglos die weiße Decke, auf die alle diese imaginären Bilder projiziert wurden. Es war der reinste Horrorfilm.

Zwar hatte ich 400 Kilometer zwischen mich und den Ort des Geschehens gebracht. Meinen Gedanken hingegen konnte ich nicht so einfach entfliehen. Selbst mein ausgedehnter Strandspaziergang hatte nicht die gewünschte Wirkung gehabt.

Lustlos griff ich nach meinem Handy und öffnete die ein oder andere App. Das Künstler-Forum, in dem ich früher öfter meine Entwürfe gepostet, die Werke anderer kommentiert und mir Inspirationen geholt hatte, mied ich immer noch. Und nachdem mir der Zugang zu meinem Traumstudienplatz verwehrt worden war, hatte ich keine Lust mehr gehabt, auch nur einen einzigen Bleistiftstrich zu ziehen. Ich fühlte mich dieser Community nicht mehr würdig. Seitdem ich meine letzte Zeichnung gepostet hatte, waren zwei Monate vergangen. Zwar hatte ich meine Zeichenutensilien mitgebracht, doch sie lagen noch unangetastet auf dem Sideboard. Jegliche kreative Energie schien mir abhandengekommen zu sein; seit Victors Offenbarung erst recht.

Meinen Chat mit ihm ließ ich ebenfalls vehement geschlossen. Diese Büchse der Pandora wollte ich nicht öffnen. Mit all seinen Nachrichten, die dort auf mich warteten, konnte und wollte ich mich im Augenblick nicht befassen. Instagram und Facebook wollte ich ebenfalls nicht öffnen. Blieb nur noch das Wetter, YouTube und ein Blick auf meine abonnierten Podcasts, von denen mich heute keiner ansprach.

Angestrengt überlegte ich, was ich anstellen könnte, das mich völlig vereinnahmen und jegliche Gedanken an Meli und Vic verdrängen würde. Seufzend legte ich das Handy beiseite, lief nach unten und spazierte ein paar Minuten lang ziellos durchs Haus. Von Tom keine Spur, was mir nur recht war.

Als ich an den Regalreihen der Bibliothek vorbeiging, fiel mir auf, wie staubig die Bücher waren und dass sie keinerlei Ordnung folgten. Alles stand wild durcheinander gemixt. Jane Austen neben Erich Fromm und ein Bildband über Gartenkultur neben Andy Warhol. Im Laufe der Jahre waren sie wohl so oft herausgezogen und nachlässig zurückgestellt worden, dass es kein System mehr gab.

Auf einmal war glasklar, was ich tun konnte. Mein Projekt *Ablenkung* war geboren, indem ich hier mal so richtig Ordnung schaffte.

Motiviert holte ich Putzlappen, Eimer und Staubwedel und begann mit einer Reinigungsaktion, für die ich die Bücher auf den Boden stapelte, bis kein Fleck des Parketts mehr zu sehen war. Schon nach dem Wischen der ersten Regalbretter begann mein Zeitgefühl sich aufzulösen und ich versank so tief in meiner neuen Aufgabe, dass ich weder aß noch trank.

Nach einer Weile hatte ich so viel Staub eingeatmet, dass mein Rachen kratzte und ich einen eigenartigen Geschmack im Mund hatte. Vom ständigen Bücken und Strecken war ich außerdem schon ganz verspannt, doch es störte mich kein bisschen. Ich war wie in einem High und verspürte eine tiefe innere Befriedigung dabei, etwas zu tun, was absolut gar nichts mit meinen trüben Gedanken der letzten Tage gemein hatte.

So gut es eben noch ging, lief ich hin und her und stapelte Bildbände zu Bildbänden, Sachbücher zu Sachbüchern und Romane zu Romanen, natürlich getrennt nach Hardcover und Taschenbüchern und freute mich, dass ich das Chaos allmählich überblickte.

Jemand anderes freute sich weniger darüber.

»Was um alles in der Welt soll das denn werden?«

Erschrocken fuhr ich herum und stieß dabei beinahe den Putzeimer um. Tom war im Türrahmen erschienen und starrte auf das Durcheinander zu meinen Füßen.

Er hatte wirklich das Talent, wie aus dem Nichts aufzutauchen. Wenn das so weiterging, würde ich in diesem Haus noch einen Herzkasper kriegen.

»Musst du mich immer so erschrecken?«, entfuhr es mir, bevor ich lautstark niesen musste.

»Prost. Und sorry«, entgegnete er. »Was tust du hier?« Mit hochgezogener Augenbraue ließ er seinen Blick durch den Raum schweifen.

»Ich sortiere die Bücher neu«, erklärte ich, als wäre dies die normalste Sache der Welt, die man eben ab und zu tat, wie Rasenmähen oder das Gefrierfach abtauen.

»Warum das denn? Die standen doch alle hübsch geordnet in den Regalen.«

Mein durchdringender Blick beinhaltete eine klare Botschaft: Stell keine dummen Fragen und lass mich weiterarbeiten

Kapitulierend hob er die Hände und presste die Lippen aufeinander. Vermutlich hatte er Mühe, sich einen weiteren Kommentar zu verkneifen.

»Danke«, knurrte ich, widmete mich wieder meinen Bücherstapeln und konzentrierte mich auf die korrekte Zuordnung der einzelnen Genres.

Tom blieb im Durchgang zur Diele stehen. Aus den Augenwinkeln nahm ich wahr, wie er mich beobachtete.

»Wie komme ich denn jetzt in mein Zimmer?«, fragte er ganz vorsichtig.

»Du hast Beine, steig drüber«, appellierte ich, ohne ihn anzusehen.

»Also, so wie das hier aussieht, dauert das noch Wochen. Was, wenn ich nachts mal dringend raus muss?«

»Echt? Das ist dein Problem?« Meinte er das wirklich ernst? »Du kannst ja solange auf der Couch im Wohnzimmer übernachten«, schlug ich schließlich vor und nickte in deren Richtung, um meine Idee zu untermauern. Er kratzte sich am Haaransatz, als müsste er überlegen, wie er diesen Vorschlag fand.

»Ich glaube, das macht mein alter Rücken nicht mehr mit.« Ungläubig richtete ich mich auf, die Arme in die Seite gestemmt.

»182. In Hundejahren«, fügte er hinzu, ohne die Miene zu verziehen. Okay, er zog mich auf. Ich konnte nicht verhindern, dass meine Mundwinkel sich zu einem Lächeln hoben. Er hatte Humor und zwar genau die Art, die ich mochte – trocken und unvermittelt.

»Okay, alter Mann«, sagte ich. »Vorschlag zur Güte: Hilf mir dabei. Dann sitzen wir nicht Weihnachten noch hier.« Ich warf ihm einen auffordernden Blick zu.

»Wenn sich mir nur erschließen würde, was genau du hier vorhast.« Er deutete auf die Bücherberge.

»Na jaaa, ich will ein bisschen mehr System reinbringen.«

»Für wen?« Er hob ein Buch hoch, drehte es um und las den Klappentext.

»Für mich. Und für … alle.« Ich machte eine unbestimmte Handbewegung. Ja, okay, bisher waren wir mit der Bibliothek glücklich gewesen, wie sie war. Dennoch hatte ich keine Lust, ihm von meinen gedanklichen Achterbahnfahrten zu erzählen und davon, dass es mir darum ging, mich abzulenken – ganz egal, ob es Sinn ergab oder nicht. Die Hintergründe gingen ihn nichts an, fand ich.

»Bist du Bibliothekarin oder so?«

»Nein, ich liebe Bücher nur über alles. Und ich dachte, sie hätten es verdient, vernünftig angeordnet zu sein.«

»Sie stehen vermutlich schon lange so, zumindest nach der Staubschicht zu urteilen.« Er pustete auf einen Buchrücken und ließ ein gekünsteltes Hüsteln hören, bevor er sich balancierend den Weg ins Zimmer bahnte.

»Dann ist es erst recht Zeit für eine Korrektur.«

Tom setzte sich im Schneidersitz zu mir aufs Parkett. Da wegen der Bücher kaum noch Platz auf dem Boden war, saß er ziemlich nah bei mir. Argwöhnisch musterte er mich.

»Du bist irgendwie schräg, weißt du das?«

Seine Mimik konnte ich nicht deuten, wollte mich aber auf keinen Fall von ihm verunsichern lassen. Und wer hier schräg war, stand ja wohl schon längst fest.

»Bücher haben eine Seele«, sagte ich mit fester Stimme, ohne auf seine Bemerkung einzugehen.

Tom murmelte etwas, das sich anhörte, als hätte er dieses Wort heute schon mal gehört, doch ich war mir nicht sicher, ob ich ihn richtig verstanden hatte.

»Was sagst du?«, hakte ich nach.

»Ach nichts«, wiegelte er ab.

»Du kannst diese Stapel schon mal dort oben einsortieren«, wies ich ihn an. Ich zeigte auf die Bildbände neben dem Sofa und dann auf das Regal vor uns. Sein Blick folgte meinem Finger.

»Warum gehören die schwersten am weitesten nach oben?«, fragte er und rappelte sich auf.

»Damit sie ihre Wirkung nicht verfehlen, wenn sie jemandem auf den Kopf fallen.« Irgendetwas an ihm provozierte mich und kitzelte meine Scharfzüngigkeit wach, die Victor nie besonders an mir gemocht hatte. Er fand sie nicht ladylike, weshalb ich sie die meiste Zeit unterdrückt hatte. Dass Tom sie wieder zum Vorschein brachte, war nichts Unangenehmes, wie ich mir eingestehen musste. Im Gegenteil, sie ließ mich lebendig werden.

»Dabei fällt mir ein, dass ich gar keine Unfallversicherung habe«, quittierte Tom meine Worte.

Unauffällig schielte ich zu ihm hinüber, als er die Bildbände ins obere Regalbrett wuchtete. Trotz seiner schmalen Statur wirkte er athletisch und hatte offenbar Kraft in den Armen und Schultern. Als er sich zu mir umdrehte und mich sein Blick unvermittelt traf, sah ich verlegen zur Seite.

»Was machst du denn, wenn du nicht gerade Bibliotheken umsortierst?«, wollte Tom wissen. Gerade schichtete ich sämtliche Nicholas-Sparks-Romane meiner Mutter übereinander. Der Stapel reichte mir bis zur Hüfte.

»Nach dem Sommer gehe ich zur Uni. In Berlin.«

»Wofür hast du dich entschieden?«

»Entschieden ist gut«, murmelte ich miesepetrig und so leise, dass er es nicht hören konnte.

»Germanistik. Wie gesagt, ich liebe Bücher.« Das stimmte, aber es tat immer noch weh, für die Kunst abgelehnt worden zu sein und ich hoffte, dass er meine Bitterkeit darüber nicht heraushörte.

»Wow.« Er nickte anerkennend. »Dann passt das ja perfekt. Hast du gerade Abi gemacht?«

Ich schüttelte stumm den Kopf. Schätzte er mich so jung ein? »Ich habe ein Jahr auf meinen Studienplatz gewartet.«

Er schaute mich unergründlich an. Zu gern hätte ich gewusst, was in ihm vorging.

»Auf Germanistik? Kann man damit nicht sofort anfangen?«

»Längere Geschichte«, antwortete ich knapp. »Eine, die ich jetzt nicht erzählen möchte.«

»Vielleicht schreibst du ja mal einen Roman darüber.« Er lächelte und hielt symbolisch einen dicken Wälzer hoch.

»Das glaube ich nicht«, erwiderte ich nüchtern. Nachdem ich den ersten Stapel im gegenüberliegenden Regal platziert hatte, stand ich auf und holte mir einen neuen. Gespräch beendet. Tom verstand und fragte mich nicht weiter aus.

Eine Weile räumten wir stumm die Bücher neu ein und ich verdeutlichte ihm, welche Stapel wohin konnten.

»Was willst du denn machen, wenn du fertig bist?«, fragte ich ihn. Täuschte ich mich oder nahm sein Gesicht in diesem Moment einen ernsteren, nachdenklichen Ausdruck an?

»Ich weiß es noch nicht genau. Gibt viele Möglichkeiten. Mich interessieren Konzepte alternativer und zukunftsträchtiger Landwirtschaft. Insbesondere in Unternehmen, die sich dafür einsetzen, den Hunger in einigen Teilen der Welt eines Tages in den Griff zu kriegen.«

»Das sind ambitionierte Ziele«, kommentierte ich. Er trat einen Schritt näher und sah mir in die Augen. Wieder fiel mir die ungewöhnliche Farbe seiner Iris auf. Momentan erschien sie eher grün.

»Na ja, du kannst einem hungernden Menschen einen Fisch in die Hand drücken, damit er satt wird. Oder du zeigst ihm, wie er selbst fischen kann, damit er nie mehr Hunger leiden muss.«

Seine Augenbrauen hatten sich zusammengezogen, als wäre er verärgert. Nicht über mich, sondern über die gesamte Ungerechtigkeit auf dem Planeten.

»Aber solange aus Profitgier die Natur und die Menschen übervorteilt werden, wird es kein Gleichgewicht geben.« Er schnappte sich einen neuen Stapel Bücher und stellte sie krachend ins Regal. Das Thema schien ihn aufzuwühlen, allerdings hatte ich keine Lust auf langatmige politische Diskussionen.

»Worüber schreibst du in deiner Abschlussarbeit?«, wollte

ich stattdessen wissen.

»Ich schreibe über Urban Farming.« Die Schärfe in seiner Stimme war verschwunden und seine Stirn glättete sich. »Landwirtschaft in städtischen Räumen, zum Beispiel auf Hausdächern. Hauptsächlich unter dem Gesichtspunkt eines nachhaltigen und sparsamen Wasserkreislaufs.«

»Das klingt spannend«, sagte ich. »Gemüse vom Dach.«

»So ungefähr«. Er grinste kurz, griff sich einen neuen Stapel und wir arbeiteten schweigend weiter.

Gerade wollte ich fragen, ob wir eine Kaffeepause machen könnten, als Tom einen besonders hohen Bücherturm streifte und dieser krachend umkippte. Er konnte den dicken Fachbüchern im letzten Moment ausweichen. Erheitert prustete ich los, während er nur den Kopf schüttelte. »Ich sage nur Unfallversicherung«, betonte er entrüstet, was mich noch mehr kichern ließ.

Irgendwann stemmte er seine Hände in die Hüften und dehnte sich ausgiebig. Papier konnte in der Tat sehr viel wiegen. Inzwischen hatten wir die meisten Regale neu gefüllt und man konnte den Raum gefahrlos durchqueren.

»Sei mir nicht böse, ich hab keinen Bock mehr«, ächzte Tom, ließ sich auf das Sofa plumpsen und legte den Kopf auf die Rückenlehne. »Das ist langweilig.«

Ja, auch ich hatte genug. Meine Aktion hatte ihren Zweck erfüllt und mich eine Weile abgelenkt. Und ich hatte ganz nebenbei ein paar Dinge über meinen Mitbewohner erfahren. Keine Frage – es wäre mir immer noch lieber gewesen, allein in diesem Haus zu sein. Aber vielleicht war Tom ja doch nicht so eine Nervensäge, wie ich es anfangs empfunden hatte.

»Ich denke, den Rest mache ich später«, beschloss ich. Meine Arme waren lahm geworden, meine Lunge sehnte sich nach Sauerstoff und ich war reichlich erschöpft. »Der Weg zu deinem Zimmer ist ja jetzt frei. Danke für deine Hilfe.«

Er drehte mir sein Gesicht zu. »Klar doch. Sag einfach Bescheid, falls du noch die Möbel umstellen willst oder so«

Erneut konnte ich mir ein Lachen nicht verkneifen und auch er verzog das Gesicht zu einem Schmunzeln.

»Ich glaub, ich bestell mir eine Pizza«, verkündete er und stand auf. »Willst du auch eine?«

Da ich den ganzen Tag noch nichts Richtiges gegessen hatte, war die Aussicht auf ein schnelles und sättigendes Abendessen nur allzu verlockend.

»Ja, Pizza. Gute Idee«, stimmte ich zu und schob die letzten Stapel Bücher aus dem Weg.

Er nahm sein Smartphone aus der Gesäßtasche und loggte sich in eine App ein. »Irgendwelche Wünsche?«

»Champignons, Tomate, Mozarella und extra Peperoni«, zählte ich auf. Toms Augenbrauen bewegten sich blitzschnell nach oben.

»Da mag es wohl jemand scharf«, bemerkte er lächelnd, während er auf dem Bildschirm herum scrollte.

»Manchmal«, gab ich keck zur Antwort, woraufhin er mir einen vielsagenden Seitenblick zuwarf.

»Okay, kommt in 45 Minuten.«

»Ich geb' dir gleich das Geld«, sagte ich.

»Schon gut, bist eingeladen«, winkte er ab.

Ich ließ ein erstauntes »Danke« hören und versuchte die Erinnerung an die Worte zu verdrängen, mit denen Onkel Martin ihn beschrieben hatte. *Feiner Kerl.* War da am Ende wirklich was dran?

Na mal abwarten, dachte ich. Noch war das Eis einer möglichen Sympathie brüchig. Schwungvoll öffnete ich die Fenster, um die stickige Luft entweichen zulassen und inhalierte den frischen Sauerstoff. Außerdem wollte ich mir den Bücherstaub von der Haut waschen.

In diesem Moment begann Toms Handy zu klingeln. Er warf einen Blick auf das Display und wischte den Anruf weg.

»Jetzt nicht«, murmelte er.

Ob das wohl derselbe Anrufer wie gestern war? Und warum wollte Tom nicht dran gehen? Bevor ich in Versuchung kam, herumzurätseln, beschloss ich, nach oben zu gehen. Ich freute mich auf eine kühle Dusche und dann auf eine heiße Pizza.

Auf dem Ablageboard im Bad sah ich den Flakon von Toms Parfum stehen. Soso, noble Marke. Der Herr bevorzugte es italienisch. Sachte öffnete ich den Deckel und schnupperte daran. Der zart-herbe Duft, der mir bei unserem unfreiwilligen Zusammenstoß an ihm aufgefallen war, stieg mir in die Nase und ich schloss kurz die Augen, weil mir leicht schwindelig wurde – auf erstaunlich angenehme Weise.

Behutsam stellte ich die Flasche zurück an ihren Platz. Kaum auszudenken, wie er reagieren oder was er denken würde, wenn mir der Flakon herunterfiel und auf den Fliesen in tausend Stücke zerbrach. Ich hatte ein Talent für so etwas.

Rasch zog ich mich aus und stieg unter die Dusche – und bei der Vorstellung, gleich nach unten zu Tom zu gehen und mit ihm Pizza zu essen, hatte das Horror-Karussell in meinem Kopf nicht mehr die geringste Chance, sich zu drehen. Noch wusste ich nicht, ob ich mich darauf freute oder mich davor fürchtete.

Tom

»Pizza-Bauch«, murmelte ich missbilligend, als ich halb nackt vor dem Spiegel stand und an mir heruntersah. Ja, ich bildete mir ein, dass das gestrige Abendessen mit seiner dicken Schicht Käse seine Spuren hinterlassen hatte. Ich musste mich dringend bewegen. Sollte ich es wagen, Juliane Hartners Ratschlag umzusetzen und laufen zu gehen?

Es war früh am Morgen, sonst immer meine perfekte Zeit für eine Joggingrunde. Jenna schien eine Langschläferin zu sein. In ihrem Zimmer war es noch mucksmäuschenstill.

Vor zehn Uhr tauchte sie meist nicht in der Küche auf. Sie hatte ja auch keinerlei Zeitdruck und konnte ihre Ferien vor dem Unileben in vollen Zügen genießen.

Nach unserer ungeplanten gemeinsamen Aufräumaktion gestern hatte sie sich mit ihrer Pizza auf die Bank im Garten gesetzt, anstatt sie mit mir zusammen zu essen, was ich als Signal gewertet hatte, dass sie lieber allein sein wollte. Dabei hatte ich mich insgeheim auf ein gemeinsames Essen gefreut.

Jonas' Anruf kurz vorher war im unpassendsten Moment gekommen und ich hatte ihn danach auch nicht mehr zurückgerufen. Außerdem verspürte ich keinerlei Drang mehr, mit ihm über Jenna zu reden und wollte das hier als Privatsache belassen. Fast bereute ich, ihm vorschnell von ihr erzählt zu haben.

Ja, ich würde laufen gehen, riss ich mich selbst aus meinen Gedanken. Irgendwann musste ich es versuchen – und das am besten, bevor ich Bauchspeck bekam. Geräuschlos zog ich mir meine Laufsachen an und trat in den Flur.

Ein paar Bücherstapel standen noch auf dem Boden herum. Ansonsten war die Bibliothek wiederhergestellt. Ich fragte mich, was Jenna an einem so sonnigen Tag zu dieser Umräumung getrieben hatte. Ihre Aussage, dass Bücher eine Seele hätten, kam mir gar nicht mehr lächerlich vor. Ich hatte ihre Energie regelrecht gespürt, als wir sie gemeinsam neu sortiert hatten. Es war anstrengend gewesen – und irgendwie meditativ.

Ich zuckte leicht zusammen, als ich registrierte, was ich da gerade gedacht hatte. Meditativ? Das Ordnen von Büchern? Was passierte da nur mit mir? Hatte der Besuch bei Frau Hartner so stark in mir nachgewirkt, dass ich an beseelte Gegenstände glaubte und Wörter wie meditativ zu meinem neuen Wortschatz gehörten? Irgendetwas in meinem Kopf schrie dagegen an – ein Gefühl, als würden zwei Hände an meinem Gehirn zerren und es extrem unter Spannung setzen.

Heute wollte ich mich aber vorerst auf andere Weise anspannen, nämlich körperlich. Ich band meine Laufschuhe zu und besah mich kurz im Spiegel in der Diele. Ja, so gefiel ich mir. Die Laufklamotten gaben mir sofort das vertraute Gefühl, bei mir selbst angekommen zu sein. Mein Körper sehnte sich nach der vertrauten Bewegung.

»Auf geht's«, sagte ich zu mir selbst und warf mir ein ermunterndes Lächeln zu.

Leise zog ich die Haustür ins Schloss, ging durch den Vorgarten und den grasbewachsenen Weg entlang. Von dort bog ich zum Hochuferweg ab und lief moderat los. Mein wachsamer Verstand traute meinem Körper noch nicht so ganz. Dieses Vertrauen galt es zurückzugewinnen.

Nach nur zwei Kilometern japste ich bereits, als hätte ich einen Halbmarathon hinter mir. Ein weiteres Mal kroch die Angst, dass meine Pumpe wieder aufbegehren würde, in mir hoch und ich spürte, wie mein Nacken sich verkrampfte.

Abermals verlangsamte ich das Tempo, um meinen Atem unter Kontrolle zu bekommen. Meine Lunge zeigte mir deutlich, dass sie mit ihrer Kapazität an ihre Grenzen kam und mein Puls raste. Himmel, war ich untrainiert!

Früher war ich jeden Tag gelaufen, egal, bei welchem Wetter. Abgesehen von den Monaten nach Carmens Tod, in denen ich auch sonst nur herumgegammelt hatte, war ich immer in Bestform gewesen. Genau diese wollte ich erreichen und zwar so schnell wie möglich. Mein Körper allerdings versuchte mir schon jetzt seine Grenzen aufzuzeigen. Dennoch ignorierte ich mein Seitenstechen und setzte Fuß um Fuß voran. Solange mein Herz nicht schmerzte, war alles in Ordnung.

Es war ein perfekter, nicht zu heißer Morgen zum Laufen. Eine auflandige Brise sorgte für wohlige Kühlung. Der Schatten der hochgewachsenen Buchen tat sein Übriges. Es war eine neue Erfahrung für mich, keine Musik auf den Ohren zu haben. Wummernde Beats hatten mich sonst immer angetrieben, aber gerade befand sich mein Smartphone am Ladekabel. So umgaben mich nur die Geräusche der einzigartigen Natur. Das Meer und der Wind rauschten um die Wette. Jeder Baum schien seine eigene Melodie zu säuseln. Die malerische Kreideküste erstreckte sich endlos vor mir und zeichnete sich strahlend weiß vor der blauen Ostsee ab. Ich konnte absolut nachempfinden, was die Menschen, ob Wanderer, Fotografen, Familien oder Künstler, in Scharen hierher lockte. Es war eine grandiose Kulisse.

Der Weg schlängelte sich nun dynamisch durch den sattgrünen Buchenwald, oftmals sehr nahe am Steilhang, was meine alte Höhenangst auf den Plan rief.

Doch je weiter ich lief, desto lebendiger fühlte ich mich. Es war unendlich wohltuend, meinen Körper zu spüren und meinen übervollen Kopf freizukriegen. Genau das hatte ich am Laufen immer geliebt. Da es noch so früh war, begegnete mir niemand. Ich hatte schon bald das Gefühl, die ganze Insel für mich allein zu haben.

Nach weiteren zwei Kilometern begann der Weg erheblich hügeliger zu werden. Angeblich sollte es hier richtige Schluchten geben.

Bald würde ich in Sassnitz rauskommen. Eine so lange Strecke wollte ich lieber nicht laufen und kehrte um. Übertreiben musste ich es für den Anfang nicht. Obwohl ich schon ein wenig stolz auf mich war, die anfängliche Rebellion meines Körpers überwunden zu haben und meinen Flow gerne ausgereizt hätte.

Der Rückweg ging schon leichter und er kam mir viel kürzer vor. Bald darauf hatte ich den Ortsrand von Lohme erreicht.

Nassgeschwitzt und in Hochstimmung kam ich zum Haus zurück und freute mich auf eine lange, erfrischende Dusche. Als ich die Treppe hinauf spurtete, kam Jenna aus ihrem Zimmer, bekleidet mit einem Mickey-Mouse-Shirt und einem kurzen Jeansrock, der ihre schlanken Beine betonte. Als ich sie erblickte, machte mein Herz plötzlich eine Art Sprung, wie ich ihn schon lange nicht erlebt hatte – nicht krankhaft, sondern freudig. Sie musterte mich leicht verdutzt.

»Warst du schwimmen?«, fragte sie und schielte auf einen Schweißtropfen, der sich aus meinen Haaren gelöst hatte und auf den Holzboden getropft war, wo er sich als dunkler Punkt abzeichnete.

»Ja, im Wald«, erwiderte ich ebenso trocken, was ihr ein Lächeln entlockte.

»Na dann«, sagte sie und ging zur Treppe. Ich hatte das Gefühl, dass sie sich noch einmal zu mir umdrehte, bevor ich im Bad verschwand.

Dort schlüpfte ich aus meinen verschwitzten Klamotten und stellte mich unter die Dusche. Den Kopf in den Nacken gelegt, kostete ich das Gefühl aus, wie das Wasser kühl meinen aufgeputschten Körper hinabrann. Wohlig ausatmend genoss ich das vertraute Nachbrennen in den Muskeln. Ich liebte es, mich zu bewegen. Wenn ich noch länger darauf verzichtet hätte, wäre ich wohl durchgedreht.

Auch wenn ich gern lief, so war es noch nie mein Wunsch

gewesen, an einem Marathon teilzunehmen. Ich hatte einen ganz anderen Traum. Eines Tages wollte ich den Kilimandscharo bezwingen. Nicht, weil ich einen ausgeprägten Sinn fürs Bergsteigen gehabt hätte. Diese Tour war eher eine herausfordernde Bergwanderung.

Vor ein paar Jahren hatte ich mal einen Film gesehen, in dem ein querschnittsgelähmter junger Mann im Rollstuhl den Aufstieg bewältigt hatte. Dass er in der Geschichte ebenfalls Tom hieß, war ein merkwürdiger Zufall gewesen. Dieser Film über eine Gruppe von Menschen, die alle über ihren Grenzen hinausgingen, hatte mich tief bewegt, insbesondere der eiserne Wille und Heldenmut von Tom. So hatte mich dieser Berg nicht mehr losgelassen. Nachdem ich als Kind *Der König der Löwen* gesehen hatte, liebte ich Afrika sowieso und es zog mich wie magnetisch dorthin. Zuvor musste ich noch meine Höhenangst in den Griff bekommen. Seitdem mich ein Mitschüler im Schwimmunterricht vom Drei-Meter-Brett geschubst hatte, weil ich ihm zu unentschlossen gewesen war, stand ich mit dem Thema *Hoch hinaus* auf Kriegsfuß.

Sobald mein Körper sich heruntergekühlt hatte, stieg ich aus der Dusche und rubbelte mich energisch trocken. Anschließend band ich mir das Handtuch um die Hüften, schnappte mir meine Sportklamotten und huschte in mein Zimmer, wo ich mich anzog.

Zwar hatte ich kein Problem damit, dass Jenna hier war und mich in diesem Aufzug sehen könnte, aber es musste ja auch nicht unbedingt gleich eine Klischee-Begegnung àla Hollywood sein. Womöglich würde sie diese noch falsch interpretieren.

Aus der Küche kam mir verführerischer Kaffeeduft entgegen. Ich widerstand dem Impuls, mir einen zu holen, denn ich hatte noch was zu erledigen. Bereits gestern hatte ich mir das erste E-Book von der Leseliste bestellt, die mir Juliane Hartner mitgegeben hatte und es die halbe Nacht hindurch verschlungen, bis mir die brennenden Augen zugefallen waren.

Der Inhalt des Buches faszinierte mich, obwohl ich ihn noch nicht so ganz einzuordnen wusste. Mein Verstand, für den das Geschriebene neu war, wurde nicht müde, den Autor zu verhöhnen. Doch je mehr ich las, umso vertrauter wurden seine Worte mir, als würde sich etwas tief in mir daran erinnern. Noch wusste ich nicht, was das sein sollte. Meine Neugier war jedenfalls geweckt und ich hatte mir gleich ein zweites Buch bestellt, eines über unser Kraftzentrum in unserer Brust. Möglicherweise würde ich dadurch meine innere Baustelle besser verstehen können.

Die Meditations-App hatte ich mir ebenfalls heruntergeladen und bereits reingehört. Sie enthielt beruhigende, sphärische Klänge, die vermutlich das Zeug dazu hatten, einen sonst wo hinzutragen. Bislang befremdete mich die Vorstellung, still auf dem Boden zu sitzen und absolut nichts zu tun – und belustigend fand ich sie auch. Spirituelle Menschen waren mir immer vorgekommen, als versuchten sie, vor der Welt zu fliehen. In Wahrheit schien es genau andersherum zu sein. Wenn man es richtig verstand, tauchte man in seine innere Welt ein und erforschte, wie diese mit der äußeren Welt zusammenhing. Ich wusste nicht, ob ich schon bereit dazu war, zu ergründen, was genau sich da alles in mir abspielte. Mir reichte es erst mal, darüber zu lesen. So machte ich mich auf dem Bett lang, schnappte mir meinen Reader und stieg an der Stelle ein, an der ich letzte Nacht aufgehört hatte.

Jenna

Mein Löffel klackerte in der Müslischale. Mit übereinandergeschlagenen Beinen saß ich am Küchentisch und blickte kauend aus dem Fenster in einen strahlend sonnigen Morgen. Ich genoss es, die Küche ganz für mich zu haben. Die einzige Gesellschaft waren Toms Bücherberge. Neben meinem Kaffee stapelten sich dicke Wälzer über Urban Agriculture, Organic Farming, Agrarmanagement und Bodenfruchtbarkeit.

Zugegeben, ich wurde immer neugieriger, wie dieser Mann so war, mit dem ich unfreiwillig unter einem Dach wohnte.

Auf jeden Fall joggte er, wie ich vorhin zweifelsfrei festgestellt hatte. Und so, wie ich Tom verstanden hatte, wollte er die Welt nach seinem Studium zu einem besseren Ort machen. Eindeutig ein Sympathiepunkt.

Später würde ich noch die restlichen Bücher in der Bibliothek einsortieren. Es hatte gestern gutgetan, etwas zu tun zu haben – und gleichzeitig wollte ich nun einen Haken daran machen. Ohne Toms Hilfe wäre ich vermutlich noch ewig damit beschäftigt gewesen. Ich hatte auch keine Lust mehr, Staub einzuatmen und Bücher zu schleppen. Zumal meine Arme einen leichten Muskelkater davongetragen hatten. Heute wollte ich es mir nur mit einem einzigen Buch draußen auf der Terrasse gemütlich machen und versuchen, diesen Sommer sinnvoll zu nutzen, auch wenn er völlig anders verlief, als geplant.

Ohne Ziel schweifte mein Blick durch die behagliche Küche und blieb schließlich an einer Zeitschrift unter den Büchern hängen. Ein Foto ragte mit der Ecke zwischen den Seiten heraus. Zögernd wollte ich danach greifen, zog meine Hand jedoch wieder zurück. Noch nie hatte ich in den Sachen von anderen Menschen herumgeschnüffelt und es war nicht meine Absicht, das zu ändern. Eigentlich. Uneigentlich …

Langsam drehte ich mich um und lauschte. Im Haus war es still. Tom war nicht in der Nähe. Schließlich siegte meine Neugier. Vorsichtig zog ich die Aufnahme hervor und sah Tom mit einer Frau, um deren Schultern er seinen Arm gelegt hatte. Sein Kopf war geneigt und er zog eine witzige Grimasse. In Anbetracht seiner üblichen, fast britischen Beherrschtheit war dies ein Ausdruck, den ich nicht bei ihm erwartet hatte.

Die Frau an seiner Seite lachte fröhlich in die Kamera. Der Schnappschuss war an einem Sommertag vor dem Hintergrund eines Sees aufgenommen worden. Die beiden wirkten glücklich und die Frau war sehr hübsch. Ihre kastanienbraunen Locken fielen schwungvoll auf ihre Schultern. Ich hätte meinen Hintern darauf verwettet, dass sie einige Jahre älter als er war.

Tom hatte kürzere Haare, woraus ich schlussfolgerte, dass die Aufnahme nicht ganz aktuell war. Dennoch musste sie eine größere Bedeutung für ihn haben, wenn er sie in seinen Unterlagen aufbewahrte.

Irgendwie ähnelten die beiden sich. Das gab es ja manchmal bei Paaren, die sich schon lange kannten. War die Frau seine Freundin? Und er jener Typ Mann, der auf ältere Frauen stand? Als mir bewusst wurde, in welche Richtung meine Gedanken gerade abdrifteten und ich mich gedanklich in Dinge vertiefte, die mich definitiv nichts angingen, beschloss ich, das Bild unbemerkt zurück an seinen Platz zu befördern. Leider bekam ich keine Gelegenheit mehr dazu, denn als ich es zwischen die Seiten schieben wollte, hörte ich hinter mir ein Geräusch und wusste, dass ich bei meiner Schnüffelei ertappt worden war.

Ich zuckte so heftig zusammen, dass mir das Foto aus der Hand glitt, lautlos hinunter flog und einen Meter neben mir auf dem Boden landete. Noch bevor ich danach greifen konnte, war Tom an den Tisch getreten, um es aufzuheben. Peinlich berührt wünschte ich mir, es möge sich augenblicklich die Erde unter mir auftun und mich verschlucken.

»Na, gefunden, wonach du gesucht hast, Sherlock?«

Seine Stimme war ruhig, sein Ton leise, als hätte er mich beiläufig nach dem Wetter gefragt. War er denn gar nicht verärgert? Dass er mich nicht zurechtwies, ließ meine Schuldgefühle stärker werden, als sie schon waren. Mein Gesicht glühte vor Scham und ich sah reumütig zu ihm auf. Dabei wurde mir bewusst, wie groß er eigentlich war. Oder es kam mir nur so vor, weil ich mich gleichzeitig so klein fühlte.

»Tut mir leid.« Meine Stimme klang abgehetzt. »Ich wollte mich nicht an deinen Sachen vergreifen.«

Hast du aber, sagte sein Blick.

»Es war nicht richtig, das Foto anzuschauen. Bitte entschuldige.«

Ich zwang mich, den Augenkontakt zu halten, um ihm zu signalisieren, dass ich es aufrichtig bedauerte.

Sein Schweigen, gepaart mit seinem durchdringenden Blick, machte mich noch nervöser.

»Okay. Lass es in Zukunft.«

Ich nickte stumm und beeilte mich, meine Müslischale in den Geschirrspüler zu räumen und die Küche zu verlassen.

»Hey, Jenna!«, rief er mir nach, bevor ich durch die Tür verschwinden konnte. Mitten in der Bewegung hielt ich inne und drehte mich noch einmal zu ihm um. »Ja?«

»Wenn du etwas über mich wissen willst, dann frag mich.«

Überrascht blinzelte ich ihn an. Noch nie hatte ich einen Menschen erlebt, der so gleichmütig und offen blieb, obwohl ich mir gerade eine echte Grenzüberschreitung geleistet hatte. Seelenruhig goss er sich einen Kaffee ein und schaute mich aus seinen unergründlichen Augen an. Ich musste mehrmals schlucken, bis ich meine Sprache wiederfand.

»Okay, alles klar«, stammelte ich heiser, bevor ich hastig die Küche verließ und mich in meinem Zimmer verschanzte.

***

Ich hatte das drängende Bedürfnis, eine vertraute Stimme zu hören und rief meine Mutter an. Sie ging nicht ran, also legte ich mich auf mein Bett und tat, was die letzten Wochen meine Hauptbeschäftigung gewesen war – ich starrte die Decke an und löste mein Ticket für das Karussell des Grauens. Doch bevor ich einsteigen konnte, klingelte mein Handy. Meine Mutter rief zurück, Gott sei Dank …

»Hallo, Kleines, Ich war nicht schnell genug.«

»Hey, Mama. Das macht nichts«, sagte ich.

»Geht es dir gut? Es ist doch nichts passiert?« Wie immer schwang ein besorgter Unterton mit. Ihre übertriebene Fürsorge bekam sie nicht aus dem System, egal, wie alt ich war.

»Nein, alles ist gut«, versicherte ich ihr. *Außer, dass mir mein Freund meinen Sommer versaut hat, ich nicht mein Traum-Fach studieren kann und ein Student, der Onkel Martin kennt, hier wohnt,* fügte ich in Gedanken hinzu. »Ich wollte nur deine Stimme hören.«

»Ich bin gerade bei Oma und helfe ihr ein bisschen bei der Gartenarbeit.«

Verwundert setzte ich mich auf und fuhr mir mit der Hand durch meine Locken. Meine Mutter besuchte ihre Mutter in Thüringen – allein?

»Du bist bei Oma Gerdi? Wo ist Papa?«

»Der ist in Süddeutschland unterwegs«, war ihre knappe Antwort. Okay, er war auf Geschäftsreise – wie so oft.

»Dann hütet Eric das Haus ganz allein?«

»Oh, ich habe ihm jede Menge zu tun gegeben«, sagte meine Mutter betont locker. »Und es sind genug Tiefkühlpizzen in der Truhe.«

Ja, wahrscheinlich freute er sich über die sturmfreie Bude.

Wir plauderten ein wenig über die reichhaltige Beerenernte bei Oma. Vermutlich würde meine Mutter wieder hunderte Gläser Marmelade mitbringen. Und ich erzählte ihr von meiner Bücheraktion in der Bibliothek. Meinen Helfer erwähnte ich natürlich nicht.

»Dann grüß Oma bitte lieb von mir«, beendete ich das Gespräch.

»Mach ich. Und du hab schöne Ferien.«

Frustriert legte ich das Handy weg und realisierte, dass es keine gute Idee gewesen war, Mama anzurufen. Nie redeten wir über das, was wirklich im Raum stand. Als gäbe es ein ungeschriebenes Gesetz, dass das in unserer Familie verboten war. Andererseits hatte ich ja auch so getan, als ob alles in Ordnung wäre. Dabei war es das nicht. Weder bei mir noch bei ihr, obwohl ich nicht sagen konnte, was bei ihr nicht stimmte.

Nun war ich gar nicht mehr in Lese-Stimmung, schnappte mir aber wie beschlossen mein Buch und ging hinunter auf die Terrasse – nichtahnend, dass mir der schwierigste Teil des Tages noch bevorstand.

Jenna

Ich hatte gerade erst eine Seite gelesen, als ein Geräusch in mein Ohr drang, das meinen Körper in Sekundenbruchteilen in den absoluten Ausnahmezustand versetzte. Dieser gluckernde Motorensound hatte sich fest in meiner Erinnerung eingebrannt. Er stammte von Victors Honda. Ihr Klang war mir so vertraut, wie mein eigener Atem.

Augenblicklich beschleunigte sich mein Puls. Mit zitternden Händen ließ ich mein Buch sinken und stand zögernd von der Liege auf. Das Klingeln an der Haustür schallte nach draußen auf die Terrasse, doch ich bewegte mich nicht von der Stelle, als hätte jemand Beton in meine Füße gegossen. Meine Herzschläge fühlten sich an wie Gewehrschüsse und trotz des warmen Windes kroch eine Gänsehaut meine Arme empor. Nervös biss ich auf meine Unterlippe.

Was tun – abhauen? Verstecken? Oder mich ihm stellen?

Bevor ich mich entscheiden konnte, kam Victor um die Ecke und blieb stehen. So sehr hatte ich mich vor unserer Wiederbegegnung gefürchtet und gehofft, mich noch besser wappnen zu können, indem ich möglichst viel Zeit verstreichen ließ. Und wann war der richtige Zeitpunkt? Den gab es doch nie. Es geschah bereits, er stand direkt vor mir und ich konnte mich schlecht unsichtbar machen.

»Jenna«, sagte er leise und blinzelte gegen die Sonne. Er kam noch näher und bewegte sich dabei so geschmeidig wie immer. Niemand, selbst ich nicht, hätte auch nur ansatzweise erahnen können, dass er vor Kurzem einen Autounfall gehabt hatte.

»Du bist tatsächlich hier.«

»Victor«, krächzte ich. Zu mehr war ich nicht imstande. Meine Zunge lag schwer in meinem trockenen Mund und meine Kehle zog sich zusammen. Als ich durch die Nase einatmete, nahm ich seinen Geruch wahr. Zwei sich widerstreitende Impulse kämpften in mir – wegzurennen und ihn zu umarmen. Stattdessen verschränkte ich meine Arme vor der Brust und er ließ seine Hände ebenfalls bei sich. Wir wirkten hölzern, als würden sich zwei alte Freunde nach Jahren wiedersehen, die einander zwischenzeitlich fremd geworden waren.

»Du bist den ganzen Weg mit dem Motorrad hierher gefahren.« Endlich hatte ich meine Stimme wiedergefunden, auch wenn diese Feststellung überflüssig war. Doch ich wusste nicht, was ich sagen sollte.

»Ja, nachdem du all meine Anrufe und Nachrichten ignoriert hast.« Er zog sich die Motorradjacke aus und legte sie über einen Stuhl. Seine Worte klangen nicht anklagend, aber ich hatte das Gefühl, mich rechtfertigen zu müssen.

»Ich konnte nicht …« Ich stockte. »Es hat einfach zu weh getan.«

Bei diesen Worten senkte Victor kurz betreten das Kinn. Seine blonden Locken, die ich so an ihm geliebt hatte, kringelten sich wild um den Kopf herum.

»Lass uns reden, bitte«, schlug er vor und wies auf die Stühle.

Es war wirklich unbequem, hier stehen zu bleiben. Wir setzten uns an den Tisch, der eine Art räumliche Barriere zwischen uns erschuf, die mir mehr als recht war. Zudem spürte ich im Sitzen meine schlotternden Knie nicht mehr so sehr.

»Von wem weißt du, dass ich hier bin?«, wollte ich wissen, obwohl auch das nichts mehr daran änderte, dass er da war.

Er zögerte kurz. »Eric. Ich … musste ihn bestechen.«

Ich zog die Augenbrauen hoch und öffnete staunend meinen Mund. Mein lieber Bruder also. Für einen Gaming-Gutschein würde er wahrscheinlich sogar seine eigene Mutter verkaufen. »Verräter«, sagte ich.

»Ich habe darauf bestanden, dass er es mir sagt«, verteidigte Victor ihn. »Jenna, das alles …«, begann er und suchte nach passenden Worten. »Ich hab nicht gewollt, dass das passiert.«

Er hatte sich auf seinem Stuhl nach vorn gelehnt. Sein Blick war inzwischen seltsam befremdlich für mich. Und da ich immer noch nichts sagen konnte, fuhr er fort:

»Es tut mir schrecklich leid. Ich wollte dich nie verletzten.«

»Das hast du aber, Vic«, erwiderte ich und merkte zu spät, dass ich aus alter Gewohnheit seinen Kosenamen verwendete. Er nickte schuldbewusst.

Meine Tränen wollten aufsteigen. Ich presste meine Kiefer aufeinander und schluckte sie herunter. Er war zwar hergekommen, doch nichts, was er tun oder sagen würde, vermochte die Dinge ungeschehen zu machen. Allein sein Anblick setzte mir zu.

Trotzdem wollte ich wissen, wie es Meli ging. Auch wenn es noch so schmerzte, es von Victor zu erfahren.

»Sag mir, wie es Meli geht«, bat ich ihn.

Er sah mich an und räusperte sich.

»Sie ist immer noch im Krankenhaus, erholt sich von ihrem Schleudertrauma und ihr Schlüsselbeinbruch verheilt nur schleppend«, sagte er. »Aber sie wird wieder und sie vermisst dich.«

Bei diesen Worten entfuhr mir ein schluchzender Laut, den ich mit meiner Hand auf dem Mund zu unterdrücken versuchte. Victor beugte sich zu mir und streckte einen Arm aus. Ich blockte seine Nähe ab, indem ich warnend meine Hand hob.

»Sie macht sich Vorwürfe und hat Angst, dass du sie nie wiedersehen willst«, sprach er weiter.

Ich legte meine Fingerspitzen an meine heiße Stirn und ließ meinen Blick über die Wiese streifen. Was stellte sie sich denn vor? Treffen zu dritt, bei denen sie mit meinem Ex-Freund Händchen hielt? Nichts wünschte ich mir mehr, als meine Freundin zu sehen, sie um mich zu haben. Aber nicht unter den derzeitigen Umständen, sondern so, wie früher – als Victor noch mein Freund gewesen war und nicht ihrer.

Ich nahm meine Hände von der Stirn und verknotete sie so fest ineinander, dass meine Knöchel weiß wurden.

»Ich war dort«, sagte ich und blickte Victor fest an. Ein Anflug von Überraschung huschte über sein Gesicht.

»Was meinst du?«

»Ich war am Krankenhaus, am Tag nach dem Unfall.«

»Du warst … was?« Er redete nicht weiter, sondern guckte mich entgeistert an.

»Ja. Ich hab dich gesehen. Du bist von deiner Honda gestiegen, als wäre nichts passiert und dann bist du dort rein spaziert. Zu ihr. Mit deinem blöden Blumenstrauß in der Hand.« Ich hatte Mühe, das Beben in meiner Stimme zu verbergen. Es war, als würde ich diesen unschönen Moment zum wiederholten Mal erleben.

Victors Miene versteinerte. Vermutlich hatte er nicht damit gerechnet, dass ich dort gewesen war.

»Das wusste ich nicht«, sagte er. »Ich … wollte wissen, wie es ihr geht … nach dieser Nacht.«

Jetzt fiel es ihm sichtlich schwer, mir in die Augen zu schauen – es war mir nur recht. Seine Worte fühlten sich an wie Nadelstiche, die mich in quälender Langsamkeit durchbohrten. Denn sie klangen, als wäre er mit Meli, anstatt mit mir zusammen.

»*Ich* bin deine Freundin«, betonte ich, als müsste er an diesen Umstand erinnert werden. »Hättest du nicht zuerst zu *mir* kommen müssen?« Angespannt wartete ich auf seine Antwort.

»Meli und ich hatten einen Unfall, ich habe mich verantwortlich gefühlt«, erklärte er schließlich. Genau das brachte meine angestaute Wut zum Überlaufen.

»Ja, ihr gegenüber«, entgegnete ich ungehalten. »Was sagt das über unsere Beziehung aus, Victor?«

Mehr und mehr bekam ich den Eindruck, dass es ihm eher um Meli, als um mich ging.

»Jen, ich kann nicht rückgängig machen, was passiert ist, auch wenn ich es noch so sehr wollte. Mir tut das alles wahnsinnig leid, das musst du mir glauben.«

Stumm schüttelte ich den Kopf und presste die Zähne aufeinander. Ich wusste absolut nicht mehr, was ich glauben sollte, ich wusste nur, was ich fühlte – und ich war nicht mehr bereit, es in mich hineinzufressen.

»Hast du eigentlich eine Ahnung, was ich die letzten Tage durchgemacht habe? Ich habe mir das Hirn zermartert, was zur Hölle ich falsch gemacht habe, dass mein Freund hinter meinem Rücken mit meiner besten Freundin anbandelt und ihr mich beide im Unklaren darüber lasst. Du hast mir schweigend dabei zugeschaut, wie ich unsere angebliche Traumreise organisiere. Was für ein Trottel ich bin! Und zu allem Überfluss marschierst du, nachdem ich dir das alles aus der Nase ziehen musste, auch noch mit Blumen zu ihr ins Krankenhaus, anstatt dich mit mir auseinanderzusetzen!« Schwer atmend und wild gestikulierend beendete ich meine Tirade.

»Du hast meine Anrufe abgeblockt. Ich habe mehrmals versucht, dich zu erreichen«, verteidigte Victor sich. Doch ich wollte seine fadenscheinigen Aussagen nicht hinnehmen und ließ ihm keine Chance weiterzusprechen.

»*Mich* hast du nur angerufen. *Sie* hast du besucht. Finde den Fehler!« schleuderte ich ihm wütend entgegen und war so richtig in Fahrt. »Weißt du, was ich noch glaube? Ihr hättet es vermutlich weiter verheimlicht, wenn dieser scheiß Unfall nicht gewesen wäre!«

Mittlerweile war ich laut geworden und hatte dabei das Gefühl, regelrecht gegen den Wind anschreien zu müssen, der merklich aufgefrischt hatte und dunkle Wolken über den Himmel trieb.

In der nächsten Sekunde vernahm ich eine Art Schatten hinter mir und drehte mich in einer harten Bewegung um. Tom stand in der offenen Terrassentür. Vermutlich hatte er mich gehört und ich fragte mich, wie viel er wohl mitbekommen hatte. Schnell drehte ich mich um, sackte ein wenig in meinem Stuhl zusammen und wünschte mir, unsichtbar zu sein. Es gefiel mir nicht, dass Tom uns hier so sah.

Nun hatte auch Victor ihn bemerkt. Beide Männer schauten einander argwöhnisch, aber schweigend an, wie zwei Wölfe, die abcheckten, ob sie auf Kampf aus waren oder friedlich ihrer Wege gehen würden. Tom trat ein paar Schritte näher. Wie immer konnte ich seinen Blick nicht deuten.

»Alles okay?«, fragte er ruhig an mich gewandt.

»Ja, danke«, gab ich knapp zurück und nickte. Tom nickte ebenfalls, warf Victor noch einen unergründlichen Blick zu und verschwand nach drinnen.

Victor war bis auf die Kante seines Stuhls gerückt. »Wer ist der Bodyguard?« Er ließ Tom nicht aus den Augen, bis er im Haus verschwunden war.

»Das ist Tom.« Meine Stimme klang wieder halbwegs normal; auch mein Puls hatte sich etwas beruhigt.

»Und was macht der hier?« Victor sah mich an, als wäre *ich* ihm irgendeine Erklärung schuldig.

»Mein Onkel hat ihn eingeladen, das Haus zu nutzen und hier seine Abschlussarbeit zu schreiben«, antwortete ich kühl, obwohl ich keine große Lust hatte, unser Arrangement zu erklären.

»Dann wohnt ihr hier etwa zusammen?«, fragte Victor und zog die Stirn kraus.

»Sieht ganz so aus«, stellte ich klar. »Onkel Martin konnte schließlich nicht wissen, dass ich hierherkommen würde. Eigentlich wäre ich ja gar nicht hier gewesen.« Meine letzten Worte spielten auf unsere geplatzte Reise an. Victor presste seine Lippen aufeinander, ein Zeichen, dass er mich sehr wohl verstanden hatte.

»Warum bist du überhaupt hergekommen?«

»Weil ich dir zeigen wollte, dass du mir nicht egal bist. Auch wenn du das vielleicht denkst.«

Mein Herz zog sich bei seinen Worten krampfhaft zusammen, als wollte es sich in sich selbst zurückziehen, wie in ein unsichtbares Schneckenhaus. Meine Wut hatte sich abermals in Traurigkeit verwandelt. Ich schaute Vitor an, als sähe ich ihn zum ersten und gleichzeitig zum letzten Mal. Mir wurde bewusst, dass ich ihm vermutlich nie mehr durch seine wilden Locken streichen würde. Ob dies von nun an Meli tat? Oder schon längst getan hatte? Nein, daran wollte ich auf gar keinen Fall denken.

Victor hatte sich nach vorn gebeugt, stützte seine Unterarme auf den Knien ab und spielte mit seinen Fingerkuppen. »Ich weiß, dass ich alles vermasselt habe«, raunte er reumütig. Es minderte meine Zerrissenheit kein bisschen. Ich wollte den wahren Grund dafür erfahren. »Warum, Victor? Und warum ausgerechnet Meli?« Es klang eher wie ein Flehen, als nach einer Frage.

Er legte seinen Kopf seltsam schräg, während er starr den Terrassenboden fixierte. »Ich kann es dir nicht sagen, Jenna. Es … ist einfach so passiert.« Er zuckte mit den Schultern. Nicht auf eine Weise, als ob wäre es im egal wäre, sondern weil er es anscheinend wirklich nicht wusste. Mein Verstand verlangte unterdessen nach einem nachvollziehbaren Grund für das alles. Es musste einen Grund geben …

Gleichzeitig fühlte ich mich unendlich erschöpft und wollte nur noch aus dieser Situation raus. »Hör zu«, sagte ich matt. »Ich kann nicht mehr weiterreden. Ich brauche Zeit, um das Ganze auf die Reihe zu kriegen.«

Inständig hoffte ich, dass er diesen gut verpackten Rausschmiss verstand und gehen würde.

»Klar«, war seine knappe Antwort. »Dann … fahr ich mal.«

Ich nickte stumm, meine Lider geschlossen. Erst als ich hörte, wie er aufstand, öffnete ich die Augen. Langsam erhob ich mich ebenfalls. Es fühlte sich an, als hätten sich meine Empfindungen zu einer einzigen bleiernen Schwere verdichtet.

Trotzdem zwang ich mich, Victor anzusehen, der gerade seine Jacke nahm und sie sich überzog.

»Du kannst dich jederzeit bei mir melden. Wann immer du willst. Ich bin da«, versprach er.

Auch jetzt konnte ich nur nicken, da meine Tränen zu nah waren, um zu sprechen. Erneut verspürte ich den Impuls, ihn zu umarmen, seine Nähe nur noch einmal zu spüren. Doch ich hatte zu große Angst, mein Herz würde dabei endgültig entzweibrechen.

Und so ging er, wie er gekommen war – ohne eine einzige Berührung.

»Pass auf dich auf, Jen.« In seinen Augen lag eher Bedauern und kein Verlangen mehr. Nein, diese Art von Blicken würde ich von ihm nicht mehr bekommen.

Mit schleppenden Schritten bog er um die Hausecke und mit ihm verschwanden auch all meine Träume und Hoffnungen. Mir blieb nur, die Scherben meines Lebens der vergangenen vier Jahre zusammenzukehren.

Tom

»O Mann«, grummelte ich und legte den Reader entnervt neben mir auf die Matratze. Gerade hatte ich zum dritten Mal die gleiche Seite meines E-Books gelesen, ohne auch nur ein Wort zu verstehen. Ich konnte mich nicht darauf konzentrieren, so extrem der Inhalt mich auch fesselte.

Außerdem hätte ich meine Energie in meine Abschlussarbeit stecken sollen und hegte deswegen ein mächtig schlechtes Gewissen. Doch die Welt der verschiedenen Bewusstseinsebenen des menschlichen Geistes faszinierte mich zu sehr. Mein Wissensdurst war übermächtig, als wäre durch dieses Gespräch mit Frau Hartner etwas in mir geöffnet worden, wie eine Art leeres Gefäß, das all die Jahre nur darauf gewartet hatte, geflutet zu werden.

Aber heute war das Lesen zwecklos. Ich war abgelenkt. Jenna hatte Besuch – und sie war offensichtlich ganz und gar nicht glücklich darüber, wenn ich ihr lautes Reden richtig gedeutet hatte. Seit einer halben Stunde saß ein Blondschopf bei ihr im Garten und die beiden schienen einiges auszudiskutieren, was ihr ziemlich zusetzte. Ob dieser Kerl damit zu tun hatte, dass sie hier auf Rügen war? Bei unserer ersten Begegnung hatte sie erwähnt, dass es nicht geplant gewesen war, hierher zu kommen.

Nur mühsam widerstand ich der Versuchung, in die Küche zu gehen, von wo aus ich die Terrasse hätte sehen können, auf der sie saßen. Es ging mich schlichtweg nichts an.

Hin- und hergerissen tigerte ich im Zimmer auf und ab, bis ich das Geräusch eines Motorrades vernahm, das sich rasch entfernte.

Gleich darauf ertönte das unverkennbare Krachen von zersplitterndem Glas auf harten Fliesen, gefolgt von einem lauten Fluchen. Also lief ich doch in die Küche. Jenna stand mit ihren Flipflops in einer Wasserlache. Eine Flasche war in tausend Splitter zersprungen, die vermutlich in der gesamten Küche verteilt waren. Sie musste ihr aus den Händen gerutscht sein. Oder hatte sie sie etwa auf den Boden geschmettert?

»Alles okay?«, fragte ich, wie vorhin schon draußen auf der Terrasse.

»Alles bestens«, presste sie gereizt hervor und mied beharrlich meinen Blick. Es war nicht schwer zu erraten, dass überhaupt nichts bestens war.

»Ich hole mal was zum Aufwischen«, sagte ich.

»Brauchst du nicht, ich mach das schon.« Ihre Stimme klang plötzlich tränenerstickt. Sie wollte sich an mir vorbeidrängen, aber ich stand ihr im Weg und sie musste mich gezwungenermaßen anschauen. Tatsächlich kämpfte sie mit den Tränen, ihre Wimperntusche begann schon zu zerlaufen.

Nun wünschte ich mir, doch lieber im Zimmer geblieben zu sein, da ich absolut keine Ahnung hatte, welche tröstenden Worte in solch einem Falle angebracht waren.

Wenn Mutter geweint hatte, war es mir ähnlich ergangen – absolute Hilflosigkeit. Und sie hatte oft geweint in den vergangenen Jahren.

»Es ist nur eine zerbrochene Flasche«, sagte ich mit so viel Einfühlungsvermögen, wie ich imstande war aufzubringen. Es schien genau das Falsche zu sein, denn Jenna vergrub ihr Gesicht in beide Hände und schluchzte los. Okay, hier ging es nicht um die Flasche. Die war nur die Spitze des Eisbergs.

»Hey, was ist denn los?«, fragte ich unbeholfen.

Ihr Schluchzen hatte ihren gesamten Körper ergriffen. Sie zitterte wie ein Aal. Etwas musste sie extrem aufgewühlt haben. Wahrscheinlich dieser Kerl mit seinem Angeber-Motorrad.

»Okay«, beschloss ich und schickte meinen Fluchtinstinkt zum Teufel. »Lassen wir die Pfütze mal Pfütze sein. Komm mit.«

Behutsam bugsierte ich sie ins Wohnzimmer, sodass sie sich auf die Couch setzen konnte. Dann holte ich eine Küchenrolle, die sie stumm entgegennahm.

Unschlüssig blieb ich neben ihr stehen, während sie vor sich hin heulte. Sie allein zu lassen, erschien mir unpassend. Ich wollte ihr auch nicht zu nahe treten. Deshalb schnappte ich mir den Stuhl, der vor dem Sekretär stand, setzte mich verkehrt herum darauf, legte meine Arme auf die hohe Lehne und blieb still.

Nach einer Weile beruhigte sie sich und blickte schniefend auf den beachtlichen Berg vollgeschnäuzter Küchentücher neben sich. Sie war in sich zusammengesunken – fast zerbrechlich und noch zierlicher, als sie schon war. Die Iris ihrer rot geweinten Augen hatte plötzlich einen erstaunlichen Grünton angenommen.

»Willst du über irgendwas reden?«, hörte ich mich fragen und wusste selbst nicht so recht, wie ich darauf kam. Wenn sie wirklich wegen des Blondschopfs geweint hatte, dann war ich als Mann wohl kaum der richtige Ansprechpartner. Ich konnte mir gut vorstellen, dass sie mich als Kerl hier gerade nur so duldete.

»Warum sollte ich?« Es war mehr ein Schlucken als eine Äußerung.

»Na ja«, erwiderte ich. »Vielleicht hilft es dir.«

Diese Antwort fand ich überaus gelungen, dafür dass ich angeblich ein Gefühlsstoffel war.

Carmen hatte mir des Öfteren attestiert, ich würde auf Gefühle meist mit einer übertriebenen Sachlichkeit reagieren. Und auch Katharina warf mir immer wieder vor, viel zu verkopft zu sein. Ich hingegen verstand mich als faktenorientierten Problemlöser. Da war nicht viel Platz für Emotionalität.

»Ich kenne dich doch gar nicht«, warf Jenna ein.

»Was durchaus von Vorteil sein kann. Ich bin die Objektivität in Person«, gab ich zurück. »Und das mit dem Nichtkennen ließe sich ja ändern.«

Sie starrte auf ihre Hände, die ein Stück Zellstoff kneteten, seufzte leise und sah dann zweifelnd zu mir auf.

»Eines weiß ich inzwischen …«, sprach ich weiter, »… hier zu sein, war nicht dein ursprünglicher Plan.«

Sie schüttelte leicht den Kopf.

»Ach ja? Volltreffer. Mein Sommer sollte tatsächlich anders aussehen.« Bei dem Wort *anders* malte sie mit den Fingern Anführungszeichen in die Luft.

Geduldig wartete ich darauf, dass sie weitersprach. Und nach diversen Blättern der Küchenrolle und viel lautstarkem Schnäuzen tat sie es auch. Anfangs verstand ich so gut wie nichts, weil sie zugleich fluchte, schluchzte und stotterte. Schließlich reichten nur wenige Sätze, um die jüngsten Geschehnisse in ihrem Leben auf den Punkt zu bringen.

Ihr Freund hatte sich in ihre beste Freundin verliebt und etwas mit ihr angefangen, während sie sich für die gemeinsame große Reise den Buckel krumm geschuftet hatte.

»Die beiden Pappnasen haben dir das Herz gebrochen«, stellte ich knapp fest. Eine neue Träne kullerte ihre Wange hinab.

»Ja. Die Menschen, denen ich am meisten vertraut habe. Aber am schlimmsten sind die Selbstzweifel und die endlose Frage nach dem Warum.«

Oh ja, die Frage nach dem Warum kannte ich nur zu gut. Das war indessen mein Drama, nicht ihres.

»Na ja, wir haben nicht viel Einfluss darauf, was andere tun oder warum sie es tun«, sagte ich, was vermutlich nicht das Richtige war, denn Jenna schickte mir einen Blick, der Bände sprach.

»Nicht hilfreich, Tom. Ich frage mich, womit ich es verdient habe, dass zwei der wichtigsten Menschen in meinem Leben mich so verletzen konnten.«

»Das tut mit Sicherheit verdammt weh«, pflichtete ich ihr bei und zwang mich, nicht wieder ins kühle Philosophieren zu verfallen. Ich wollte sie trösten, nicht vertreiben.

»Zweifle bitte nicht an dir selbst oder an deinem Wert.«

Sie schloss kurz die Augen, als ließe sie meine Worte auf sich wirken.

»Fällt schwer«, flüsterte sie. Ich nickte und überlegte kurz, ob ich meinen nächsten Gedanken aussprechen sollte. Es gab eine Sache, für die sie unendlich dankbar sein konnte. Ihre Freundin lebte noch. Das war gut ausgegangen, trotz all des restlichen Desasters.

Letztlich entschied ich mich, die Klappe zu halten. Dieser Hinweis war nicht angemessen und würde ihr gewiss nicht helfen. Möglicherweise würde ich ihr eines Tages meine Geschichte erzählen, aber das hier war definitiv nicht der richtige Zeitpunkt dafür.

»Immerhin hat er die Cojones besessen, hierher zu kommen«, sagte ich, um die Stille zu durchbrechen.

»Die bitte was?«

Jennas entgeisterter Blick amüsierte mich. »Eier«, übersetzte ich knapp und der Hauch eines Grinsens huschte über ihr verweintes Gesicht.

»Ich habe ihn nicht darum gebeten.« Es klang nicht mal halb so anerkennend wie meine Worte.

»Nein, so hat es auch nicht ausgesehen. Nur manchmal laufen einem die Dinge auf kuriose Weise hinterher, vor denen man wegläuft.« Dabei zwinkerte ich ihr aufmunternd zu, in dem stillen Wissen, mich selbst damit einzuschließen.

»Du bist nicht zufällig mit meinem Onkel verwandt, oder?«

»Nicht, dass ich wüsste. Warum?«

»So was hätte auch von ihm kommen können.« Jenna begann, die verbrauchten Küchentücher zu Bällen zu knüllen.

Ich lächelte. »Macht bestimmt sein Einfluss.«

»Wie gut kennst du ihn eigentlich?«

Erneut musste ich das Thema Carmen umschiffen. Ich konnte ihr nicht mal eben so erzählen, dass er ihr Professor gewesen war, ohne, dass es weitere Fragen nach sich gezogen hätte. Obwohl ich ihr selbst gesagt hatte, dass sie mich fragen könnte, wenn sie etwas wissen wollte. Was war, wenn sie es tat? War ich bereit, mich ihr zu öffnen? Ehrlich gesagt wusste ich es nicht.

Ich spürte nur, dass ihre Verletzlichkeit eine Saite in mir zum Klingen brachte, von der ich nicht einmal gewusst hatte, dass sie existierte. Meine Güte, wurde ich etwa doch gefühls-duselig? Ich schob meine Gedanken beiseite und überlegte mir eine unverfängliche Antwort auf ihre Frage.

»Meine Eltern sind schon länger mit ihm befreundet und so kamen wir in Kontakt. Er ist ein toller Mensch«, sagte ich.

»Ja, das ist er«, stimmte sie zu und ihre Gesichtszüge wurden weicher.

»Was sagt er denn zu der ganzen Geschichte?«, fragte ich.

»Er weiß es noch gar nicht.«

»Hast du seitdem denn mit irgendjemandem darüber geredet?«

»Nur mit meinen Eltern. Und die sind nicht unbedingt die besten Ansprechpartner, was das betrifft.«

»Nicht mit einer Freundin oder so?«, vergewisserte ich mich.

Sie ließ einige Sekunden verstreichen und kaute auf ihrer Unterlippe herum, bevor sie weitersprach.

»Das klingt etwas creepy. Aber ich … habe nicht so viele Freunde. Also … gar keine. Jedenfalls nicht mehr. Victor und Meli waren meine Freunde.«

Die letzten Worte kamen zögernd und sie starrte dabei auf ihre Knie. Ich hatte Mühe, mir das vorzustellen. Keine Freunde – Jenna? Wirklich? Sie war bezaubernd, das konnte ja wohl nicht nur mir aufgefallen sein.

»Warum nicht?«, hakte ich nach. Gab es etwa Seiten an ihr, die mir noch im Verborgenen geblieben waren und die alle Menschen um sie herum früher oder später in die Flucht trieben?

»Ach, die ersten Jahre meiner Schulzeit sind wir ständig umgezogen. Die Firma meines Vaters hat ihn andauernd woanders hin beordert. Und später fiel es mir immer schwerer, mich anderen Menschen zu öffnen.« Sie blickte mich an, als wollte sie prüfen wie ich darauf reagierte. Ich nickte langsam, um ihr zu demonstrieren, dass ich ihr folgen konnte.

»Im Grunde habe ich nur eine richtige Freundin. Tja, und die hat sich in meinen Freund verliebt.«

Jetzt begriff ich die gesamte Tragweite ihrer Situation und verspürte den Impuls, mich neben ihr auf die Couch zu setzen.

»Dann empfinde ich es als eine Ehre, dass du mir davon erzählt hast. Auch wenn du es nicht geplant hattest«, sagte ich und blieb, wo ich war.

»Hm, zurzeit plane ich gar nichts.« Sie ließ ihren Blick an mir vorbei aus dem Fenster gleiten. »Und versuche mich daran zu gewöhnen, erst mal keine Freunde mehr zu haben.«

Ihre Haltung war jetzt nicht mehr so verkrampft. Das Weinen und Reden schien sie entspannt zu haben.

»Manchmal ist ein Freund auch jemand, der einfach so da ist«, hörte ich mich sagen. Es klang so gar nicht nach dem alten Tom. Und es fühlte sich seltsam stimmig an.

Jenna schaute mir in die Augen und verzog den Mund zu einem gequälten Lächeln.

»Danke«, wisperte sie.

Ich legte eine Hand auf meine Brust. Woher diese Geste kam, wusste ich ebenfalls nicht. Jenna schien sich nicht daran zu stören. Ehe ich weitere schräge Dinge tun oder sagen konnte, stand ich vom Stuhl auf und schob ihn an seinen Platz.

»Ich kümmere mich mal um den Küchenfußboden«, verkündete ich.

Sie nickte. »Okay.«

Bevor ich um die Ecke bog, warf ich ihr noch einen Blick zu. Sie hatte sich zurückgelehnt und ihre Augen geschlossen. Für einen Moment war mir, als spürte ich ihre Qual in meiner eigenen Brust und dieses Gefühl war befremdlich und vertraut zugleich.

Als ich wenig später am Wohnzimmer vorbeikam, war die

Couch leer. Ich begegnete Jenna den ganzen Abend nicht mehr. Der Anblick ihrer verweinten Augen hingegen begleitete mich bis in meinen Schlaf.

Jenna

Ich hatte mehrere Pirouetten in der Speisekammer gedreht. Sosehr ich auch suchte, ich konnte keinen versteckten Getränkekasten finden. Uns war das Wasser ausgegangen. Ich würde Tom fragen müssen, ob er welches mit dem Auto besorgen könnte.

Mit der allerletzten Flasche in der Hand ging ich zurück in die sonnendurchflutete Küche und überlegte, was ich sonst noch brauchen würde. Bislang hatten wir uns jeweils eigenständig um unsere Lebensmittel gekümmert. Abgesehen von der spontanen Einladung zur Pizza hatten wir das Thema Essen noch nicht diskutiert, geschweige denn eine Mahlzeit zusammen eingenommen, obwohl Tom bereits zutiefst persönliche Dinge von mir wusste. Im Nachhinein stieg mir jedes Mal die Hitze ins Gesicht, wenn ich an meinen tränenreichen Auftritt dachte. Tom hatte erstaunlich sensibel darauf reagiert. Mit einem Kopfschütteln versuchte ich, die Erinnerung an diese peinliche Situation zu verdrängen. Ebenso den Gedanken daran, was diesem Heulkrampf vorausgegangen war.

Ob Tom überhaupt kochen konnte? Wie ernährte sich dieser Mann eigentlich? Meine Küchenqualitäten waren eher durchschnittlich. Manchmal half ich Mama, indem ich Gemüse schnippelte oder Kräuter hackte. Keine Ahnung, ob man das schon als Kochen bezeichnen konnte. Zumindest war ich in der Lage, die Anweisungen in Rezepten zu befolgen.

Dafür liebte ich es schon seit meiner Jugend, zu backen und probierte andauernd neue Keks-Variationen, Muffin-Kreationen, Kuchen-Trends und Weihnachtsplätzchen aus. Ich fand es wundervoll, wenn das ganze Haus nach Teig, Zucker und Schokolade roch.

Das war auch einer der Gründe, weshalb Wien auf unserer Reiseroute gestanden hatte. Ich hatte mich nach Herzenslust durch sämtliche Feinbäckereien der Stadt schlemmen wollen. Der Gedanke daran verursachte einen schmerzlichen Stich und ich schob ihn schnell beiseite. Dieser Tag wäre morgen gewesen, wenn ich richtig rechnete.

Zurück zur Einkaufsliste – auf alle Fälle brauchten wir Wasser, Milch und frischen Kaffee. Müsli, Toast und Obst fehlten ebenfalls. Auch die Nudelvorräte mussten dringend aufgestockt werden.

Tom hatte ich heute noch nicht gesehen. Ich rief seinen Namen, doch es blieb still. Vom Durchgang zur Bibliothek aus konnte ich sehen, dass seine Zimmertür offen stand und ich näherte mich ihr mit langsamen Schritten.

Was ich mitbekam, als ich durch den Spalt lugte, überraschte mich so dermaßen, dass ich lautlos nach Luft schnappte.

Tom saß mit dem Gesicht zu mir im Schneidersitz auf seinem Bett. Sein Rücken war durchgestreckt, seine Augen geschlossen und seine Hände ruhten mit den Handflächen nach oben auf seinen Knien. Er hörte etwas über Kopfhörer und … meditierte?

Ja, das musste es sein. Er meditierte. Warum um Himmels Willen bei offener Tür?

Sein Anblick fesselte mich. Wie eingefroren blieb ich stehen und war nicht in der Lage, zu gehen. Niemals hätte ich gedacht, dass er sich mit spirituellen Praktiken beschäftigte. Irgendwie strahlte er Frieden aus … Seine Züge waren ganz ruhig und entspannt und ich konnte die feinen Schatten sehen, die seine Wimpern auf seine Wangen warfen.

Ich durfte ihn auf keinen Fall länger anstarren und wollte mich gerade rückwärts vom Türspalt wegbewegen, als er plötzlich die Augen öffnete. Sofort riss er sich die Stöpsel aus den Ohren und sprang vom Bett auf.

»Wie lange stehst du schon da?«, fragte er atemlos, offensichtlich peinlich berührt darüber, dass ich ihn so gesehen hatte.

»Nicht lange«, versicherte ich ihm.

Er packte sein Handy auf den Nachttisch und schielte zu mir rüber.

»Tut mir leid, ich wollte dich nicht … ich meine, ich wusste nicht, dass du …«, stotterte ich los und wünschte mir erneut, es möge sich die Erde unter mir auftun. Erst hatte ich in seinen Unterlagen herumgeschnüffelt und nun stalkte ich ihn auch noch beim Meditieren. *Super gemacht, Jenna!*

Er war offensichtlich genauso verlegen, denn er verschränkte angespannt seine Finger ineinander.

»Meine Schuld. Ich hätte ja auch die Tür schließen können. Was wolltest du denn?«

»Nicht so wichtig, hat Zeit«, winkte ich ab. »Mach ruhig weiter mit … was auch immer. Ich geh dann mal«, stammelte ich und verschwand in die Küche. Dort fummelte ich ungeschickt an der Kaffeemaschine herum. Nicht, weil ich noch so dringend einen gebraucht hätte, sondern um meine nervösen Hände zu beschäftigen.

Keine Minute später folgte mir Tom. Bedächtig trat er an einen Stuhl heran und legte beide Hände auf die Lehne.

»Das da … ist eine Art Experiment«, begann er mit gerunzelter Stirn. »Ich hab da nur was ausprobiert. Ich bin kein Eso-Typ oder so was«, versuchte er klar zu stellen. Anscheinend war es ihm nicht egal, was ich dachte und auf gewisse Weise fand ich es süß.

»Nein, nein. So hätte ich dich auch nicht eingeschätzt«, bekräftigte ich. »Ist schon okay. Ehrlich, kein Ding. Mach, was immer dir Freude bereitet.« Ich nickte, um meinen Worten mehr Nachdruck zu verleihen.

»Dieses Haus ist voller Fettnäpfchen«, fuhr ich fort und

breitete meine Arme zu beiden Seiten aus, um das Territorium anzudeuten. Bei diesen Worten musste er lächeln und entspannte sich sichtlich.

»Solange du diejenige bist, die darin ausrutscht.«

»Immer«, gab ich zurück und er lächelte noch breiter.

»Willst du einen Kaffee?«, fragte ich ihn. Die ganze Küche duftete inzwischen danach.

»Immer«, sagte er ebenfalls.

Ich füllte zwei Tassen und wir ließen uns nieder. Zum ersten Mal saßen wir gemeinsam am Tisch. Wir redeten nicht, warfen uns nur vereinzelte Blicke über unsere Kaffeebecher hinweg zu. Es schien, als flögen unzählige Fragen zwischen uns hin und her, aber weder er noch ich traute sich, sie auszusprechen.

Ich konnte nicht mal genau sagen, ob ich mich wohl oder unwohl fühlte. Seitdem ich hier war, spürte ich eine subtile Spannung im Haus und zwischen uns, wie ein energetisches Flimmern, das jeden meiner Schritte begleitete.

Verstohlen beobachtete ich ihn. Seine Haare umspielten sein Gesicht – lebendiger und welliger als die vergangenen Tage. Keine Ahnung, wieso mir ausgerechnet das so auffiel. Jedenfalls stand es ihm verdammt gut.

»Was wolltest du denn vorhin von mir?«, fragte Tom noch einmal und riss mich aus meinen stillen Beobachtungen.

»Ich wollte dich fragen, ob du zufällig zum Einkaufen fährst. Das Wasser ist alle und ich kann nicht so viel mit dem Fahrrad transportieren.«

»Klar, kann ich gerne machen. Gut, dass du Bescheid sagst. Brauchen wir sonst noch was?«

»Ja, ich habe einen Zettel geschrieben. Du musst auch nicht alleine los. Wir können das auch … zusammen machen«, schlug ich vor. »Großeinkauf für die WG.«

»Machen wir«, bestätigte er und trank einen Schluck Kaffee. »Warst du schon mal in Sassnitz?«

Ich guckte ihn an, als hätte er mich gefragt, ob ich schon

mal den Mond am Himmel gesehen hätte.

»Dumme Frage. Natürlich kennst du die Insel wie deine Westentasche.«

»Möchtest du dort einkaufen gehen?«, fragte ich.

»Ja. Wär cool.«

»Hast du denn schon irgendetwas von der Umgebung gesehen?«

Seine Augen bewegten sich langsam von links nach rechts und zurück, als müsste er angestrengt überlegen. »Hauptsächlich Straßen«, gab er zur Antwort.

Ich konnte nicht an mich halten und prustete in meinen Kaffee.

»Wie lange bist du denn schon hier?«

»Ich bin etwa eine Woche vor dir angekommen.«

»Dann bist du also nicht besonders unternehmungslustig?« Er deutete mit dem Kopf zum Bücherstapel.

»Die haben mich davon abgehalten.«

Ich nickte. Stimmt, er hatte im Gegensatz zu mir keine Ferien.

»Dann sollten wir das mal ändern und das Nützliche mit dem Angenehmen verbinden.« Ich stand auf und stellte meine leere Kaffeetasse in die Spüle. Er tat es mir gleich.

»Okay, dann sehen wir uns am Auto«, sagte er und verließ die Küche.

Einige Minuten lang blieb ich noch am Tresen stehen und sann über meinen Mitbewohner nach. Tom war so anders, als jeder Mann, den ich bislang kennengelernt hatte, und er gab mir ein Rätsel nach dem anderen auf. Nun probierte er auch noch Meditieren aus. Warum nur?

Wir würden gemeinsam einen Ausflug machen, wurde mir bewusst, während ich meine Sachen von oben holte. Noch vor ein paar Tagen hätte ich es mir nicht im Traum einfallen lassen, mit einem Fremden unterwegs zu sein. Obwohl Tom so fremd ja nicht mehr war.

Ich war gespannt, wie er wohl Auto fuhr. Aus dem Fahrstil eines Menschen konnte man einiges herauslesen. Etwas an ihm lud mich ein, näher hinzusehen – was auch immer er tat. So als würde ich dann die Lösung für meine eigenen Fragen finden können.

Bevor ich mein Zimmer verließ, warf ich einen Blick in den Spiegel und mir fiel auf, dass ich mich anders fühlte, als die vergangenen Tage. Ich brauchte einen Moment, um zu verstehen, woran das lag. Meine Mundwinkel zeigten nach oben, ohne, dass ich mich darum bemühte – es war eine Art unbewusstes, zartes Dauerlächeln.

Gleichzeitig leuchteten meine Augen in einer Intensität, wie ich sie vorher noch nie an mir wahrgenommen hatte.

Scheu hob ich die Hand und winkte mir kurz zu, ehe ich mich vom Spiegel abwandte und nach unten zu Tom ging.

Tom

Mit Schwung setzte sich Jenna auf den Beifahrersitz und schloss die Tür. *Wow, wie klein so ein Auto sein kann,* dachte ich und musste mich zwingen, meine Hand nicht auf mein Herz zu legen – dieses Mal, weil seine Schläge kurz gestolpert waren.

Reiß dich am Riemen!, herrschte ich mich in Gedanken an. Das hier ist nichts Besonderes. Wir fahren einkaufen. Kein Grund zur Aufregung. Ich hatte in meinem Leben schon einige Frauen durch die Gegend kutschiert. Jenna war allerdings nicht ›irgendeine Frau‹. Und dies war mir nie präsenter gewesen, als jetzt gerade.

Abwartend musterte sie mich. Stumm erwiderte ich ihren Blick, als hätte ich für eine Sekunde vergessen, wie man den Motor startete. Sofort musste ich daran denken, wie sie mich beim Meditieren erwischt hatte. Ich Idiot hatte die Tür offenstehen lassen. Das Wissen, dass sie mich dabei beobachtet hatte – ich im Schneidersitz auf dem Bett – wirkte seltsam in mir nach. Als hätte ich aus Versehen etwas offenbart, was ich gern noch für mich behalten hätte.

Beim nächsten Mal musste ich dringend dafür sorgen, dass ich ungestört blieb. Sofern ich diese Sache überhaupt fortsetzen würde. Dessen war ich mir noch nicht so ganz sicher.

»Funktioniert deine Karre?«, fragte sie in die Stille hinein. Energisch drehte ich den Zündschlüssel um. »Zuverlässig!« Wie um dies zu bestätigen, sprang der Motor an. Ich fing ihr Lächeln auf und richtete meine Augen dann stur auf die Straße.

»Wie lange habt ihr das Haus schon?«, fragte ich sie nach

einer Weile schweigender Fahrt.

»Seitdem ich denken kann. Wir sind jeden Sommer hierhergekommen. Bis ich achtzehn war.«

»Ist wirklich ein schöner Rückzugsort«, sagte ich.

»Ja. Es ist nicht der schlechteste Ort, an dem man sein kann. Onkel Martin ist sehr großzügig, dass er dich hier wohnen lässt.«

»Ich bin auch überaus dankbar, hier sein zu dürfen.«

»Wohnst du direkt in Rostock?«

»Ja, mit zwei Jungs in einer WG.«

»Ist sicher spaßig«, mutmaßte sie.

»Die meiste Zeit eher nicht«, widersprach ich. »Aber eine Wohnung allein als Student … schwierig.«

Aus dem Augenwinkel nahm ich ihren interessierten Blick wahr.

»Wo wirst du in Berlin wohnen?«, wollte ich wissen.

»Auch in einer WG, zu zweit. Wir haben uns schon kennengelernt. Frida heißt sie und ist … unkonventionell, aber super nett. Sie studiert seit zwei Semestern Sozialpädagogik und hat eine neue Mitbewohnerin gesucht.«

Ich lächelte und freute mich, dass Jenna von sich aus so viel erzählte.

»Das wird sicher eine spannende Zeit«, mutmaßte ich.

»Ja«, sagte sie nur. Dann war sie wieder in ihren eigenen Gedanken versunken und ihr Blick verlor sich in der Ferne der grünen Landschaft. Ob sie wohl geplant hatte, ihr Studentenleben zusammen mit Meli und Victor zu erleben? Und hatte ich sie mit meiner Aussage in düstere Erinnerungen gelotst?

Sobald wir in Sassnitz waren, lenkte ich meinen treuen Renault von der Hauptstraße zur *Rügen-Galerie*, wo wir einkaufen konnten.

»Hast du den Einkaufszettel dabei?«, fragte ich, als wir über den Parkplatz zum Eingang gingen.

»Nö, der liegt in der Speisekammer.« Sie lachte hell auf. »Einkaufszettel vergesse ich grundsätzlich. Ich habe alles hier drin abgespeichert.« Mit zwei Fingern tippte sie sich an den Kopf und löste einen Einkaufswagen.

»Lass mich schieben«, schlug ich vor und machte eine auffordernde Handbewegung.

»Wieso?«

Ich ging um den Wagen herum und schaute sie herausfordernd an.

»Manche brauchen tatsächlich einen Führerschein für dieses Ding.« Sie ließ ein Schnauben hören, überließ mir aber den Wagen.

»Was ist dein Lieblingsessen?«, fragte Jenna, als wir auf die Obst- und Gemüseabteilung zusteuerten.

»Pasta Puttanesca, nach einem Rezept meiner Großmutter«, offenbarte ich.

»Ist sie Italienerin?«

»Nein. Sie liebt nur Italien und die Küche.«

»Ich auch«, gestand sie und verschaffte sich einen Überblick über das reichhaltige Angebot.

Ich lächelte nur still in mich hinein.

»Kannst du kochen?«, fragte sie weiter, während sie Bananen und Grapefruits in den Einkaufswagen legte.

»Ich kann Dinge erhitzen«, erwiderte ich knapp.

Zur Antwort erhielt ich ein schiefes Grinsen.

»Was magst du gern, außer Peperoni auf der Pizza?« fragte ich schelmisch.

»Alles, worauf die drei magischen Worte zutreffen.« Sie ließ ihre Hände durch die Luft tanzen. »Mit Käse überbacken.«

Noch eine Gemeinsamkeit. »So was in der Art könnte sogar ich hinkriegen«, entgegnete ich.

»Hast du schon mal Erdbeercrumble-Muffin-Cookies gegessen?«, fragte sie unvermittelt.

»Das könnte ich nicht mal schreiben.«

»Dann sollte ich die unbedingt backen. Wenn du da rein beißt, bist du im Himmel.«

»Soso, du bist also eine Naschkatze«, stellte ich fest.

»Und du 85? Wer sagt denn heute noch Naschkatze?« Prustend schüttelte sie den Kopf, doch ihre Augen leuchteten mich fröhlich an. »Ja, bin ich. Durch und durch.« Sie zeigte auf die Erdbeeren. »Die kannst du ja schon mal einpacken.«

Jenna war offenbar in ihrem Element – also ließ ich sie die Führung übernehmen, bis wir alles zusammen hatten, plus einige Dinge, von denen ich keine Ahnung hatte, was sie damit anstellen wollte.

»Eine mögliche Zombie-Apokalypse würden wir schon mal überleben.« Ich sah in den üppig gefüllten Einkaufswagen.

»Ja, das sollte für ein verlängertes Wochenende reichen«, sagte sie grinsend.

Wir teilten den Einkauf durch zwei und nachdem wir alles im Kofferraum verstaut hatten, schlenderten wir gemütlich am Wasser längs. Entzückende Häuser im Stil der Bäderarchitektur samt aufwendig verzierten Holzbalkonen säumten die Promenade. Nahezu alle waren weiß angestrichen worden. Die Sonne strahlte warm vom wolkenlosen Himmel herab. Mein Blick wurde von den Wellen angezogen, die rhythmisch ans steinige Ufer klatschten. Hinter dem grün-weiß getünchten Leuchtturm auf der Mole konnte man in der Ferne den Fährhafen von Mukran sehen. Ehrlich gesagt hatte ich Massen an Menschen erwartet. Erstaunlicherweise ging es hier entspannt zu.

Irgendwann ging die breite Flaniermeile in einen schmalen Fußweg über und wir gelangten an den steinigen Strand, an dem auch schon die ersten Kreidefelsen aufragten. Mit geschlossenen Augen hielt ich meine Nase in den Wind, als mein Handy in meiner Gesäßtasche zu vibrieren begann. Jonas – den konnte ich nicht noch einmal abwimmeln.

»Hey Dude, lebst du noch?«

»Ja. Sorry, dass ich mich noch nicht gemeldet habe.«

Ich ließ mich hinter Jenna zurückfallen. Sie lief indessen zur Wasserkante und bückte sich nach Muscheln und Steinen.

»Bist wohl arg beschäftigt«, mutmaßte Jonas.

»Geht so. Wir sind gerade in Sassnitz.

»Wir?«, fragte er langgezogen. »Man macht also schon romantische Ausflüge zusammen.« Diese Bemerkung ließ mich mit den Augen rollen.

»Wir waren im Supermarkt. Sehr romantisch«, gab ich betont sachlich zurück.

»Hey, ich muss dir was erzählen. Hab jemanden kennengelernt«, offenbarte Jonas.

»Aha«, sagte ich und bemühte mich, interessiert zu klingen. Jonas war auf ungefähr acht Dating-Apps unterwegs und lernte andauernd jemanden kennen. Das war keine neue Information.

»Ja, und sie ist der Wahnsinn. Komplett anders als alle anderen.«

»Diesmal wirklich deine Seelenverwandte?«, fragte ich minimal spöttelnd, während mein Blick zu Jenna wanderte, die mit den Füßen im Wasser stand.

»Definitiv«, schwor Jonas.

»Ah ja. Hör zu, Kumpel, ich kann gerade nicht so frei reden. Ich rufe dich später an, okay. Dann können wir quatschen«, vertröstete ich ihn.

»Alles klar. Viel Spaß noch bei eurem Date. »Das letzte Wort betonte er besonders. Kopfschüttelnd steckte ich das Telefon weg und blickte zu Jenna, die selbstvergessen und sehnsüchtig aufs Meer hinausschaute.

Einem inneren Impuls folgend holte ich mein Handy wieder hervor, schaltete die Kamera ein und zoomte sie heran. Kurz zögerte ich, dann drückte ich entschlossen auf den Auslöser, bevor ich es endgültig in der Tasche verschwinden ließ, und balancierte über die Steine zum Wasser.

»Alles gut?«, fragte Jenna.

»Alles bestens«, sagte ich und sah ihr eine Weile dabei zu, wie sie durchs Wasser watete.

Als ich mich umdrehte und die majestätischen Felsen der Kreideküste bestaunte, hörte ich ein Platschen – und schon im nächsten Moment traf mich ein Schwung eiskalter Wassertropfen.

»Hey!« Mit gespielter Entrüstung schnellte ich zu ihr herum.

»T'schuldigung«, rief Jenna grinsend. »Mein Fuß hat manchmal Tourette.«

»Dann hoffe ich, das ist behandelbar, denn vermutlich brauchst du eine Mitfahrgelegenheit für den Rückweg.«

»Ich versuche, es unter Kontrolle zu halten«, versprach sie feixend. Skeptisch nickte ich und drehte mich zu den Felsen um. Sogleich wiederholte sich das Spiel und so schnell ich konnte, sprintete ich zu ihr und kickte ihr ebenfalls eine Ladung Wasser entgegen. Dabei war mir egal, dass meine Sneakers klitschnass wurden. Schrill kreischte sie auf, und wir zogen die Blicke einiger Spaziergänger auf uns.

»Klappt wohl nicht so ganz mit der Kontrolle«, rief ich ihr zu und fischte mein Smartphone wieder hervor.

»Was tust du da?«, wollte sie wissen.

»Ich schaue nach, wie viele Kilometer du bis Lohme wandern darfst.« Sie kicherte und näherte sich dem Strand, wobei ich sie nicht aus den Augen ließ.

»Lust auf Kuchen?«, fragte sie und schnappte sich ihre Sandalen.

»Bestechungsversuch?« Misstrauisch zog ich eine Augenbraue hoch.

»Nein, die Naschkatze hat Hunger«, gab sie keck zurück und tappte mit ihren nackten Füßen an mir vorbei Richtung Strandpromenade.

Wenige Minuten später saßen wir in einem gemütlichen Café mit Panoramablick aufs Wasser und einem schier endlosen Angebot an süßen und herzhaften Leckereien. Jenna hatte mich zu einem Stück Sanddorn-Käsetorte überredet.

»Und?«, fragte sie.

Ja, konnte man essen. Zur Bestätigung lächelte und nickte ich. Inzwischen hatte ich das Gefühl, dass sie allmählich begann, sich auf Rügen wohlzufühlen und Freude daran zu finden, mir *ihr Revier* zu zeigen. Trotzdem war ich neugierig, wohin sie ihre ursprüngliche Reise geführt hätte.

Zwischen zwei Bissen musterte ich sie nachdenklich und überlegte, welche Städte zu ihr passen würden.

»Habe ich etwas im Gesicht, das da nicht hingehört?«

»Alles so, wie es sein soll«, vergewisserte ich ihr. »Wo wärst du jetzt gewesen, wenn Plan A aufgegangen wäre?«

Einen Augenblick lang wirkte sie irritiert und wischte sich den Mund mit einer Serviette ab.

»Rate mal«, gab sie schließlich auffordernd zurück, was mir signalisierte, dass es für sie in Ordnung war, darüber zu reden. Ich stütze meine Ellenbogen auf dem Tisch ab, verschränkte meine Finger ineinander und betrachtete sie eingehend.

»Venedig«, riet ich. Kopfschütteln. »Stockholm?« Wieder verneinte sie.

»Okay, dann musst du es mir wohl verraten.«

Sie stand auf, nahm ihr leeres Geschirr und stellte es in die Ablage. Ich folgte ihrem Beispiel.

»Das wäre langweilig«, sagte sie. »Rate einfach weiter. Wir haben ja noch den ganzen Rückweg vor uns.« Sie hob die Augenbrauen und ging an mir vorbei zum Ausgang.

Im Auto erriet ich drei der Städte, die sie hatte sehen wollen. Mit Amsterdam hatten wir ein Match. Da war ich bereits gewesen und wollte auch unbedingt noch mal hin.

»Und was steht auf deiner Reise-Bucketlist?«, fragte sie.

»Tansania«, antwortete ich wie aus der Pistole geschossen.

»Afrika. Wow!« Sie schien überrascht und gleichzeitig beeindruckt zu sein.

»Ja, ich will irgendwann auf den Kibo rauf.«

»Den Kilimandscharo?«

»Der steht da so in der Landschaft herum, ja«, äußerte ich und spürte ihren langen Blick.

»Hast du zu viel Hemingway gelesen?«

Ich musste lachen und schüttelte nur den Kopf.

»Das ist ein ziemlich hoher Berg«, stellte sie fest.

»Ja, und ein überaus schöner«, ergänzte ich.

Als ich ihr mein Gesicht zuwandte, drehte sie rasch ihren Kopf und schaute lächelnd geradeaus.

Am Haus angekommen, trugen wir zusammen die Einkäufe in die Küche und verstauten alles.

»Danke«, sagte sie leise und strich sich eine Locke nach hinten. Mit einem Mal erschien sie mir ungewohnt schüchtern.

»Nicht dafür.« Über den Küchentisch hinweg warfen wir uns stumme Blicke zu. Dann zog ich mein Handy aus der Tasche.

»Ich muss noch telefonieren«, erklärte ich und verschwand in mein Zimmer. Dort warf ich das Telefon aufs Bett, legte mich eine Weile daneben, bevor ich die Fotogalerie öffnete, um mir das Bild von Jenna anzusehen.

Jonas rief ich erst gegen acht an. Solange brauchte ich, um die vergangenen Stunden mit Jenna in Ruhe in mir nachklingen zu lassen. Sie hatten sich anders angefühlt, als alles, was ich bisher in meinen 26 Jahren erlebt hatte. Doch ich konnte nicht sagen, warum.

Jenna

»Ich hab dich auch lieb, Onkel Martin«, sagte ich zum Abschied und beendete das Gespräch, um meine angewinkelten Beine zu entknoten und tief durchzuatmen. Vor einer Weile hatte ich mich in den Ohrensessel am Fenster gekuschelt und ihn endlich darüber in Kenntnis gesetzt, was bei mir los war.

Die Sonne war vor Stunden aufgegangen und wärmte meine Rückseite. Langsam zog ich mir das Handtuch, das ich zu einem Turban gewickelt hatte, herunter und rubbelte mir durch das feuchte Haar.

Nun kannte Onkel Martin also auch den Grund meines Aufenthaltes hier. Er war ein wenig geschockt gewesen, aber zumindest konnte ich mittlerweile ohne Tränen über dieses Drama sprechen. Natürlich war er neugierig, wie es hier mit Tom lief und ich versicherte, dass es okay war. Wir hatten uns einigermaßen arrangiert.

Meditation und Bergsteigen – vervollständigte ich meine heimliche *Tom-Erkenntnisliste*, als ich an den gestrigen Tag dachte. Er war schon speziell, ich musste jedoch zugeben, dass er ganz in Ordnung zu sein schien. Und gar nicht so uninteressant, wie ich es ihm insgeheim unterstellt hatte.

Ziellos wanderte mein Blick über die wilde Wiese hinter dem Haus und ich überlegte, was ich heute anstellen könnte. Der Tag erstrahlte genauso warm und wolkenlos wie die vorangegangenen. Und ich war immer noch nicht im Meer schwimmen gewesen.

Genau das würde ich machen – nach Glowe fahren und den

Tag am Strand verbringen. Und vorher würde ich meine Lieblingscookies backen, von denen ich Tom gestern vorgeschwärmt hatte. Die eigneten sich perfekt als Snack nach dem Schwimmen.

Gerade, als ich das heiße Blech aus dem Ofen holte und auf den Tisch balancierte, tauchte Tom im Türrahmen auf, wieder vollkommen nass geschwitzt.

Schnuppernd kam er näher und warf einen Blick auf die Cookies. »Ist das der Himmel, den du gestern versprochen hast?« Mit zwei Fingern wollte er sich einen Keks stibitzen und ich vertrieb ihn, indem ich mit dem Geschirrhandtuch auf seinen Handrücken zielte.

»Finger weg«, ermahnte ich ihn. »Die müssen erst abkühlen. Außerdem dachte ich, du bist nicht so ein Süßer«, setzte ich hinterher, wobei ich das letzte Wort besonders in die Länge zog.

»Oh, manchmal schon«, bemerkte er grinsend und wischte sich einige feuchte Haarsträhnen aus seinem geröteten Gesicht. Mit einem letzten begehrlichen Blick auf das Backblech verschwand er und kurz darauf hörte ich oben im Bad die Dusche rauschen.

Nachdem ich das Chaos in der Küche beseitigt hatte, ging ich ebenfalls hoch in mein Zimmer. Dort schlüpfte ich in meinen nagelneuen neon-orangefarbenen Bikini und in das kurze weiße Sommerkleid. Beides hatte ich mir extra für meine Reise gekauft.

Als ich mich im Spiegel begutachtete, spürte ich, wie eine Welle aus Traurigkeit mich ergreifen wollte. Die Aussicht, in diesem Outfit zusammen mit Victor stundenlang am Strand in Sizilien spazieren zu gehen und unzählige Erinnerungsfotos zu schießen, hatte mich lange über die Strapazen meiner anstrengenden zwei Jobs hinweggetröstet. Und jetzt? Kein Sizilien und auch kein Victor. Bedrückt schloss ich die Augen und versuchte meine aufkommenden Tränen niederzudrücken. Plötzlich kam es mir einigermaßen lächerlich vor, ganz allein an den Strand zu fahren – andererseits würde es besser sein, als bei strahlendem Sonnenschein den ganzen Tag im Haus zu versauern.

Zurück in der Küche, um mir eine Flasche Wasser, Obst und ein paar der Kekse einzupacken, traf ich Tom an – kauend. Offensichtlich hatte er sich schon einen Keks geklaut. Als er mich sah, beeilte er sich, seinen Bissen herunterzuschlucken.

»Wow«, war das Einzige, was er herausbrachte. Was meinte er – den Cookie oder mein Kleid?

»In der Tat himmlisch übrigens«, sagte er und zeigte auf das Backblech. Wortlos trat ich neben ihn, sammelte eine Handvoll der Kekse ein und füllte sie in eine Tupperdose.

»Den Rest kannst du vernichten, wenn du magst. Ich bin dann mal weg«, verkündete ich.

»Wohin?«, wollte er wissen.

»Ich fahre heute nach Glowe, zum Strand. Wenn ich schon mal hier bin, will ich wenigstens einmal ins Meer springen.«

Er bedachte mich mit einem interessierten Blick. Fast hätte ich erwartet, dass er »*Was dagegen, wenn ich mitkomme?*« fragen würde. Doch er nickte nur und sagte: »Cool, dann habe ich ja sturmfreie Bude.«

»Tja, dann … bis später«, verabschiedete ich mich nach einer kurzen Pause.

»Schwimm nicht zu weit raus«, rief er mir noch hinterher, als ich ihn mit den restlichen Keksen und seinem Grinsen allein ließ.

Wie es wohl gewesen wäre, wenn er tatsächlich mitgekommen wäre? Hätte mir das gefallen? Und würde ich ihm in meinem Bikini gefallen? Was er wohl für eine Badehose trug? War er der Shorts-Typ oder …?

Entschieden versuchte ich den Gedanken, was Tom am Strand tragen oder über meinen Bikini denken könnte, abzuschütteln. Wahrscheinlich war er auch froh, dass ich ein paar Stunden weg war.

Wenn ich schon nicht meine eigenen Gedanken auf die Reihe bekam, musste ich mir nicht noch zusätzlich den Kopf um die der anderen zerbrechen. Aber so kompliziert war es manchmal in meinem Oberstübchen und bislang hatte ich noch keinen Schalter gefunden, mit dem ich mein Overthinking hätte ausknipsen können. Dabei wollte ich nur meinen Tag auskosten.

***

Kurz darauf radelte ich an meinem Mohnfeld vorbei. Die Hauptblütezeit war schon vorüber. Es ragten nur noch einzelne rote Köpfe empor und ich bedauerte kurz, dass ich völlig vergessen hatte, sie zu fotografieren, als das Feld noch in voller Blüte gestanden hatte.

Wie kurz das Schöne oft nur dauert, dachte ich melancholisch und musste einen weiteren Anflug mieser Laune niederkämpfen. Was war mir wohl alles entgangen, während ich miese Jobs erledigt hatte, um auf etwas hinzuarbeiten, was niemals hatte wahr werden sollen?

Eine Dreiviertelstunde später erreichte ich den Hafen von Glowe, wo ich abstieg und mein Fahrrad anschloss.

Tief atmete ich den salzigen Duft des Meeres ein, während mir der Wind kitzelnd über Arme und Beine strich.

Vor mir lag die 12 Kilometer lange **Schaabe**, eine sichelförmige Badebucht und gleichzeitig der längste und weitläufigste Strand Rügens.

Ich schlüpfte aus meinen Flipflops und der feine, weiße Sand umspielte warm und weich meine nackten Füße.

Es ist trotzdem nicht Sizilien, dachte ich und wieder machte sich diese Wehmut in mir breit, während ich ein ganzes Stück den Strand hinauflief, bis ich ein Plätzchen in der Nähe einiger Dünen fand, wo ich meine Decke ausbreitete und mich mit Sonnenfluid eincremte. Nachdem ich eine Weile nur dagesessen und auf die tiefblaue See geguckt hatte, fragte ich mich, was ich eigentlich hier sollte, so ganz allein.

Vom benachbarten Hundestrand drang hier und da ein fer-

113

nes Bellen herüber und überall um mich herum waren Familien und Pärchen, die entspannt und fröhlich diesen herrlichen Tag zelebrierten, während ich immer deprimierter wurde. Einen kurzen Moment überlegte ich, zurückzufahren, verwarf diesen Gedanken jedoch, weil mich die Vorstellung, mich vor Tom für meine verfrühte Rückkehr erklären zu müssen, noch missmutiger stimmte.

So streckte ich mich bäuchlings aus und las einige Seiten in meinem Buch, um mein Alleinsein zu vergessen. Dann wurde mir auch das zu langweilig und ich beschloss, mich ins kühle Nass zu stürzen. Statt Schritt für Schritt hineinzugehen, nahm ich Anlauf, rannte ins Wasser und ließ mich kopfüber in die Wellen fallen. Kühl und vertraut fingen sie mich auf, als hießen sie mich willkommen und hätten nur auf mich gewartet. Ich kraulte und tauchte eine Weile herum, bis ich eine wohltuende Erschöpfung spürte, aus der sanften Brandung stieg, mir tropfnass meinen Weg durch Standtücher und Sonnenzelte bahnte und mich wieder auf meiner Decke niederließ.

Nun waren meine Gedanken ruhiger geworden. Die Geräusche um mich herum taten ihr Übriges. Die stetige Sinfonie aus Wind und Wellen schaffte es, mich in einen entspannten Zustand zu versetzen und zaghaft begann ich, mich an meinem Nachmittag zu erfreuen. Abwechselnd las ich, knabberte meine Cookies, döste, beobachtete das Meer – und griff von Neuem nach meinem Buch.

Als ich irgendwann mein Handy herauskramte, war es nach 18 Uhr und ich packte meine Sachen zusammen, um zurückzufahren.

Mit den Füßen im Wasser schlenderte ich zurück zur Mole, als jemand meinen Namen rief. Überrascht drehte ich mich zur Seite.

Eine Gruppe junger Menschen saß in der Nähe auf mehreren Decken verteilt im Sand. Ich erkannte Malte, der mir zuwinkte. Rasch sprang er auf und kam mir entgegen.

Bei unserer Begegnung auf dem Biohof hatte er erwähnt, dass er manchmal hier am Strand abhing. Dann musste wohl Samstag sein. Seitdem ich hier war, hatten Wochentage ihre Bedeutung verloren.

»Hey, Jenna«, begrüßte er mich erfreut.

»Hi, Malte«, sagte ich. Er trug ein ärmelloses Shirt, das lässig über seine hellen Shorts fiel, und eine verspiegelte Sonnenbrille mit runden Gläsern, die bläulich im Sonnenlicht schimmerten.

»Wie schön, dass du auch hier bist. Hast du Lust, uns Gesellschaft zu leisten?« Er deutete auf die Runde. Zögernd wandte ich meinen Kopf zu den anderen, unsicher, ob ich Lust darauf hatte, mich fremden Menschen zu stellen.

»Ich wollte gerade zurückradeln«, wand ich ein.

»Ach komm.« Malte knuffte mich in die Seite. »Wir haben tonnenweise Snacks und jede Menge zu trinken. Wird sicher lustig.«

Er schob seine Brille ein Stück die Nase herunter und schaute mich über den Rand hinweg an, wobei er abwartend seine Augenbrauen hob.

»Okay, aber nur kurz«, willigte ich ein. Vielleicht war ein wenig Gesellschaft keine so schlechte Idee.

»Cool«, sagte er und wir stapften durch den Sand zu den anderen.

»Hey, Leute, das ist Jenna. Wir kennen uns schon lange«, stellte er mich vor.

»Jenna, das sind Annika, Noah, Lisa, Meike, Chris und Tobi.« Er ratterte die Namen so schnell herunter, dass ich Mühe hatte, sie mir auf Anhieb zu merken.

»Hallo«, begrüßte ich sie.

»Hi, Jenna«, echoten sie im Chor.

»Seid nett und benehmt euch«, ermahnte Malte die Meute im Spaß und bot mir einen Platz neben sich auf der Decke an.

»Sei du lieber nett!« Das kam von Chris, der einen blonden Undercut trug und abstehende Ohren hatte.

Ich ließ meine Tasche in den Sand fallen und setzte mich

mit angewinkelten Beinen und zusammengepressten Knien auf eine Pobacke. Fast bereute ich, ein so kurzes Kleid angezogen zu haben. Zum gemütlichen Abhängen war es definitiv nicht geeignet.

Eines der Mädels, die Malte als Lisa vorgestellt hatte, musterte mich aufmerksam. Ich wandte meinen Blick ab, doch als ich wieder zu ihr schaute, sah sie mich noch immer an, beinahe lauernd. Unbehaglich strich ich mir über die Arme. Malte setzte sich neben mich in den Schneidersitz und lächelte mich an.

»Hey, was willst du trinken?«, fragte mich Tobi und öffnete eine der Kühlboxen. »Wir haben Bier, Wein, Cola und Rum«, zählte er auf.

»Dann nehme ich eine Cola, ohne Rum«, antwortete ich.

»Nicht, dass die Cola nachher schon alle ist«, entrüstete sich Chris.

»Alter, dann trinken wir den Rum eben pur!« Tobi reichte mir die Colaflasche.

»Uns kannst du schon mal eine Flasche Wein aufmachen«, bat Annika. Ihr dunkelbrauner Pferdeschwanz lag auf ihren Schultern und bildete einen schönen Kontrast zu ihrem vanillefarbenen Jumpsuit. Sofort sprang Noah auf. »Ich mach das schon.« Beflissen ging er Tobi zur Hand.

»Annika und Noah sind schon seit der Steinzeit zusammen. Er ist ihr hörig«, raunte Malte mir zu.

»He, das habe ich gehört«, empörte sich Noah. Annika kicherte.

»Glaub ihm kein Wort«, wandte Noah sich an mich und zeigte warnend mit dem Finger auf Malte, bevor er sich an der Weinflasche zu schaffen machte.

»Ich gehe eine Runde schwimmen«, offenbarte Lisa, stand auf und zog sich graziös ihr blaues Longshirt aus. Der knappe rote Bikini betonte ihren hochgewachsenen, schlanken Körper. Ihr langes, blondes Haar floss wie Gold über ihre Schultern. Sie sah aus, als würde sie gleich an einem BademodenShooting für eine Fitnesszeitschrift teilnehmen. »Kommst du mit, Malte?« Ihr intensiver Blick unterstrich den lasziven und zugleich auffordernden Unterton ihrer Worte.

»Später«, sagte er und öffnete sich ein Bier.

Eine kleine Falte bildete sich zwischen ihren Augenbrauen. Sein Korb gefiel ihr offenbar gar nicht. Einige Sekunden blinzelte sie noch in unsere Richtung, dann lief sie elegant wie eine Gazelle durch den Sand davon.

»Ich komm mit«, beschloss Chris und stapfte hinter ihr her.

Als hätte dies eben gar nicht stattgefunden, richtete Malte seine Aufmerksamkeit auf mich und grinste mich an. »Schön, dass du da bist«, sagte er. Nervös lächelte ich in meine Colaflasche hinein. Lisa würde nicht ewig im Wasser bleiben – und eines war sonnenklar: Sie mochte mich nicht. Schönes Schlamassel.

Inzwischen hatten alle ihre Getränke. Tobi hob seine Bierflasche hoch. »Cheers«, sagte er und wir prosteten ihm zu.

»Auf einen chilligen Abend.« Das kam von Meike, die mir auf Anhieb sympathisch war.

»Woher kennt ihr euch eigentlich?«, fragte sie und blickte zwischen Malte und mir hin und her.

»Das ist geheim«, flüsterte Malte und lächelte mir zu, was bedeutungsvolle Blicke der anderen nach sich zog.

»Wir kaufen seit Jahren in seinem Laden ein«, löste ich das Rätsel unserer Bekanntschaft auf. »Meine Familie hat ein Ferienhaus in Lohme. Ich verbringe gerade Zeit dort.«

»Uuuhhh, dann können wir die nächste Party ja dorthin verlegen«, schlug Noah vergnügt vor.

»Hm«, machte ich. »Da hätte eventuell mein Mitbewohner etwas dagegen.« Ich dachte an Tom und wie er es wohl finden würde, wenn ich eine Meute feiernder Inselbewohner einlud und mit ihnen das Haus auf den Kopf stellte. Dieser Gedanke entlockte mir ein Lächeln.

»Wie?«, fragte Malte hochgradig interessiert und auch die anderen waren neugierig. »Du hast einen Mitbewohner?«

»Na ja«, begann ich. »Mein Onkel hat einem befreundeten Studenten das Haus für den Sommer überlassen, wovon ich nichts wusste. Und so sind wir eben beide dort«, fasste ich die Story so knapp wie möglich zusammen.

»Kraaass!«, rief Meike aus. »Und? Wie ist er so?«

»Ganz okay«, verriet ich reserviert und schnappte einen Seitenblick von Malte auf, der mich aufmerksam beobachtete.

»Er schreibt an seiner Bachelorarbeit. Sonst nichts.«

Die anderen glaubten mir kein Wort.

»Wie sonst nichts? Willst du mir etwa erzählen, dass ihr euch schweigend ignoriert? Das nimmt dir niemand ab. Also, wie ist er so drauf, der Student?«, bohrte Meike weiter.

»Very British«, sagte ich nach kurzem Überlegen. Ja, so konnte man es durchaus auf den Punkt bringen, fand ich.

»Das heißt?« Meikes Augenbraue zuckte.

»Stocksteif«, warf Malte ein.

»Nein, eher … entspannt«, gab ich zurück.

»Briten sind doch nicht entspannt. Die sind verstockt bis zum Kragen«, widersprach Noah und nahm, wie um es zu demonstrieren, eine kerzengerade, hölzerne Haltung ein.

»Ach, das ist ein Klischee!«, rief Meike. »Wenn Frauen sich über Männer so ausschweigen, wie Jenna, dann sind die meistens very interesting.« Sie grinste mich vielsagend an und ich musste zurückgrinsen, was Malte nicht entging. In diesem Moment kam Lisa wieder.

»Rück mal die Nachos rüber«, rief Chris, der sich, klitschnass wie er war, auf die Decke plumpsen ließ. Tobi warf ihm eine Tüte zu, die er knisternd aufriss.

»Ich hab übrigens noch Cookies«, sagte ich und kramte die Dose aus meiner Tasche. Es waren noch annähernd die Hälfte übrig. Malte nahm sie mir ab und biss genüsslich in einen Keks.

»Hmm«, machte er. »Auch einen?« Kauend hielt er Lisa die Tupperdose hin.

»Nein danke«, lehnte sie pikiert ab, als hätte er ihr etwas

Ungenießbares angeboten.

»Okay, mehr für mich.« Schulterzuckend lächelte er mich an. Von Lisas missbilligenden Blicken schien Malte nichts mitzubekommen oder er ignorierte es konsequent.

»Was wirst du nach dem Sommer machen?«, wollte er wissen, während sich die anderen im Hintergrund um die Marshmallows stritten.

»Ich gehe auf die Uni in Berlin«, sagte ich. Er machte große Augen.

»Echt? Na, da wünsche ich dir viel Spaß. In die Großstadt könnte ich, glaube ich, nicht.«

Lächelnd nippte ich an meiner Cola. Er war wie eine Inselpflanze. Wahrscheinlich würde er niemals von hier wegziehen.

»Was ist mit dir? Übernimmst du den Laden deiner Eltern?«, fragte ich ihn, um von mir abzulenken.

»Nein. Noch lange nicht. Da haben sie noch eine Weile die Hand drauf. Irgendwann mal, wer weiß …« Er trank einen Schluck Bier. Er hatte seine Sonnenbrille abgenommen. In diesem Moment sah er sehr reif und erwachsen aus.

»Eventuell gehe ich noch eine Weile weg.«

»Wohin?«, hakte ich nach. Womöglich hatte ich zu schnell über ihn geurteilt.

»Weiß noch nicht genau. Die Berge interessieren mich. Ich bin ja noch nie groß weg gewesen. War immer schwierig, mit eigenem Hofladen.«

Ich nickte zustimmend. Sein Grinsen ließ ihn wieder jungenhaft wirken. Es war schwer zu glauben, dass er vor zwei Jahren noch mindestens doppelt so viel gewogen hatte wie derzeit. Als wären meine Gedanken Lisas Stichwort, stand sie auf und schnappte sich einen Ball.

»Hey, Leute, wie wär's, wenn wir ein paar Kalorien verbrennen, statt sie in uns hineinzuschaufeln? Wer spielt mit Volleyball?«

»Bin dabei«, meldete sich Tobi. Chris stand ebenfalls auf. Und auch Malte schien von dieser Idee angetan zu sein, was in erster Linie Lisa freute, denn sie strahlte ihn an.

»Hast du auch Lust?«, fragte er mich. Heute fühlte ich mich nicht mehr in der Verfassung, mich sportlich zu betätigen. Das Radfahren und Schwimmen hatte mir gereicht. Außerdem hatte ich ja noch einen Rückweg von zehn Kilometern vor mir, deshalb schüttelte ich den Kopf. »Nein, geht nur, wir schauen zu.«

Sie liefen bis ans Wasser, zogen eine dicke Linie in den Sand und ließen den Ball hin und her fliegen. Lisa natürlich an der Seite von Malte.

»Er kann dich gut leiden«, offenbarte Meike lächelnd, die zu mir aufgerückt war.

»Was man von Lisa eher nicht behaupten kann«, ergänzte ich. Meike winkte ab.

»Mach dir nichts draus. Sie ist bei jeder wachsam, die ihrem Malte zu nahekommt. Lisa will was von Malte, Chris will was von Lisa …«

»Lass mich raten, du willst was von Chris?«, scherzte ich. Sie ließ ein verächtliches Schnauben hören.

»Niemals«, protestierte sie. »Wenn schon, dann wäre Tobi mein Fall, zumindest, wenn ich ganz viel von dem hier getrunken habe.« Sie hielt ihr Plastikweinglas in die Höhe und rappelte sich auf, um Nachschub zu holen. »Auch was?«, fragte sie.

Ich zeigte ihr meine noch halb volle Cola. »Danke, ich hab noch hiervon«, lehnte ich höflich ab.

»Pffft«, machte sie und holte die Flasche und ein zweites Glas, um mir einzuschenken und goss den Rosé so schwungvoll ein, dass er überschwappte und beinahe mein weißes Kleid bekleckerte.

»Stopp! Mehr passt nicht rein!«, quiekte ich.

»Ups«, sagte sie. »So fängt es an.« Kichernd schenkte sie sich ebenfalls nach und trank, als wäre es Limo.

»Da hat wohl jemand Durst«, hörte ich Noah sagen, der mit Annika kuschelte und uns anscheinend die ganze Zeit beobachtet hatte. Meike prostete ihnen nur lachend zu.

Zärtlich küsste Noah seine Annika in den Nacken und dieser Anblick erinnerte mich quälend daran, dass ich kein Teil eines Pärchens mehr war. Rasch wandte ich meinen Blick von ihnen ab und schaute den anderen beim Volleyballspielen zu.

Die Sonne war bereits bis kurz über den Horizont gesunken und tauchte alles in ein warmes, orangerotes Licht. Ein angenehmer Wind ließ die Bäume hinter uns leise rascheln, als flüsterten sie den Wellen geheime Botschaften zu. Etliche Spaziergänger und Hobbyfotografen waren unterwegs, um den Sonnenuntergang zu betrachten oder ihn digital einzufangen.

»Lisa hat jedenfalls was dagegen, wenn sich jemand an ihren Malte ranmacht«, nahm Meike den Faden wieder auf.

»Ich mache mich nicht an ihn ran«, stellte ich klar.

»Das spielt keine Rolle«, sagte Meike. »Für sie ist jede Frau ein Störenfried, die sich ihm nähert. Hast du einen Freund?«, fragte sie.

Augenblicklich spürte ich einen fiesen Druck, um meinen Brustkorb. »Nicht mehr«, erwiderte ich tonlos und nahm einen großen Schluck Wein, um die aufsteigende Beklemmung nicht spüren zu müssen. Er schmeckte köstlich und allmählich begann ich, die entspannende Wirkung des Alkohols zu genießen. Er ließ mich vergessen.

»Das wird Malte sicher gern hören«, neckte sie mich, ohne nachzuhaken, was denn bei mir genau passiert sei.

Die anderen kamen zurückgelaufen und ließen sich auf den Decken nieder.

»Pünktlich zur Sonnenuntergangs-Romantik«, verkündete Noah und drückte Annika einen Kuss auf den Mund.

»Uuuuhhh, jeder möge sich sein Herzblatt suchen«, rief Tobi und schlang seine Arme um Meike, die aufgestanden war, um sich Salzcracker zu holen. Spielerisch schubste sie ihn weg, woraufhin ihn alle mit einem mitleidigen »Ooohhh« bedachten.

Malte hatte sich wieder neben mich gesetzt.

»Geht es dir gut?«, erkundigte er sich und nippte an einem

zweiten Bier. Zustimmend nickte ich. Mein erstes Glas Wein hatte ich bereits geleert. Ein warmes Gefühl von Schwerelosigkeit durchströmte meinen Körper und ich fing an, mich immer leichter zu fühlen. Ich vergaß sogar Lisa mit ihren abschätzigen Blicken und konnte immer öfter über die Blödeleien der anderen lachen.

Nach dem zweiten Glas Wein hatte ich jegliches Zeitgefühl verloren und vergessen, dass ich noch kilometerweit radeln musste. Meine Gedanken gaben endlich Ruhe – kein Victor, keine Meli. Und wenn, dann lösten sie sich schnell auf.

Die Jungs ließen Musik laufen. Der rhythmische Sound von Ed Sheeran's *Shape of You* hallte durch die Dämmerung und ich tanzte mit den anderen ausgelassen im immer noch warmen Sand. Nach weiteren Songs drehte sich alles in mir und ich verlor nach und nach die Balance.

»Ich brauch eine Pause«, stieß ich erschöpft hervor und setzte mich auf die Decke.

Während die Welt um mich herum Karussell fuhr, schien Malte, der mir den ganzen Abend nicht von der Seite gewichen war, noch immer halbwegs nüchtern zu sein. Zärtlich strich er mir eine Haarsträhne hinters Ohr.

»Du bist ein besonderes Mädchen«, sagte er und saß so nah, dass sich unsere Knie berührten.

Seine Worte drangen nur noch gedämpft zu mir hindurch, wie durch Watte. Doch ich empfand sie als glatte Lüge, weil ich sie selbst nicht glauben konnte. Wenn ich wirklich so besonders war, wieso hatte sich mein Freund dann von mir abgewandt, um mit meiner besten Freundin anzubändeln? Das passte nicht zusammen und ich war davon überzeugt, dass es nicht stimmen konnte, was Malte da zu mir sagte.

Plötzlich spürte ich eine schwarze, verschlingende Leere in mir, wo eben noch Leichtigkeit gewesen war. Ich sehnte mich nach diesem schwerelosen Gefühl zurück, das ich beim Tanzen verspürt hatte, aber es wollte sich nicht wieder einstellen. Je länger ich hier auf der Decke saß, umso mehr schien dieser Sog mich in seine Schwärze zu ziehen.

»Hey, Jenna«, hörte ich Maltes Stimme durch meine zähflüssigen Gedanken. »Du wirkst gerade meilenweit weg«, flüsterte er, während er mit einer meiner Locken spielte.

Und dann ging alles ganz schnell. Sein Gesicht näherte sich mir und seine Lippen legten sich auf meine.

Für ein paar Sekunden war ich starr vor Schrecken. Seit über vier Jahren hatte ich keinen anderen Mann als Victor geküsst. Maltes Kuss war fremd, eigenartig. Nicht unbedingt schlecht, er küsste gut, doch es fühlte sich … absolut falsch an.

Jäh zog ich meinen Kopf zurück und im selben Augenblick rannen mir heiße Tränen über meine Wangen. Der Schmerz war zurück, brutaler, denn je. Wimmernd griff ich an meine Brust. Bestürzt schaute Malte mich an.

»Hey, alles okay? Hab ich …? Hab ich was falsch gemacht?«

Ich schüttelte den Kopf, während ich beschämt mein Gesicht in meinen Händen verbarg.

»Nein«, presste ich hervor. »Es ist nur … ich … kann das nicht.« Mühsam rappelte ich mich auf und hatte Mühe, mein Gleichgewicht zu halten. Malte erhob sich ebenfalls und ich spürte seine Hand an meiner Schulter.

»Ich wollte dir nicht zu nahe treten, ehrlich«, entschuldigte er sich. »Sorry! Ich dachte, du willst das auch …«

»Es ist nicht deine Schuld. Ehrlich, es liegt nicht an dir. Aber … ich muss jetzt los«, stammelte ich und schnappte mir meine Tasche. Gott, hatte ich viel getrunken! Ich wusste nicht mehr, wo links und rechts war.

»Okay, wie kommst du denn nach Hause?«, fragte er besorgt.

»Taxi«, nuschelte ich.

»Soll ich solange mit dir warten?« Seine Ritterlichkeit fand ich süß. Doch ich wollte nur schnell von hier weg, bevor die anderen es mitbekamen, die nach wie vor ausgelassen tanzten.

»Nein. Bleib du … hier. Ich komm klar.« Mit schweren Schritten wankte ich davon und ließ ihn ratlos zurück.

Jeder Meter im Sand kostete mich unendlich viel Kraft und der Weg zur Mole schien endlos zu sein. Zum Glück folgte Malte mir nicht.

Als ich den Taxiservice anrief, sagte man mir, dass es mindestens eine halbe Stunde dauern würde.

An eine Laterne gelehnt setzte ich mich mitten auf die menschenleere Promenade. Nur der harte, kalte Stahl an meiner Wirbelsäule und der auffrischende Wind vom Meer hielten mich davon ab, an Ort und Stelle einzuschlafen.

Tom

Ein lautes Hämmern weckte mich aus meinem unruhigen Dämmerschlaf. Hatte da etwa ein Nachbar beschlossen, mitten in der Nacht mit dem Heimwerken zu beginnen? Mit einem missmutigen Grummeln zog ich mir die Decke über den Kopf, aber der Lärm hörte nicht auf.

Es kam mir vor, als hätte ich überhaupt noch nicht geschlafen. Meine Augen brannten und mein Körper fühlte sich so schwer an, als wäre er mit Blei gefüllt worden. Es war mal wieder eine dieser Nächte, in denen ich kaum Erholung fand. Und wenn ich mal schlief, dann träumte ich wirres Zeug und wachte noch gerädeter auf, als ich zu Bett gegangen war. Diese Schlafstörungen schienen immer beharrlicher zu werden, vor allem, seitdem ich bei der Heilpraktikerin gewesen war. So inspirierend das Gespräch mit ihr auch gewesen war – es schien einige unliebsame Begleiterscheinungen heraufbeschworen zu haben.

Das hartnäckige Pochen setzte sich fort – und jetzt, wo ich wach war, hörte es sich an, als würde jemand gegen die Eingangstür trommeln.

»Herrgott«, fluchte ich und griff nach meinem Handy. Blinzelnd linste ich auf das viel zu helle Display. Es war halb zwei Uhr nachts.

Widerwillig schob ich mich aus dem Bett und griff wahllos nach irgendeinem T-Shirt von meinem Wäschehaufen auf dem Sessel. Während ich durch die dunkle Bibliothek in die Diele tappte, zog ich es mir über. Meine Shorts sollten als Unterteil genügen. Im Vorbeigehen schaltete ich das Licht unter dem

Küchentresen an, weil ich keine Lust auf die grelle Flurlampe hatte, und öffnete schwungvoll die Haustür. Vor mir stand Jenna, die Augen weit aufgerissen und offensichtlich sternhagelvoll. Wo auch immer sie versackt war oder mit wem – sie war definitiv gründlich dabei gewesen.

»Aaahhh, du bis' nochwaach«, lallte sie und griff schwankend nach dem Türrahmen, um Halt zu suchen.

Noch wach? Machte sie Witze?

»Hast du deinen verdammten Schlüssel … Okay«, schloss ich, ohne meine Frage zu beenden, denn mein Blick war zu ihrer Handfläche gewandert, in der sie ihn hielt. Sie war wohl nicht mehr in der Lage gewesen, das Schloss zu treffen. Irgendwie amüsierte mich ihr Anblick und mein Groll verflog ein wenig. War ja nicht so, dass ich diesen Zustand nicht kannte.

»Komm rein, Partyqueen.« Ich hielt ihr die Tür auf und machte ihr Platz.

In einer leichten Schlangenlinie lief sie an mir vorbei und ließ ihre Tasche nachlässig auf den Boden fallen. Damit sie nicht noch darüber stolperte, schob ich sie mit meinem Fuß beiseite. Im Türrahmen zum Wohnzimmer blieb sie stehen. Das Licht aus der Küche warf einen warmen Schimmer auf ihr Gesicht. Ihre Wangen leuchteten in einem flammenden Rot. Durch den Stoff ihres dünnen Kleides schien ihr Bikini hindurch. Ihre Füße waren voller Sand.

»War wohl ein wilder Abend.«

Anstatt auf meine Feststellung einzugehen, musterte sie mich und kam einen Schritt auf mich zu.

»Du hast Zitronen auf deinen Boxershorts«, bemerkte sie, zeigte auf meine untere Körperhälfte und ließ ihren Finger kreisen.

»Es sind Limetten«, verbesserte ich sie. Sie neigte den Kopf und starrte mir ganz unverhohlen auf meinen Schritt.

»Sei froh, dass ich überhaupt etwas anhabe. Für gewöhnlich schlafe ich nackt«, verkündete ich lächelnd.

Ruckartig hob sie nun den Kopf, um mir mit glasigem Blick in die Augen zu schauen.

»So einer bist du also.« Langsam kam sie einen weiteren Schritt auf mich zu, sodass ich ihre Körperwärme spüren konnte. Ihr Zeigefinger tippte gegen meine Brust.

»Aus dir werde ich einfach nicht schlau, Tom Cheeseburger.«

Ich grinste über den Spitznamen, den sie mir vermutlich bei unserer ersten Begegnung verpasst hatte. Ihr Atem streifte mein Gesicht und ich nahm eine durchdringende Weinfahne wahr. Der morgige Tag würde übel für sie werden, schätzte ich. Ihr Finger stieß noch immer gegen meine Brust, als wollte sie ihn in mich hineinbohren. Auch wenn sie gerade restlos daneben war, genoss ich auf eine unerfindliche Weise ihre Nähe.

Und war es nicht auch so, dass Kinder und Betrunkene immer die Wahrheit sagten?

»Was genau ist denn so mysteriös an mir?«

Statt einer Antwort fing Jenna lauthals an zu singen.

»Ground control to Major Tom. Ground control to Major Tom. Take your protein pills and put your helmet on …«

Nun schaffte ich es nicht mehr, ernst zu bleiben und lachte überrascht auf. Nicht weil sie so miserabel sang, im Gegenteil. Sie bekam Text und Melodie erstaunlich gut koordiniert, wenn man ihren Zustand bedachte.

Nein, ich musste lachen, weil ich absolut nicht damit gerechnet hatte, dass sie Bowie-Fan war. Schon allein dafür hätte ich sie küssen können.

Singend und tanzend bewegte sie sich von mir weg. Inzwischen war sie in der Bibliothek angelangt und umrundete das Sofa mit gewagten Drehungen. Ich fragte mich, wie sie es schaffte, nicht hinzufallen, und ob sich nicht schon genug in ihr drehte. Dennoch wirkte sie sehr anmutig dabei.

Zumindest würde sie weich fallen, dachte ich und sah ihr amüsiert bei ihrer spontanen Darbietung zu.

Sie kannte den gesamten Text auswendig, und als der Song

vorbei war, klatschte ich gespielt beeindruckt Beifall. Wankend kam sie auf mich zu und schaute mich an. Ich konnte die feinen Konturen ihres hübschen Gesichts auch im Halbdunkel gut erkennen. Ihre Brust hob und senkte sich, als wäre sie einige Meter gerannt.

»Du siehst gar nicht aus wie ein Astronaut«, teilte sie mir atemlos mit.

»Wie sieht denn ein Astronaut deiner Meinung nach aus?« Jetzt war ich ja mal gespannt.

»Wie Matthew McConaughey.« Ein träumerischer Ausdruck legte sich auf ihr Gesicht.

»Tja, mit dem habe ich tatsächlich null Ähnlichkeit«, stellte ich sachlich fest.

»Nein, du nicht. Aber Victor ...«, flüsterte sie.

Ein kurzes, piksendes Zucken durchfuhr meine Brust. Es störte mich, seinen Namen zu hören, nachdem sie mit mir geflirtet und vor meinen Augen getanzt hatte. Ich konnte beileibe nicht viel Sympathie für diesen blond gelockten Kerl empfinden. Schlagartig war der Zauber zwischen uns vorbei und ich merkte, wie müde ich war.

»Okay, Zeit ins Bett zu gehen. Komm.« Ich wollte Jenna ins Wohnzimmer bugsieren, doch sie weigerte sich, auch nur einen einzigen Schritt zu gehen.

»Ich will schlaaafen«, sagte sie mit träger Zunge.

»Ja, das kannst du gleich. Dafür müssen wir dich nur in dein Bett kriegen. Und das steht leider oben.« Die letzten Worte ächzte ich nur noch, weil ich sie keinen Millimeter von der Stelle geschoben bekam, obwohl ich meinen Arm um ihren Rücken geschlungen hatte. Der Tanz hatte ihren Körper aufgeheizt. Ihr blumiger Duft stieg mir in die Nase und benebelte mein ohnehin schon übernächtigtes Hirn.

»Nicht nach oooben«, wehrte sie sich. Sie machte sich so schwer, wie ein nasser Sack und war zu absolut keiner Bewegung mehr zu motivieren. Also machte ich kurzen Prozess. Ich schob meinen anderen Arm unter ihre Knie, hob sie hoch und trug sie in mein Bett, das keine fünf Meter entfernt stand. Sie gab nur ein leises Murren von sich.

Behutsam legte ich sie ab und löste ihre Arme, die sie um meinen Hals geschlungen hatte. Sofort rollte sie sich zusammen und drehte sich auf die Seite. Ich zupfte die Decke unter ihr hervor und breitete sie über ihr aus. Ehe ich damit fertig war, war sie fest eingeschlafen. Einen Moment lang blieb ich noch auf der Bettkante sitzen und lauschte ihren tiefen, regelmäßigen Atemzügen.

»Gute Nacht, Dornröschen«, flüsterte ich, nahm mein Handy vom Nachttisch und verließ leise mein Zimmer. Nachdem ich das Licht in der Küche gelöscht hatte, schnappte ich mir die Wolldecke im Wohnzimmer und machte mich auf der Couch lang. Draußen hatte der Wind aufgefrischt und pfiff leise ums Haus.

Während ich auf den Schlaf wartete, fragte ich mich, mit wem Jenna wohl so feuchtfröhlich die halbe Nacht verbracht hatte. Ihr rosiges Gesicht tauchte vor meinem inneren Auge auf und trotz meines Ärgers über ihre Victor-Bemerkung musste ich lächeln, als ich das, was eben passiert war, noch einmal Revue passieren ließ. Diese Frau war wie eine kleine Wundertüte. Man konnte nie wissen, womit sie einen als nächstes überraschen würde. Ihre Gesellschaft fing an, mir Spaß zu machen.

Zum Einschlafen öffnete ich meine Playlist und wählte Bowie aus.

Jenna

Das Erste, was ich nach dem Aufwachen registrierte, war die Tatsache, dass ich nicht in meinem eigenen Bett lag.

Meine Lider zuckten und mein noch unscharfer Blick schweifte wie in Zeitlupe von der schnörkeligen Nachttischlampe zum Fenster bis hin zur gegenüberliegenden taupefarbenen Wand.

Ja, ich hatte mich nicht getäuscht – ich lag eindeutig in Toms Bett. Erschrocken fuhr ich hoch, ließ mich jedoch mit verzerrtem Gesicht und einem langen Stöhnen zurück ins Kissen sinken, als schlagartig ein stechender Schmerz in meinen Kopf schoss und meine Schläfen wild zu pochen begannen.

Nicht bewegen, mahnte ich mich stumm. *Erst einmal richtig wach werden.* Eingehüllt in sein Bettzeug, mit dem er sich zudeckte, mein Kopf auf dem Kissen, auf dem sonst sein Kopf lag. Seltsames Gefühl. Und zu allem Überfluss hatte ich keinerlei Erinnerung daran, wie ich hierhingekommen war. Wir hatten doch nicht etwa …? Angespannt lupfte ich die Decke und stellte erleichtert fest, dass ich nach wie vor mein Kleid und meinen Bikini anhatte. Aber wieso lag ich in Toms Bett und nicht in meinem?

Verbissen versuchte ich, meine Erinnerungen an den gestrigen Abend heraufzubeschwören, doch mein Gehirn weigerte sich, mir diese Informationen zur Verfügung zu stellen. Alles, was geschehen war, nachdem ich das Haus betreten hatte, blieb diffus wie in einem Nebel verborgen.

Seufzend zog ich die Decke über mich und verharrte einige Augenblicke in wohltuender Dunkelheit, bis ich meine eigene Fahne zu riechen begann und angeekelt wieder darunter hervorkam.

Der Gedanke an den billigen Rosé vom Vorabend drehte meinen Magen fast um. Ich brauchte dringend kaltes Wasser im Gesicht und danach einen starken Kaffee.

Es kostete mich einige Anstrengung, mich in eine senkrechte Position zu bringen, denn jede kleine Bewegung hallte quälend in meinem Schädel nach. Er fühlte sich viel zu klein für mein schmerzendes Gehirn an. Regungslos blieb ich kurz auf der Bettkante sitzen, bevor ich genug Energie gesammelt hatte, zum Fenster zu gehen und es zu öffnen.

Was draußen gerade zu viel war, hatte ich gestern zu wenig zu mir genommen – Wasser. Der Himmel hatte seine Schleusen geöffnet. Es goss in Strömen. Rügen präsentierte mir den ersten regnerischen Sommertag, seit ich hier war.

Höchste Zeit, unter die Dusche zu kommen. Inständig hoffte ich, dass Tom nicht da war oder ich mich zumindest heimlich nach oben schleichen konnte. Leise öffnete ich die Zimmertür und tapste durch die Bibliothek in die Diele. Leider hatte Tom mich bereits bemerkt.

»Na, wieder unter den Lebenden?« begrüßte er mich mit einer nervtötenden Heiterkeit aus der Küche. Ich war noch nicht mal imstande, grimmig zu schauen.

»Katerfrühstück?«, fragte er und wies auf das Glas Wasser und die Packung Schmerzmittel auf dem Tisch vor ihm. Zielstrebig ging ich darauf zu, nahm mir gleich zwei Tabletten und stürzte das Wasser hinunter wie eine Verdurstende.

»Wie ... bin ich in dein Bett gekommen?« Meine Stimme war nicht mehr als ein Krächzen und meine Zunge fühlte sich seltsam taub und schwer an.

»Na ja, du hast dich strikt geweigert, auch nur noch einen einzigen Schritt zu gehen, schon gar nicht nach oben. Da habe ich dich in mein Bett getragen.«

Ich schloss die Augen und versuchte, mir das, was er gerade gesagt hatte, nicht vorzustellen, woran ich jedoch kläglich scheiterte. Mein Kopfkino ratterte in den wildesten Varianten los, die vermutlich alle einen Oscar verdient hätten.

»Und warum nicht auf die Couch?« Ich zeigte zum Wohnzimmer.

»Vielleicht wollte ich, dass du es bequem hast.«

Wie ich dieses unergründliche Halblächeln hasste!

»Und wo hast du geschlafen? Etwa in meinem Bett?« Misstrauisch beäugte ich ihn.

»Auf der Couch.« Er goss sich einen Kaffee ein und hielt fragend die Kanne hoch. So gut ich konnte, quittierte ich seine stumme Geste mit einem minimalen Nicken. Mehr Bewegung vertrug mein pochender Schädel noch nicht.

Mit beiden Händen griff ich nach dem Becher, den er mir hinhielt und spürte seine warme Hand unter meiner. Bildete ich es mir nur ein oder zögerte er eine Sekunde, ehe er sie wegzog?

Lässig lehnte er sich an den Tresen und beobachtete mich beim Trinken. In einer Schüssel auf dem Tisch lagen die restlichen Cookies. Beim Gedanken an Essen fing mein Magen sofort zu rumoren an. Ich hatte schon Mühe, mich auf jeden einzelnen Schluck Kaffee zu konzentrieren.

»Wir haben aber nicht irgendwas … gemacht, das …?«, stammelte ich und deutete mit dem Zeigefinger zwischen uns hin und her.

»Du meinst etwas Unanständiges?«, fragte er und zog seine rechte Augenbraue hoch. »Nenn mich altmodisch, aber ich nutze es in der Regel nicht zu meinem Vorteil aus, wenn eine Frau betrunken und wehrlos ist.«

Beschämt senkte ich den Kopf und legte meine Hand an die Stirn.

»Okay, entschuldige, ich … weiß nichts mehr.«

»Allerdings …«, sprach er schmunzelnd weiter, »… ist es manchmal schon erstaunlich, was betrunkene Menschen sagen oder tun.«

Missmutig blickte ich ihn an und befürchtete Schlimmes.

»Was habe ich denn gesagt? Oder getan?« Ich ließ zwischen jedem Wort eine kleine Pause entstehen, um meiner Frage mehr Intensität zu verleihen.

Statt einer Antwort grinste er mich nur breit an, was mich noch fuchsiger machte. »Waaas?«, fragte ich noch eindringlicher. Das Ganze belustigte ihn sichtlich.

»Erinnerst du dich echt nicht mehr?«

Ich linste kurz an die Decke, als stünde dort die Antwort geschrieben.

»Ich erinnere mich, dass du ziemlich genervt die Tür geöffnet hast«, erwiderte ich stirnrunzelnd.

Er lachte. »Ja, weil du um halb zwei Uhr morgens dagegen gehämmert hast wie eine Wahnsinnige. Den Schlüssel hattest du in der Hand, warst aber nicht mehr imstande, selbst aufzuschließen.«

»Das Schloss gab es plötzlich zweimal«, verteidigte ich mich.

»Tja und dann …« Er machte eine spannungsgeladene Pause. »… fing der Spaß erst richtig an.«

»Spaß …«, wiederholte ich lahm und fragte mich, für wen.

»Sagen wir mal so, ich hab dich noch nie so ausgelassen gesehen.«

Darunter konnte man sich alles Mögliche vorstellen, wenn man wollte.

»Das bedeutet?«, fragte ich skeptisch.

»Glaub mir, du warst absolut entzückend.«

Okay, er wollte partout nicht mit der Sprache rausrücken, also gab ich auf. Was half es, es war eh vorbei. Und egal, wie peinlich ich mich benommen hatte, ich konnte es so oder so nicht mehr ändern.

»Ich brauch dringend eine Dusche«, beschloss ich knurrig, stellte die Tasse ab und drehte mich von ihm weg, um die Küche zu verlassen.

»Du hast übrigens eine tolle Singstimme«, stellte Tom fest.

Wie in Zeitlupe wandte ich mich ihm zu.

»Was?«

Jetzt grinste er über das ganze Gesicht. »Na ja, gesagt hast du nicht viel, eher gesungen. Bowie.«

In diesem Moment schoss die Erinnerung wie eine Rakete zurück in meinen Kopf – o mein Gott, ich hatte ihn Tom Cheeseburger genannt und dann *Space Oddity* geträllert.

»Major Tom«, flüsterte ich.

»Außerordentlich passend«, bemerkte er, machte sich größer, als er schon war, und salutierte ironisch.

»Nie. Wieder. Alkohol.« Mit diesem Schwur drehte ich mich um, trottete nach oben und schloss mich im Bad ein.

Die kalte und dann warme Dusche vermochte einige meiner Lebensgeister zu erwecken. Allmählich begannen auch die Tabletten zu wirken und ich konnte halbwegs klar denken. Was möglicherweise ein Fluch war, denn immer mehr Erinnerungsschnipsel an den gestrigen Abend gelangten in mein Bewusstsein. Ich konnte nicht sagen, wann ich mich zuletzt so blamabel aufgeführt hatte.

Die Ereignisse am Strand zogen in Bildern noch einmal an mir vorbei. Bis zu einem gewissen Punkt hatte ich mich ganz wohl gefühlt. Malte war witzig und zuvorkommend und seine Freunde locker und entspannt. Und der Wein hatte eine außergewöhnlich intensive Wirkung auf mich, sodass ich zwischendurch das Gefühl gehabt hatte, zu schweben. Als gäbe es keine tristen Gedanken und miese Ereignisse in meinem Leben, die mich in ihrem mentalen Klammergriff hielten.

Anfangs war der Abend schön gewesen, bis dieses Gefühl tiefer, innerer Leere in mir aufgestiegen war. Trotz der Menschen um mich herum hatte ich mich auf einmal schrecklich einsam gefühlt und Maltes Nähe hatte ich auf einmal nicht länger ertragen können.

Es musste befremdlich für ihn sein, dass ich ausgerechnet bei seinem Kuss losgeheult hatte. Eine solche Erfahrung hatte er in dieser Form wohl auch noch nicht gemacht. Die meisten Mädchen wären vermutlich sehr angetan davon, von ihm geküsst zu werden, allen voran Lisa. Doch erstens war ich nicht wie die meisten Mädchen und zweitens verfolgten mich die Schatten der jüngsten Ereignisse noch immer und erschreckten mich in den unpassendsten Momenten.

Und obwohl ich es hasste, vor anderen Menschen zu weinen, hatte ich zuerst vor Tom und dann vor Malte hemmungslos geflennt. War ich etwa eine hoffnungslose Heulsuse geworden?

Der brennende Wunsch, eine Freundin zu haben, der ich solche Dinge erzählen konnte, und die tiefe Sehnsucht nach Meli schnürten mir erneut die Kehle zu. Mein Herz wurde schwer bei dem Gedanken, dass ausgerechnet sie einer der Auslöser dafür war, dass meine Emotionen unberechenbar geworden waren. Unser Schweigen riss einen immer tiefer werdenden Graben zwischen uns auf, der nahezu unüberwindbar schien

Energisch schüttelte ich meine leidvollen Gedanken und die letzten Wassertropfen von mir ab und lief, in ein Handtuch gewickelt, in mein Zimmer. Wahllos kramte ich Jeans und Sweatshirt hervor und zog mich an.

Na ja, Hauptsache Tom hatte seinen Spaß gehabt, dachte ich finster. Mein Auftritt vor ihm war die Krönung dieses Desasters gewesen – und es wunderte mich, dass ich die Party trotz meiner Tränen fortgesetzt und zusätzlich noch jemanden zum Lachen gebracht hatte.

Ich ging zum Fenster, öffnete es und lauschte eine Weile dem beruhigenden Rauschen des Regens, als könnte sich dadurch die Erinnerung an meinen Auftritt wie von selbst aus den Köpfen aller Beteiligten löschen. Es war eine jener Situationen, in denen ich mir das Auftauchen einer Fee mit drei Wünschen im Gepäck wie nichts anderes herbeisehnte.

Als Erstes würde ich mir von ihr meine alte Unbeschwertheit zurückwünschen. Zweitens: die Sonne Siziliens auf meiner Haut zu spüren. Dritter Wunsch: Ein Urlaubsvideo von

Victor und mir, um es Meli zu zeigen, die es dann nicht würde erwarten können, dass ihr ihr alles von unserem Traum-Trip vorschwärmte.

Leider wusste ich schon seit der ersten Klasse, dass es keine Feen gab.

Jenna

Im Schneidersitz und mit einer Hand in den Locken saß ich auf der Couch im Wohnzimmer. Verkniffen schaute ich auf mein Display und stöhnte genervt.

»Was ist?«, fragte Tom, der wieder einmal wie ein Geist im Türrahmen erschienen war.

»Ich schaue, wann ein Bus fährt.« Resigniert scrollte ich durch die Fahrpläne. »Sonntags fährt hier gar nichts.«

»Wohin willst du denn?«

»Nach Glowe. Mein Fahrrad steht noch am Hafen.«

»Aaahhh«, machte er langgezogen und schickte mir einen vielsagenden Blick. Instinktiv suchte ich nach einem Gegenstand, den ich nach ihm werfen könnte, falls er sich weiter lustig machen würde.

»Ich kann dich hinfahren«, bot er an.

»Ernsthaft?« Freudig sah ich ihn an, als hätte er mir ein Schloss in Narnia versprochen.

»Klar, kein Ding.«

»Danke.«

»Na ja, … wer mir solch ein Ständchen singt …«

Augenblicklich verblasste meine Freude.

»Hör auf damit«, ätzte ich, was ihn nur noch breiter feixen ließ.

Ich wollte nicht, dass er mich permanent an meine mangelnde Zurechnungsfähigkeit erinnerte. Und es ärgerte mich, dass er anscheinend etwas gefunden hatte, mit dem er mich von nun an aufziehen konnte.

Resolut griff ich nach einer Vase und tat, als wollte ich ausholen. Sachte schüttelte er den Kopf.

»Wäre äußerst schade um das gute Stück, wenn es am Türrahmen zerschellen würde.« Sein süffisanter Tonfall machte mich rasend. Dennoch stellte ich sie zurück, weil ich wusste, dass er recht hatte und ich ihn niemals damit treffen würde, da er sich längst weggeduckt hätte.

Er bedachte mich mit einem Blick, der *braves Mädchen* zu sagen schien. Dann verschwand er wortlos in seinem Zimmer und tauchte gleich darauf mit einem anthrazitfarbenen Hoodie in der Hand wieder auf. Geschmeidig zog er ihn sich über, die Kapuze über dem Kopf, was ihm einen verwegenen Touch gab.

»Na los, sonst verfällt mein Angebot«, sagte er auffordernd. Schnell stand ich auf, warf mir in der Diele meine Windjacke über, schlüpfte in meine Sneakers und folgte ihm nach draußen. Im Vergleich zu gestern waren die Temperaturen empfindlich frisch, aber sehr belebend.

Tiefhängende Wolken in allen möglichen Grauabstufungen zogen über den Himmel, als hätten sie es eilig, irgendwo hinzukommen. Keine Spur mehr vom Sommer-Sonnen-Feeling der letzten Tage. Wenigstens hatte der Regen aufgehört.

»Willst du fahren?« Tom hielt seinen Autoschlüssel hoch.

»Geht nicht, bin zweimal durch die Prüfung gerasselt«, gab ich kleinlaut zu und kaute auf meiner Unterlippe herum.

»Woran lag's?«, fragte er, ohne jede Schadenfreude, sondern einfach nur interessiert.

»Was sagte mein Fahrlehrer noch – ich sei zu hektisch und hätte die Gesamtsituation nicht im Überblick.«

»Aller guten Dinge sind drei«, ermunterte er mich und entriegelte die Türen.

Ungelenk stieg ich ein. Meine Motorik war immer noch nicht ganz im Gleichgewicht. Mit einer Mischung aus Mitleid und Erheiterung sah er zu mir herüber.

»Ist denn zumindest dein Erinnerungsvermögen wiederhergestellt?«, wollte er wissen, während er den Wagen gemächlich den schmalen Weg entlang lenkte.

»Leider ja«, knirschte ich unwillig hervor.

»So schlimm? Wo genau bist du eigentlich versackt?«

»Am Strand mit ein paar Leuten«, entgegnete ich und warf ihm einen Seitenblick zu.

»Dann scheinst du ja doch schnell Freundschaften zu schließen.«

»Keine Ahnung«, sagte ich schulterzuckend. Meine Erinnerungen an die kühle Blondine Lisa wiesen eher auf das Gegenteil hin. »Malte kenne ich aus dem Bioladen und die anderen hab ich zum ersten Mal getroffen«, fügte ich hinzu.

»Malte, soso.« Tom schaute mich neugierig an. »Kleiner Sommerflirt?«

»Wohl kaum«, wiegelte ich ab und rollte mit den Augen. Es gefiel mir nicht, in welche Richtung sich unser Gespräch entwickelte, wusste aber nicht, wie ich das Thema hätte wechseln können, zumal wir in seinem Auto saßen und ich deshalb nicht flüchten konnte.

»Er hat mich geküsst und ich habe losgeheult«, hörte ich mich sagen und presste vor Schreck sofort meine Lippen aufeinander, fassungslos darüber, dass ich meine Gedanken laut ausgesprochen hatte.

»Autsch«, machte Tom und ein undefinierbarer Ausdruck legte sich auf sein Gesicht. Es war schwer einzuschätzen, ob seine Reaktion auf mich oder Malte bezogen war. Vermutlich hielt er mich spätestens jetzt für eine unverbesserliche Heulliese.

»Können wir …«, begann ich und legte die Hände wie zum Gebet aneinander »Können wir dieses Thema bitte ruhen lassen?«

»Klar doch«, sagte er und trug sein Pokerface zur Schau. Schweigend setzten wir die Fahrt fort. Das Brummen des Motors lullte mich ein und ich starrte ziellos in die Wolken. Als wir am Hafen in Glowe ankamen, begann es zu regnen. Wir stiegen aus und Tom machte sich sofort daran, die Rücksitze umzuklappen.

»Was tust du da?« Fragend runzelte ich meine Stirn.

Aus dem Schatten seiner tief sitzenden Kapuze warf er mir einen irritierten Blick zu.

»Na, wir laden dein Fahrrad ein. Oder willst du bei diesem Pisswetter über die Chaussee radeln? Dann halte ich dich nicht auf.«

Mit einem undeutlichen Laut verneinte ich. Tatsächlich hatte ich nicht die geringste Lust, bei diesem Wetter die zehn Kilometer zurück zu trampeln, weil mein Körper dazu heute wirklich nicht in der Lage war. Meine Glieder fühlten sich noch immer steif und schwerfällig an.

»Dann hole ich mal mein Fahrrad«, sagte ich und ließ Tom werkeln. Nachdem er es in den Kofferraum gehievt hatte, stiegen wir wieder ein und ich spürte seinen Blick.

»Was?«, fragte ich, ohne ihn anzusehen. Mit einer Hand am Lenkrad wendete er lässig den Wagen und bog auf die Landstraße ein.

»Ich frage mich, womit ich dir etwas Gutes tun könnte.«

»Wieso?« Meine Wangen wurden warm.

»Na, du wirkst … bedrückt. Heute Nacht warst du so beschwingt und …«

»Könnten wir uns bitte darauf einigen, dieses Thema ad acta zu legen?«, beschwor ich ihn von Neuem. »Damit würdest du mir Gutes tun.«

Bedächtig nickte er und ich konnte sehen, dass er versuchte, sich ein Lächeln zu verkneifen.

»Du könntest mir was verraten«, schlug ich vor.

»Und was?«

»Was ist das Peinlichste, das dir jemals passiert ist?«, fragte ich und hoffte, damit irgendwie eine Art Gleichgewicht zwischen uns herzustellen.

»Echt? Das Peinlichste?«

»Ja«, beharrte ich.

Er atmete hörbar aus und überlegte angestrengt.

»Gibt es etwa so viele Blamagen, dass du so ewig überlegen musst?«, witzelte ich und musterte ihn abwartend. Ein Lächeln umspielte seine Mundwinkel.

»Ich habe mal einen Schluckauf bekommen, genau in dem Moment, als ich ein Mädchen küssen wollte«, gestand er freimütig.

Ungläubig neigte ich den Kopf. Ich glaubte ihm kein Wort.

»Das hast du dir gerade ausgedacht«, behauptete ich.

»Nein, ist so«, bekräftigte er und nickte, um seinen Worten mehr Glaubwürdigkeit zu verleihen.

»Und dann?«

»Hat sie mich ausgelacht.« Krampfhaft versuchte ich mir ebenfalls ein Lachen zu verkneifen.

»Es war aber nicht bei deinem ersten Kuss, oder?«, hakte ich nach.

»Nein, ich war schon einigermaßen Kuss-erprobt.«

Ich ertappte mich dabei, wie mein Blick eine Sekunde lang an seinen geschwungenen Lippen hängen blieb.

»War das peinlich genug?«, erkundigte er sich. Noch immer wusste ich nicht, ob es wirklich so gewesen war oder ob er es nur gesagt hatte, um mich zufriedenzustellen. Doch meine Neugier war geweckt.

»Wann war denn dein erster Kuss?«, stocherte ich weiter. *Wenn wir schon mal beim Thema waren, konnte ich auch gleich ein paar zusätzliche Informationen erhaschen,* dachte ich.

»Spät«, gab er zu. »Ich war schon sechzehn. Und du?«

»Dreizehn.«

»Wow. Eine richtige Femme fatale.« Er warf mir einen unlesbaren Seitenblick zu.

»Und es war hier auf Rügen«, ergänzte ich.

»Ja, du erwähntest mal, dass du hier oft dein Unwesen getrieben hast. Seit heute Nacht habe ich eine leise Ahnung davon, was ...«

»Hast du eigentlich noch Geschwister, die dich ertragen

müssen?«, unterbrach ich ihn und versuchte, das Ruder wieder an mich zu reißen.

Umgehend krampften seine Hände sich um das Lenkrad, sodass seine Knöchel weiß hervortraten und seine Miene versteinerte.

»Ich hab keine Geschwister«, presste er unwirsch hervor. Die unerwartete Kälte in seiner Stimme ließ mich zurückschrecken und die Leichtigkeit, die eben noch zwischen uns geherrscht hatte, verwandelte sich auf der Stelle in eine völlig andere Atmosphäre – kühl und distanziert, als streifte mich ein frostiger Luftzug.

»Habe ich was falsch gemacht?«, fragte ich schuldbewusst; offensichtlich war ich zu weit gegangen.

»Nein, aber deine Frage ist hiermit beantwortet«, stellte er klar. Sein anschließendes Schweigen erfüllte den gesamten Wagen und nahm mir jeglichen Mut, noch etwas zu sagen.

Offenbar hatte ich mit meiner Frage ein empfindliches und emotionales Thema gestreift, sonst hätte er nicht so brüsk reagiert. Ich war froh, dass wir gleich am Haus sein würden.

Sobald wir angekommen waren, holte er mein Fahrrad aus dem Kofferraum, mied jedoch jeden Augenkontakt.

»Danke dir«, sagte ich besänftigend, worauf er nur ein knappes »Gerne« hören ließ. Während er sein Auto umbaute, trottete ich mit dem Rad zum Schuppen und danach ins Haus. Heute war kein Tag für Outdoor-Aktivitäten.

Wie das miese Wetter setzte sich die verdrießliche Stimmung zwischen uns den ganzen Nachmittag und auch den gesamten folgenden Tag fort.

Tom hatte sich die meiste Zeit in sein Zimmer verzogen und mich mit meinen Fragen und Gedanken allein gelassen. Das Schweigen im Haus hatte mich selbst mehr und mehr in eine melancholische Verfassung versetzt.

Dass etwas Ungeklärtes zwischen uns stand, fühlte sich schrecklich an, obwohl wir keinen Streit gehabt hatten, was das

Ganze noch unerfreulicher machte.

Mich überraschte, wie sehr mich Toms abweisende Kälte störte, weil es mir gleichzeitig zeigte, dass er mir längst nicht mehr egal war.

Wieder einmal wünschte ich mir, ich könnte die Zeit zurückspulen bis an die Stelle, an der er noch so breit über meine Äußerungen gegrinst hatte. Das alles schien ewig her und der Abstand zu ihm kilometerweit zu sein.

Zwei Versuche, an seine Tür zu klopfen und ihn zu fragen, was denn los sei, waren gescheitert, weil ich mich nicht getraut hatte und ihn nicht hatte bedrängen wollen.

Eine Erklärung musste von ihm kommen und das freiwillig. So war mir nichts anderes übrig geblieben, als abzuwarten, auch wenn es meine Geduld abermals auf eine harte Probe stellte.

Tom

Mit angehaltenem Atem starrte ich auf mein Handy, bis die Ziffernanzeige auf Mitternacht sprang. Es war soweit. Der schlimmste Tag meines Lebens jährte sich zum wiederholten Mal. Heute vor genau vier Jahren wurde meine Schwester aus dem Leben gerissen. Im Grunde war nichts anders, als vor fünf Minuten. Doch das symbolträchtige Datum änderte meine innere Verfassung spürbar.

Noch immer blinkten verpasste Anrufe und ungelesene Nachrichten auf, die ich auch weiterhin ignorierte. Ich wusste, was sie beinhalteten. Offenkundige Erwartungen und unterschwellige Vorwürfe, verbunden mit subtilen emotionalen Drohungen, falls ich die Erwartungen nicht erfüllen sollte.

Einzig Katharinas Nachricht hatte ich abgehört. Und natürlich wollte sie auch wissen, ob ich denn zurückkäme. Ich hatte angefangen, eine Antwort zu tippen, mich dann aber entschieden, sie nicht abzuschicken. Es würde nur unnötigen Trubel nach sich ziehen, deshalb machte ich das Handy aus und würde es auch erst am darauffolgenden Tag wieder einschalten, wenn überhaupt. Für die nächsten 24 Stunden wollte ich keinerlei Erklärungen abgeben oder gar Rechenschaft ablegen. Natürlich würden sie einen riesigen Aufstand proben. Für sie war es ein riesiger Affront, dass ich nicht da sein würde wie die Jahre zuvor, doch das nahm ich in Kauf.

Zum ersten Mal hatte ich die Gelegenheit allein zu sein, diesen Tag selbst zu gestalten und bewusst zu erleben. Hier auf Rügen hatte ich mich dafür entschieden, diesen Bann zu durchbrechen und nicht in die Wiederholungsschleife dieses düsteren Tages zu gehen, indem ich diesmal nicht an ihrem Grab stand, als wäre sie gerade erst beerdigt worden, und die Trauerfeier noch einmal durchlebte.

Ich wollte mich auf andere Weise mit meiner Schwester verbunden fühlen, auch wenn dies niemand verstand. Wenn es wahr war, was ich gelesen hatte, nämlich dass die Seele und das Bewusstsein unsterblich waren, dann war Carmens Energie noch immer hier. Womöglich bewegte sie sich sogar um mich herum, heute noch stärker als sonst. Und ganz bestimmt war sie nicht an ihr Grab gebunden.

Mit geschlossenen Augen atmete ich tief ein und spürte die pulsierende Lebendigkeit meines Körper – jenes Leben, das für Carmen viel zu früh geendet hatte. Dann sank ich weich ins Kissen und öffnete meine Lider. Es war stockdunkel im Zimmer und es gab nichts, was ich an der Decke hätte erkennen können. Dennoch heftete ich meinen Blick so fokussiert auf den Punkt genau über mir, als könnte ich dadurch ein Loch ins Mauerwerk brennen und eine Verbindung in die Unendlichkeit erschaffen, in der Carmens Seele verweilte.

Eine Träne löste sich aus meinem linken Augenwinkel und lief langsam und kühl meine Schläfe hinunter.

Seit Jenna mich vorgestern nichts ahnend nach Geschwistern gefragt hatte, war noch einmal einiges in mir aufgebrochen; ein alter, tiefer Schmerz, der mich wie aus dem Nichts überkommen und eine unbändige Sehnsucht nach meiner Schwester in mir entfesselt hatte. Ich hatte sie auf einmal so extrem vermisst, dass es mir fast körperlich wehgetan hatte, und ich hatte mich regelrecht zusammenreißen müssen, nicht loszuheulen. Danach war ich Jenna bewusst aus dem Weg gegangen – ganze anderthalb Tage lang.

Während ich dalag und meine heftige Trauer spürte, geschah etwas Merkwürdiges. Ein seltsamer Frieden breitete sich in mir aus und hüllte mich sanft ein. Mir wurde bewusst, dass sich scheinbar gegensätzliche Dinge nicht zwangsläufig ausschlossen. Ich konnte traurig und im Frieden sein, im gleichen Augenblick. Es widersprach sich nicht.

Und wenn es nur eine einzige Sache gab, die ich aus dem Tod meiner Schwester gelernt hatte, dann diese: Jeder Tag, den ich am Leben war, war ein Geschenk und unendlich kostbar. Auch, wenn es sich manchmal nicht so anfühlte.

Ich hatte keine Ahnung, wie lange ich so regungslos auf dem Bett lag, bis ich dann endlich einnickte.

Als ich irgendwann die Augen aufschlug, drang graues, mattes Licht ins Zimmer. Wie spät es war, wusste ich nicht, die Nacht war bereits in den Tag übergegangen. Regen prasselte ans Fenster. Er weinte an meiner Stelle über die Ereignisse vor genau vier Jahren.

Schwerfällig erhob ich mich aus dem Bett. Meine Glieder fühlten sich an, als wäre ich in der Nacht um den halben Erdball gejoggt. Lustlos zog ich mir T-Shirt und Jeans über, um nach oben ins Bad zu gehen.

Ich öffnete meine Tür und sah Jenna auf dem Sofa ein Buch lesen, vor sich eine Tasse dampfenden Tee. Ihr Anblick ließ mein Herz stolpern – aus Schuldgefühl.

Sie hob den Kopf und ihr Blick kam mir vor, wie ein Fingerzeig auf meinen eigenen inneren Abgrund.

»Guten Morgen«, begrüßte sie mich leise.

»Morgen«, nuschelte ich und flüchtete mich an ihr vorbei. Mir war klar, dass ich sie mit meinem schweigsamen Rückzug verwirrte, ihr sogar unrecht tat. Sie konnte absolut nichts dafür, was in mir gerade abging. Bislang war ich nicht imstande gewesen, mich ihr zu erklären, was unweigerlich dazu geführt hatte, dass wir wie an unseren ersten Tagen umeinander herum schlichen und abwarteten, wer wohl zuerst aus der Deckung kam.

Diese Situation war beklemmend; ich wusste aber auch nicht, wie ich diese Spannung zwischen uns am geschicktesten auflösen konnte. Je mehr ich meinen Verstand damit beauftragte, umso handlungsunfähiger kam ich mir vor. Also sagte ich nichts und auch Jenna schwieg.

Eine halbe Stunde später saß ich allein in der Küche und trank einen Kaffee, der jedem Herzschrittmacher hätte Konkurrenz machen können.

Jenna war immer noch in der Bibliothek und ließ mich für mich sein. Insgeheim wünschte ich mir, dass sie auf mich zukäme, obwohl es definitiv nicht ihre Aufgabe war. Das würde ich ganz allein geradebiegen müssen.

Noch hatte ich nicht die geringste Ahnung, wie ich mit diesem Tag umgehen sollte. Ich wusste nur, dass ich froh war, nicht mit meinen Eltern auf dem Friedhof zu stehen.

Auf der anderen Seite konnte ich nicht den ganzen Tag herumsitzen, grübeln und in wehmütigen Erinnerungen schwelgen. Das hätte Carmen auf keinen Fall gewollt.

An meiner Arbeit weiterzuschreiben, bekam ich heute auch nicht auf die Reihe, insofern klappte ich den Laptop gar nicht erst auf. Es würde mich nur noch mehr frustrieren, auf das leere Dokument zu starren.

Mein Blick glitt aus dem Fenster, vor dem der Regen wie in Bindfäden aus grauen Wolken herabfiel – eine absolut trostlose Szenerie. Das Wetter schien sich meiner mentalen Verfassung angepasst zu haben. Einem Impuls folgend ging ich trotz des Regens nach draußen, ohne zu wissen, was das werden sollte.

Unruhig lief ich um das Haus herum, bis ich Brennholz unter dem Schuppendach entdeckte. Natürlich wusste ich selbst, dass es verrückt war, bei diesem Wetter Holz zu hacken, welches viel zu feucht sein würde, um es zu verfeuern. Dennoch trieb mich etwas an, genau das zu tun.

Im Schuppen fand ich Arbeitsboots mit Stahlkappen, die perfekt passten. Offenbar hatten der Herr des Hauses und ich dieselbe Schuhgröße. Entschlossen trug ich ein paar Holzstücke nach vorn.

Dann streifte ich die Handschuhe über und legte ein Stück

Holz auf den kniehohen Hackklotz. Breitbeinig positionierte ich mich, während ich die Axt nahm und ausrichtete. Ich hob bis über Kopfhöhe und ließ sie ohne große Kraftanstrengung auf das Holzscheit fallen, das in zwei gleiche Teile zersprang. Es erstaunte mich, wie gut ich diese Technik noch beherrschte, die mein Großvater mir vor Jahren mal gezeigt hatte. Einige Male wiederholte ich die Bewegung und verspürte bald eine seltsame Befriedigung.

Inzwischen war ich vollkommen durchnässt. Jeans und T-Shirt klebten schwer und kalt an meinem Körper.

Ich war so versunken in das, was ich tat, dass ich Jenna erst bemerkte, als sie direkt neben mir stand, die Augenbrauen bis zum Haaransatz hochgezogen.

»Was willst du denn bei dem Regen hier draußen?«, murrte ich, bevor sie ein Wort sagen konnte.

»Das wollte ich dich gerade fragen. Was ist denn in dich gefahren? Wieso hackst du im strömenden Regen Holz? Was wenn du abrutschst? Willst du dich etwa absichtlich verletzen?«

Sie trug nicht mehr als Leggings und ein rosa Top und war genauso schnell durchnässt wie ich. Was sich unter dem durchsichtig gewordenen Stoff abzeichnete, versuchte ich mit aller Kraft zu ignorieren. Der Regen schien sie kein bisschen zu stören.

»Öfter mal was Neues«, blaffte ich. »Außerdem wollt ihr doch sicher im Winter den Kamin benutzen. Dafür braucht man Holz.« Wie um das zu betonen, wedelte ich mit einem Scheit vor ihrer Nase herum. Ich wusste nicht, wieso ich so ätzend war. Es war, als kannte ich mich gerade selbst nicht.

Jenna runzelte die Stirn. »Klitschnasses Holz? Brennt super!« erwiderte sie spöttisch. »Was ist denn los mit dir? Seit zwei Tagen gehst du mir aus dem Weg. Wenn ich etwas falsch gemacht habe, dann sag es mir. Was du hier abziehst, ist nur saublöd.«

Diese Ansage saß. Ich wusste, dass sie recht hatte, ich benahm mich wie ein Arsch. Und selbstredend war es nicht ungefährlich, was ich hier trieb. Aber ich brauchte gerade diesen

Kick, abseits von jeglichem Denken. Beim Holzhacken musste ich hundertprozentig auf die Klinge fokussiert sein. Es gab mir das Gefühl, ich könnte meinen verdammten Schmerz gleich mit kleinhacken.

Das konnte ich ihr nicht erklären. Mit einem gereizten Aufstöhnen drehte ich mich zu Jenna um. Vom Haaransatz liefen ihr die Wassertropfen das Gesicht herunter.

»Jenna, bitte. Geh wieder rein ins Trockene. Lass mich heute einfach in Ruhe, okay? Es ist nicht böse gemeint, es ist nur nicht mein Tag und ich brauche das jetzt, mich abzureagieren.«

»Schön, wenn das dein ultimativer Wunsch ist«, blaffte sie zurück. »Du musst selbst wissen, was du tust. Ich kann dich aber nicht ins Krankenhaus fahren, wenn du dir die Hand abhackst.« Sie drehte sich auf dem Absatz um. »Idiot!« hörte ich noch, bevor sie wieder ins Haus lief.

Resigniert ließ ich die Axt sinken. *Super hingekriegt*, tönte die Stimme in meinem Kopf.

»Shit!«, fluchte ich laut.

Statt die Situation besser zu machen, hatte ich genau das Gegenteil bewirkt. Ich zerhackte wütend fünf weitere Scheite, bis ich einsah, dass es tatsächlich Schwachsinn war, mit dieser Tätigkeit fortzufahren. Also packte ich alles zurück in den Schuppen und ging ebenfalls ins Haus, um mir trockene Klamotten anzuziehen.

Ein Versuch, zu meditieren, um innere Ruhe zu finden, scheiterte kläglich. Diese Meditiererei und ich wurden irgendwie nicht warm miteinander und sie löste bei mir genau das Gegenteil aus. Statt mich zu entspannen, machte sie mich aggressiv. Permanent ratterten meine Gedanken. Von schwebender Leere und Glückseligkeit weit und breit keine Spur.

Also saß ich mit ausgestreckten Beinen auf dem Bett, den Rücken ans Kopfende gelehnt und tat absolut gar nichts, bis es zaghaft an der Tür klopfte. Bedächtig stand ich auf und öffnete sie. Erst in diesem Augenblick wurde mir bewusst, dass ich noch gar kein T-Shirt anhatte.

Jenna stand vor mir und musterte mich irritiert, bevor ihre Augen an meinem Tattoo hängen blieben. Ein sich in die Lüfte aufschwingender Adler zierte mehrere Rippenbögen unterhalb meines Herzens. Dieses Symbol für die Fähigkeit, alles aus einer höheren Perspektive zu sehen, hatte ich mir kurz nach Carmens erstem Todestag stechen lassen. Jennas Gesichtsausdruck erinnerte mich an die zahlreichen Stunden, in denen ich die spitze Nadel und die peinigenden Stiche hatte über mich ergehen lassen.

Blinzelnd riss sie ihren Blick von meiner Brust los und schaute mich direkt an.

»Mein Onkel will dich sprechen«, sagte sie steif und hielt mir ihr Handy hin.

»Oh«, machte ich überrascht und nahm ihr Telefon. »Danke.«

Nahezu geräuschlos entfernte sie sich und ich schloss die Tür. »Hallo«, sagte ich.

»Tom, wie sieht es aus bei dir?«, ertönte Martins vertraute Stimme, die mich sofort beruhigte.

»Na ja, du weißt ja, welches Datum heute ist«, sagte ich.

»Aus diesem Grund rufe ich an.«

»Ich habe mein Handy ausgemacht.«

»Glücklicherweise gibt es ja gerade eine andere Möglichkeit, dich zu erreichen«, sagte er und ich hörte heraus, dass er schmunzelte.

»Wie ist denn die Stimmung zu Hause?«, fragte ich mit einem Anflug von Neugier.

»Oh, alles in Aufruhr, weil du nicht da bist. Viel wichtiger ist – wie ist denn die Stimmung bei dir?«

Ich zögerte kurz, dann beichtete ich es geradeheraus.

»Ich habe Jenna vorhin ganz schön angefahren. Und vorgestern auch. Und … ach ich … benehme mich gerade wie ein Vollidiot.« Ich ließ mich auf der Bettkante nieder.

»Ja, sie hat es erwähnt und wunderte sich, wie schweigsam

du bist und dass du bei strömendem Regen unsere Brennholz-
vorräte aufstocken wolltest.«

»Reichlich blöde Idee«, gab ich zähneknirschend zu und
blickte aus dem Fenster. Unterdessen hatte der Regen aufgehört und eine winzig blaue Lücke bildete sich zwischen den
dunklen Wolken. Nun erschien es noch verrückter, was ich getan hatte, selbst auf mich.

»Sie weiß nicht Bescheid, oder? Was heute für ein Tag ist,
meine ich?«, fragte Martin.

»Nein. Nein, ich habe es ihr bisher nicht erzählt.«

»Vielleicht solltest du es tun. Gerade heute wäre möglicherweise passend dafür«, schlug er vor.

Ich schaute umher, ließ seine Worte auf mich wirken.

»Ja, kann sein.«

»Wie läuft es denn sonst in eurer kleinen WG? Versteht
ihr euch?«

»Ja, schon. Jenna ist …« Ich suchte nach Worten, die unverfänglich und doch wohlwollend klangen, um meine Sympathie
für sie auszudrücken. »… eine tolle junge Frau«, beendete ich
den Satz. O Gott, ich hörte mich an wie Mitte 50.

»Das ist sie wohl«, stimmte Martin mir zu.

»Weißt du darüber Bescheid, was bei ihr los ist?«

Ich dachte an den Nachmittag, an dem sie sich mir völlig
aufgelöst offenbart hatte, nachdem ihr Freund hier gewesen
war. »Sie hat es mir erzählt. Auch eine krasse Sache.«

»Eines Tages kommt sie darüber hinweg. Sie ist stark.«

Ein Lächeln stahl sich auf mein Gesicht, als ich ihn so liebevoll über Jenna reden hörte, während ich mich wie der größte
Gefühlsstoffel aufgeführt hatte. Erneut krochen Schuldgefühle
in mir empor und mein Brustkorb schien sich zu verengen.
War sie vorhin wirklich besorgt um mich gewesen? Und hatte
aus diesem Grund nach mir geschaut? Und ich war mit ihr um-
gegangen, als wäre sie eine nervige Anstandsdame …

Mann, Mann, Mann, dachte ich reumütig.

»Ich denke, du solltest ihr deine Geschichte anvertrauen. Dann würde sie so einiges besser verstehen«, riss Martin mich aus meinen Gedanken. Ich konnte mir seinen Gesichtsausdruck sehr gut vorstellen. Weise und gütig mit einem verschmitzten Lächeln, das bis zu seinen blitzenden Augen reichte.

»Ja, vermutlich hast du recht. Ich war übrigens bei Juliane Hartner«, wechselte ich das Thema.

»Ach. Und?«

Ich berichtete ihm von meinem Besuch und was angeblich mit mir los war.

»Na ja, wenn ich es dir gesagt hätte, dann hättest du es mir nicht geglaubt«, vermutete Martin.

»Wie? Du denkst, dass es stimmt, was sie erzählt? Mit diesem Energie-Kram und so?«

»Voll und ganz«, bekräftigte er, als wäre es das Normalste der Welt.

Ich war baff, dass er auch dieser Meinung war, und all das wirkte auf einmal weniger befremdlich auf mich.

Wir plauderten noch eine Weile und ich erzählte ihm von meinen ersten Meditationsversuchen. Dass Jenna mich bei einem ertappt hatte, behielt ich allerdings für mich.

Als wir das Gespräch beendeten, war ich innerlich so ruhig wie schon lange nicht mehr, trotz des traurigen Datums und meiner hirnrissigen Aktion vorhin.

»Lass es dir gut gehen, Tom. Viel Erfolg mit deiner Abschlussarbeit. Wir sehen uns in ein paar Wochen.«

»Danke für den Anruf«, sagte ich. »Bis bald, Martin.«

Jennas Startbildschirm erschien auf dem Display. Als Hintergrundbild hatte sie ein Foto von sich und einer Frau, die exakt wie eine ältere Version von ihr aussah. Es konnte nur ihre Mutter sein und mir wurde klar, woher Jenna ihre schwungvollen Locken und ihre besonderen Augen hatte. Die beiden Frauen hatten jeweils ein riesiges Schokoladeneis in der Hand und lachten unbeschwert in die Kamera. Vermutlich war es ein Urlaubsfoto und es ließ auch meine Mundwinkel nach oben gleiten.

Der Bildschirm ging aus. Als ich ihn wieder einschaltete, erschien die Aufforderung, einen Code einzugeben. Während sich mein Blick auf dem Display verlor, wurde mir bewusst, dass ich allmählich begann, Jenna wirklich zu mögen.

Nachdenklich legte ich das Handy beiseite und trat ans Fenster. Am Horizont lockerten die Wolken immer mehr auf. Es kam mir vor wie ein Zeichen, dass alles irgendwann besser wurde. Nicht nur das Wetter, sondern auch meine Gemütslage.

Eine Weile ließ ich in mir wirken, was Martin vorgeschlagen hatte, und starrte dabei auf Jennas Telefon. Es würde mit Sicherheit nicht von allein zu ihr zurückkehren.

Ich würde mich ihr stellen müssen – und endlich erzählen, was in mir vorging – so schwer es mir auch fiel.

Jenna

Gedankenversunken kritzelte ich an der Skizze eines Pumas herum. Nach endlosen Wochen kreativer Trägheit hatte ich endlich Stift und Papier hervorgekramt. Abgesehen davon, dass ich sonst gerade nichts zu tun hatte, musste ich mir eingestehen, dass mir das Zeichnen unendlich gefehlt hatte. Meine künstlerische Energie kehrte zaghaft zurück.

Es war schon ein seltsamer Zufall gewesen, dass ich vorhin das Adler-Tattoo auf Toms Brust zu sehen bekommen hatte. Niemals hätte ich erwartet, dass er der Typ für Tattoos war. Ich fragte mich, ob er wohl noch mehrere hatte. Mit einem Kopfschütteln versuchte ich, mich wieder auf meine Zeichnung zu fokussieren, was mir nur mühsam gelang.

Noch immer fragte ich mich, warum ihn meine Frage nach Geschwistern so derart aus der Fassung gebracht hatte. Welches Geheimnis trug er wohl mit sich herum? Und warum war er gerade so ruppig mir gegenüber – und hackte im strömenden Regen Holz? Und wieso hatte Onkel Martin ihn sprechen wollen?

Schluss jetzt!, mahnte ich mich stumm. Ich hatte mir schon genug den Kopf über ihn zerbrochen und wollte nicht noch mehr über ihn nachdenken – nicht über sein merkwürdiges Verhalten und erst recht nicht über ihn ohne Klamotten.

Genau in diesem Moment klopfte es. Tom. Soviel dazu.

Dann war er wohl fertig mit Telefonieren, dachte ich, stand auf und öffnete die Tür. Er war diesmal komplett angezogen und hielt mir mein Handy hin.

»Danke dir«, sagte er.

Ich nickte nur. Er hatte eine Hand hinter seinem Rücken und schaute mich auf eine Weise an, die ich nicht deuten konnte. »Was?«, wollte ich fragen, doch er ergriff zuerst das Wort.

»Hast du kurz Zeit? Ich möchte dir gern etwas erzählen.«

Sein geheimnisvoller Unterton machte mich neugierig.

»Klar, komm rein«, sagte ich und ließ ihn eintreten.

Aufmerksam ließ er seinen Blick durchs Zimmer wandern, als wäre er noch nie hier drin gewesen und als gelte es, sich alles ganz genau einzuprägen.

Doch bei seiner Ankunft musste er sich sein Schlafzimmer ja anhand irgendeines Impulses ausgewählt haben.

Es war schon komisch, da teilten wir uns das Haus und es fühlte sich dennoch eigenartig an, mit ihm in meinem Bereich zu sein.

»Jenna, es tut mir leid, dass ich dich vorhin so angefahren habe«, begann er. »Und auch, wie ich mich die letzten zwei Tage aufgeführt habe.« Er schaute mir direkt in die Augen und ich erkannte, dass seine Worte aufrichtig waren.

»Ja, ziemlich strange«, gab ich zurück.

»Ich weiß, darum bin ich hier.«

Er stand vor meinem Bett und musterte für einen Augenblick meinen Zeichenblock. Dann holte er seine Hand hinter sich hervor und legte ein Foto auf die Bettkante. Eine Sekunde lang stolperte mein Atem. Es war jenes Foto, mit dem er mich in der Küche erwischt hatte. Zuerst sah ich das Bild und dann ihn fragend an.

»Das ist meine Schwester Carmen«, erklärte er.

Inzwischen hielt ich meinen Atem an und betrachtete stumm das Foto. Jetzt, wo er es sagte, fiel mir die Ähnlichkeit zwischen den beiden noch mal deutlicher auf. Gleichzeitig durchströmte mich eine tiefe Erleichterung darüber, dass sie nicht seine Freundin war. Er hatte also doch Geschwister.

»Heute ist ihr Todestag«, sprach er weiter.

Betroffen sackte ich ein wenig zusammen und mein Wohlgefühl wich einer beklemmenden Schwere. Meine rechte Hand wanderte wie von selbst zu meinem Mund und legte sich darauf.

»Sie ist vor vier Jahren bei einem Autounfall ums Leben gekommen.«

»Tom, das tut mir unendlich leid«, entgegnete ich leise, auch wenn meine Worte nicht annähernd ausdrücken konnten, wie stark mich die Sache aufwühlte. Das Wort Autounfall verursachte sofort einen Knoten in meinem Herzen. Was musste er nur gedacht und gefühlt haben, als ich ihm heulend meine eigene Geschichte erzählt hatte? Andererseits hatte ich nicht wissen können, was ihn beschäftigte.

»Deswegen bin ich derzeit … so schräg drauf«, murmelte er, obwohl es keiner Erklärung bedurfte.

»Das ist absolut verständlich.« Mein Blick suchte seine Augen. »Du hast ihr sehr nahegestanden, oder?«, mutmaßte ich.

Er nickte. »Sie war nicht nur meine Schwester, sondern auch mein Soulmate, meine Mentorin, mein Ein und Alles. Schwer zu erklären, wenn man das nicht selbst erlebt hat.«

Nun hatte ich Mühe, meine Tränen zurückzuhalten. Tom war relativ gefasst, aber zwischen seinen Augenbrauen erschien eine tiefe Falte, die ihn älter wirken ließ, als er war.

»Wie ist es passiert?«, fragte ich vorsichtig, da ich nicht abzuschätzen vermochte, wie viel er preiszugeben bereit war.

»Sie ist auf dem Weg zu ihrem damaligen Freund Henning gewesen. Der Abend war verregnet und es war schon dunkel. Auf einer Kreuzung kam ein Fahrzeug mit überhöhter Geschwindigkeit auf sie zugeschossen, missachtete die Vorfahrt und ist direkt in sie reingekracht.«

Automatisch verzog ich das Gesicht, als meine Gedanken Toms Worte mit den passenden Bildern untermalten.

»Der Unfallfahrer war alkoholisiert und … hat überlebt. Carmen hat es nicht geschafft, sie ist am darauffolgenden Morgen an ihren inneren Verletzungen gestorben.«

»O Tom«, flüsterte ich. Scheu legte ich kurz meine Hand

auf seinen Unterarm. Die Wärme seiner Haut übertrug sich in meine Fingerspitzen und erzeugte ein Kribbeln. Errötend zog ich sie zurück. Er folgte meiner Hand mit seinem Blick und sah mir dann wieder in die Augen.

»Tja, das ist meine traurige Geschichte.« Seine Stimme klang bitter und ich hörte den Schmerz, den er in sich trug, auch wenn er nach außen hin oft so abgeklärt erschien. Womöglich war diese Kühle wie eine Art Schutzmantel, den er überstreifte und ich hatte ihn in vielerlei Hinsicht vollkommen falsch eingeschätzt. Daher berührte es mich zutiefst, dass er mich gerade in seine Seele blicken ließ. Andererseits hatte ich das bei ihm auch schon getan, auch wenn mir mein Beziehungsdrama im Vergleich zu seiner Tragödie fast schon lachhaft vorkam.

»Wolltest du deshalb heute für niemanden erreichbar sein?«, spielte ich auf sein ausgeschaltetes Handy an.

Er nahm das Foto an sich und streckte seinen Rücken durch.

»In erster Linie wollte ich dem Terror meiner Eltern entgehen, weil ich heute nicht wie alle anderen brav an ihrem Grab stehe.«

»Verstehe«, sagte ich, obwohl ich nicht ganz verstand. Was genau meinte er?

»Ach, das ist so eine Art Tradition«, beantwortete er meine unausgesprochene Frage. »Und diesmal habe ich beschlossen, sie zu durchbrechen. Carmen wäre wohl die Einzige, die es verstehen würde.« Er sah kurz auf ihr Bild, bevor er weitersprach.

»Sie wüsste, dass ich sie hier drin habe.« Er legte seine Hand flach auf sein Herz. »Ich wollte diesen Tag diesmal … anders verbringen.«

»Zum Beispiel mit Holzhacken?«, neckte ich ihn.

Er lächelte, schloss die Augen und senkte kurz den Kopf über seine verrückte Aktion.

»Danke, dass du es mir erzählt hast«, sagte ich leise und kam mir merkwürdig erwachsen dabei vor. »So kann ich dein Verhalten besser einschätzen.«

Er nickte. »Danke, dass du mir zugehört hast. Tut mir leid,

wenn du dachtest, du hättest etwas falsch gemacht. Das hast du nicht.«

Seine Worte fühlten sich an wie eine Berührung. Das Wissen, dass zwischen uns alles in Ordnung war, schenkte mir unendliche Beruhigung. Die Ungewissheit der letzten zwei Tage hatte wie ein schwerer Brocken auf meinem Herzen gelegen.

Wir standen uns noch immer gegenüber, direkt vor meinem Bett, keinen halben Meter voneinander entfernt. Ich wusste nicht, woher es kam, verspürte nur den Impuls, ihn noch einmal zu berühren, aber nicht als Geste des Trosts.

Zudem schwirrte mir die ganze Zeit der Adler im Kopf herum, als hätte sich das Tattoo nicht nur auf seiner Haut, sondern auch in meinen Gedanken verewigt. Inständig hoffte ich, dass er mir meine wirren Gefühle nicht anmerkte.

Sein Blick glitt zu meiner Zeichnung und seine Frage rettete mich aus meiner Trance. »Darf ich?«

Ich konnte nur nicken. Er nahm den Block vom Bett und inspizierte eingehend mein Kunstwerk.

»Wow, ich bin beeindruckt. Wie lange zeichnest du schon?«

»Seitdem ich denken kann. Oder bevor ich überhaupt ein Wort sprechen konnte.«

Seine Mundwinkel hoben sich zu einem Lächeln.

»Dann wurde dir dieses Talent wohl in die Wiege gelegt. Hast du mal daran gedacht, Kunst zu studieren?«

»Ja. Hat … nicht geklappt«, murmelte ich knapp und machte eine wegwerfende Handbewegung. »Egal, der Zug ist abgefahren. Ist … nur ein Hobby«, setzte ich hinterher, als Tom mich fragend anschaute. »Entspannt mich.«

Er legte den Block behutsam zurück aufs Bett. Ich wollte nicht, dass er gleich mein Zimmer verließ und sich hinter einer neuen Schweigewand verschanzte. Ich hatte das tiefe Bedürfnis, Zeit mit ihm zu verbringen.

»Irgendeine Idee, was du den Rest des Tages anstellen willst?«, fragte ich und hoffte, dabei nicht aufdringlich zu wirken. Er zog die Augenbrauen hoch und sein Mund verspannte sich.

»Nicht wirklich. Ist neu für mich.«

Ich drehte mich zum Fenster um. Die Sonne versuchte, sich durch den Regendunst zu kämpfen.

»Ich habe eine«, verkündete ich.

»Lass hören.«

»Ich entführe dich in dichte, düstere Wälder, in denen wir uns verirren.«

»Ahaaa«, machte er zweifelnd, als wäre er sich noch nicht sicher, ob ihm dies behagte. »Gibt's da Lebkuchen?«

»Leider nicht«, sagte ich bedauernd. »Dafür wächst ein paar Kilometer von hier im Sommer immer ein Maislabyrinth. Und es müsste auch schon so hoch gewachsen sein, dass man sich herrlich darin verlaufen kann«, klärte ich ihn lächelnd auf Seine Augenbrauen schnellten nach oben.

»Du überraschst mich immer wieder, Jenna Wilms.«

In meiner Bauchgegend flatterte es. Ich fasste das mal als Kompliment auf.

»Das klingt spannend. Bin dabei«, stimmte er zu und lächelte ebenfalls.

»Wir können die Räder nehmen. Es hat aufgehört zu regnen und ich könnte Bewegung vertragen. Die letztem Tage habe ich zu viel drinnen gehockt.« Geschmeidig reckte ich mich.

»Gute Idee. Dann … sehen wir uns unten.« Tom lief rückwärts zu meiner Zimmertür und blickte mir dabei die ganze Zeit direkt in die Augen. Nachdem er hinausgegangen war, lauschte ich seinen Schritten auf der Treppe. Noch immer war ich geschockt über seine Geschichte und zugleich gerührt, dass er sie mir so offen erzählt hatte.

Fünf Minuten später holten wir die Fahrräder aus dem Schuppen. Tom nahm sich das von Eric und fuhr schon mal eine kurze Proberunde durch das nasse Gras im Garten.

»Dann folge ich Ihnen mal, Madam«, sagte er, als ich mich auf mein Rad aufschwang. Gemütlich fuhren wir nebeneinander her den vertrauten Weg einige Kilometer Richtung Glowe.

Die salzige Luft war warm und trug die Restfeuchte vom Regen mit sich. Das Meer platschte schwungvoll ans Ufer und schickte einen erfrischenden Wind herauf. Aus diesem Grund liebte ich es hier so. Nichts stand still, alles war immer in Bewegung. Die Elemente tanzten in ihrem eigenen, stetig wechselnden Rhythmus miteinander, als folgten sie einer geheimen Melodie.

Die Straße schlängelte sich durch diese schöne Kulisse und unsere Räder surrten leise auf dem feuchten Asphalt. Tom schien sich wohlzufühlen. Ab und an trafen sich unsere Blicke und ich freute mich, dass ich ihm die Gelegenheit bieten konnte, Ablenkung in seinen Tag zu bringen.

»Hier hat der Mohn vor Kurzem noch knallrot geblüht«, sagte ich, als wir an meinem Feld vorbeikamen.

»Ja, der ist ziemlich verbreitet, hier auf Rügen.«

»Das war traumhaft. Leider hab ich vergessen, ein Foto davon zu machen.«

»Dann musst du ihn wohl selbst malen«, schlussfolgerte er und grinste mich an.

»Ja.« Ich fragte mich, warum ich selbst bislang noch nicht auf die Idee gekommen war, vor allem, da ich immer auf der Suche nach guten Motiven war.

»Da vorne ist es schon.« Ich zeigte auf den Eingang und wir bremsten ab.

Nachdem wir die Räder angeschlossen hatten, kaufte ich uns zwei Eintrittskarten.

»Kann's losgehen?«

»Bin bereit.«

Einträchtig liefen wir in den Irrgarten hinein. Der Mais hatte bereits die Höhe meines Kopfes erreicht. Tom konnte gerade noch so darüber hinwegblicken. Die Blätter der Stängel rauschten leise im Wind. Wir liefen die geschwungenen Wege und mussten öfter umkehren, weil wir in einer Sackgasse gelandet waren. Nach ein paar Minuten wusste ich schon nicht mehr, wo wir waren.

»Ich habe null Orientierungssinn«, gestand ich.

Tom reckte den Kopf.

»Oh, ich glaube da ist Norden.« Er drehte sich ein Stück. »Oder dort? Oder da?« Er deutete abwechselnd woandershin. »Wann genau schließen die hier noch mal?«, fragte er.

»Halb zehn.«

»Tja, dann sollten wir bis dahin den Ausgang gefunden haben.«

Schweigend liefen wir nebeneinanderher. Ich wollte gerne mehr über ihn erfahren, über seine Beziehung zu seiner Schwester, die er so geliebt hatte.

»Erzähl mir von Carmen«, bat ich ihn.

Er schaute mich an und wirkte überrascht, aber nicht unangenehm berührt darüber, dass ich das Thema anschnitt.

»Wo soll ich da nur anfangen?«, fragte er und ein zaghaftes Lächeln stahl sich auf seine Lippen.

»Was hast du an ihr bewundert? Womit hat sie dich inspiriert? Du hast gesagt, sie wäre dein Soulmate gewesen …«

»Ihr Mut hat mich beeindruckt. Wie sie für sich und andere eingestanden ist, Dinge angepackt hat. Sie wollte die Welt zu einem besseren Ort machen, war eine Kämpferin für das Gute, wie eine moderne Jeanne d'Arc.«

Bei diesen Worten musste ich lächeln. Mein Name war ebenfalls eine Abwandlung von Johanna. Nur dass ich nicht so kämpferisch unterwegs war, zumindest in meinen Augen

Tom erzählte mir einige Anekdoten und zeichnete dabei ein so lebendiges Bild seiner Schwester, dass ich sie sofort mochte.

»Martin war übrigens … ihr Professor«, sagte er und warf mir einen Seitenblick zu.

Verblüfft starrte ich ihn an. »Tatsächlich?«

Er nickte. »Daher kenne ich ihn.«

Das hatte ich nicht gewusst. Nun erinnerte ich mich daran,

dass er bei unserem kurzen Telefonat nach meiner Ankunft erwähnt hatte, dass die Bekanntschaft mit Tom und seiner Familie eine lange Geschichte sei. Jetzt kannte ich die wahre Bedeutung dahinter.

»Sie hat dasselbe studiert, wie du?«

»Na ja, genaugenommen ist es andersherum.« Er schob seine Hände in die Hosentaschen und kickte einen kleinen Stein beiseite. »Ich studiere dasselbe wie sie. Ich führe quasi fort, was sie nicht weitermachen konnte.«

Das musste ich erst mal sacken lassen. Es war durchaus ungewöhnlich.

»War das denn schon immer dein Wunsch?«, hakte ich nach.

»Es war auf jeden Fall nicht mein Ding, BWL zu studieren. Mein Vater wollte, dass ich mal den Finanzmarkt rocke. Genau wie er. Für mich war es langweilig hoch zehn.«

»Und dann?«, fragte ich.

»Kam der Unfall.« Er streckte einen Arm aus und ließ seine Hand die regennassen Maisstängel entlanggleiten. »Und ich hab mein Studium hingeschmissen.«

Vom Irrgarten um uns herum nahm ich nichts mehr wahr. Für mich gab es nur noch Tom. Jedes seiner Worte sog ich wie ein Schwamm in mich auf. Es war ein weiterer seltener Moment, in dem er Dinge von sich preisgab.

»Dann habe ich ein paar Monate gar nichts gemacht. Doch, ausgezogen bin ich. Ich habe diese anstrengenden Vibes zu Hause nicht mehr ausgehalten.«

Der Weg wurde schmaler, sodass wir sehr nah beieinander gingen. Unsere Arme berührten sich fast.

»Tja, und dann habe ich mich für Agrarwissenschaften eingeschrieben.«

»Wie haben deine Eltern darauf reagiert?«

»Meine Mutter war froh, dass ich überhaupt wieder etwas gemacht habe. Ihre gesamte Aufmerksamkeit lag von nun an auf mir. Mein Vater war sauer, dass ich BWL abgebrochen habe. Und es hat ihn nochmal geschockt, dass ich auf einmal dieselben Flausen im Kopf hatte wie Carmen.«

»Die Welt zu retten?«

Er lächelte schief. »Sie zumindest zu einem besseren Ort zu machen.«

Ich lächelte zurück. Einerseits passte es zu ihm, andererseits hatte ich das Gefühl, dass er selbst noch auf der Suche danach war, wohin ihn diese Reise führen würde.

»Was hat mein Onkel dazu gesagt?«

»Er hat mich gefragt, ob es das ist, was ich möchte. Und ich habe es bis hierhin durchgezogen«, sagte er.

Meine stumme Frage, ob es sein Herzenswunsch war, beantwortete er, indem er hinzufügte:

»Ich hatte das Gefühl, wenn ich Carmens Vision fortführe, würde ich mich ihr irgendwie weiterhin nahe fühlen.«

Die Sentimentalität in seiner Stimme ließ neue Tränen in mir aufsteigen. Tapfer schluckte ich sie herunter. Meine Ahnung hatte sich bestätigt. Er tat es für sie.

»Hauptsache, du hörst auch auf deine eigene innere Stimme«, sagte ich. Er blickte mich an, erwiderte jedoch nichts, als würde er meine Worte in sich einsinken lassen.

»Hast du Geschwister?«, fragte er mich.

»Ja, einen Bruder. Eric. Er ist sechzehn und lebt die meiste Zeit im Multiverse.«

»Nerd?«

»Durch und durch«, bekundete ich. Tom lächelte.

»Und … hast du mal was von deiner Freundin gehört?«

Ich schüttelte den Kopf. »Nichts, was ich nicht schon von Victor wüsste.«

»Irgendwann … klärt ihr das«, sagte er warm und mitfühlend. Wir waren mitten auf dem Weg stehen geblieben.

Auf einmal kam eine tobende Schar Kinder um die Ecke gestürmt und drängte sich rennend und lärmend an uns vorbei, sodass ich zwangsläufig gegen Tom gedrückt wurde. Er stand fest wie ein Baum am Rand des Weges und die Wärme seiner Brust übertrug sich sofort auf mich. Da hatte ich wohl die Berührung, nach der ich mich vorhin in meinem Zimmer so gesehnt hatte. Sein männlicher Geruch stieg mir in die Nase.

»Kinder, nicht rennen im Irrgarten!« Die barsche Stimme gehörte einer grellbunt gekleideten Frau, die abgehetzt hinter den Kleinen herlief.

»Es tut mir leid«, wandte sie sich im Vorbeieilen entschuldigend an uns, als sie sah, dass wir an den Rand gedrängt worden waren.

»Halb so wild«, sagte Tom, mehr an mich gerichtet, als an sie, und lächelte mich bedeutsam an. Ich gewann meine Fassung wieder, trat einen Schritt zurück und wir gingen gemächlich weiter. Zwischenzeitlich hatte ich das Gefühl, dass wir schon mindestens dreimal im Kreis gegangen waren. Jedes Mal erschien eine neue Abbiegung vor uns, die uns noch tiefer in das Labyrinth hineinzuführen schien. Dafür hatte es die Sonne geschafft, sich durchzusetzen und wärmte mein ohnehin schon erhitztes Gesicht.

»Was für ein Zufall, dass wir uns ausgerechnet in unserem Haus begegnet sind«, sagte ich, um das Gespräch in eine neue Richtung zu lenken.

»Meinst du denn, dass es Zufall war?«, fragte Tom.

»Keine Ahnung. Glaubst du an so was wie Schicksal?«

Er ließ seinen Blick schweifen, als würde er nach passenden Worten suchen.

»Kennst du den Film, *Cloud Atlas*?«, fragte er, anstatt eine Antwort zu geben. Ich als Filmnärrin hatte ihn vor ein paar Jahren bei einem spontanen nächtlichen Picknick auf dem Wohnzimmerteppich zusammen mit meinem Vater geschaut, bevor er am nächsten Tag auf Reisen gegangen war. Damals hatte ich nur die Hälfte verstanden.

»Ja«, sagte ich und verspürte augenblicklich Lust, ihn noch einmal zu sehen.

»Dann kennst du ja die höhere Ebene. Alles ist miteinander verbunden, nichts geschieht durch Zufall«, sinnierte Tom. »Das ist die Kernaussage dieses Epos.«

Vage erinnerte ich mich an die einzelnen Erzählstränge und Verbindungen der Figuren.

»Es war Carmens Lieblingsfilm.«

Wieder Carmen, dachte ich. Umso mehr fragte ich mich, ob es etwas in Toms Leben gab, das nichts mit seiner Schwester zu tun hatte. Unermüdlich strich ich eine Locke zurück, die heute besonders widerspenstig ihren Weg in mein Gesicht suchte.

»Was ich damit eigentlich sagen wollte …«, begann Tom und schaute mich mit geneigtem Kopf an, was ihn jungenhaft aussehen ließ. »Es hatte möglicherweise einen tieferen Sinn, dass wir uns hier begegnet sind.«

Der philosophische Unterton seiner Worte amüsierte mich. Ob wohl alle Dinge ihren Sinn hatten, auch wenn man ihn zunächst nicht erkannte oder falsch interpretierte?

»Welchen denn?«, fragte ich neugierig.

»Wer weiß«, gab er geheimnisvoll zurück. Er legte sich ebenfalls nicht auf eine konkrete Aussage fest und da ich diese prickelnde Spannung zwischen uns nicht auflösen wollte, lächelte ich nur.

Wir setzten unseren Weg fort, ohne dass jemand sprach. Und ich musste mir eingestehen, dass Schweigen mit Tom sehr angenehm war. Das konnte man nicht mit jedem Menschen, ohne, dass es eine befremdliche Stille hervorrief. In seiner Gegenwart fühlte es sich auf eigentümliche Weise behaglich an.

»Schau mal, da.«

Als ich seinem ausgestreckten Arm folgte, erkannte ich zu meiner Überraschung den Ausgang.

»Dann müssen wir nicht hier übernachten.«

Ein wenig bedauerte ich es, dass unser Spaziergang schon vorbei war. Die Zeit mit Tom war wie im Flug vergangen. Ohne Eile schlenderten wir zu unseren Fahrrädern zurück und ich machte mich an meinem Schloss zu schaffen, das immer klemmte.

»Jenna«, hörte ich ihn hinter mir und ich drehte mich zu ihm um.

»Ja?«

Er saß auf seinem Rad und bedachte mich mit demselben bedeutungsvollen Blick wie vorhin.

»Danke für … dieses Event. Ich bin froh, den Tag nicht allein verbracht zu haben.«

Eine Welle aus vibrierender Freude erfasste meinen Körper. Mein erster Impuls war, ihm zu antworten, dass ich unsere gemeinsame Zeit auch mehr als schön gefunden hatte, doch ich widerstand ihm. Etwas in mir wollte noch nicht so offensichtlich zu erkennen geben, dass mir seine Gegenwart sehr lieb war.

»Gerne«, sagte ich stattdessen und nickte.

Während wir in entspanntem Tempo nebeneinanderher fuhren, fiel mir auf, dass ich heute fast den ganzen Tag noch nicht einmal an Victor und Meli gedacht hatte.

Jenna

Am darauffolgenden Nachmittag saß ich mit Tom auf den rostroten Holzbänken der kleinen Fischräucherei in der Nähe des Hochufers und wir hatten einen traumhaften Rundumblick über die pittoresken Dächer von Lohme.

Am Horizont gingen Wasserblau und Himmelblau eine malerische Komposition ein, wie sie selbst die Alten Meister nicht hätten besser kreieren können.

»Mmmhh, köstlich.« Tom nahm genüsslich einen neuen Bissen seines Fischbrötchens. »Ich gebe mich geschlagen. Das ist die beste Buttermakrele, die ich je gegessen habe.«

Ich konnte mir ein siegessicheres Grinsen nicht verkneifen. Auf dem Hinweg hatten wir eine Debatte darüber geführt, wo es den besten Fisch an der Ostseeküste gab. Offensichtlich hatte ich ihn davon überzeugt, dass dies genau hier war. Ich ließ mir mein Lachsbrötchen ebenfalls voller Appetit schmecken.

»Ja, es wäre sträflich gewesen, nicht hierher zu kommen«, sagte ich. Tom antwortete mit einem zustimmenden Nicken.

Nach diesem kulinarischen Highlight wollte ich ihm noch eines der Natur präsentieren.

»Lass uns runter zum Strand gehen, ich will dir was zeigen«, forderte ich ihn auf, nachdem wir aufgegessen hatten.

Wir kamen bis an den Steilhang zur geschwungenen Holztreppe, deren 200 Stufen direkt zum Jachthafen hinunterführten.

»Was ist?«, fragte ich, als ich bemerkte, dass Tom nur zögernd weiterging.

»Ganz schön hoch«, stellte er fest.

»Hast du etwa Höhenangst?«

Er nickte verlegen.

»Im Ernst?« Erstaunt riss ich die Augen auf und konnte es zunächst nicht glauben.

»Ich denke, du willst Ackerbau betreiben auf Hochhausdächern. Und Bergsteigen. Wie passt das mit Höhenangst zusammen?«

»Na ja, das ist ein Problem, das ich bis dahin lösen müsste.« Er sah aus, als wäre ihm ziemlich flau im Magen, allerdings nicht vom Fisch. Kritisch beäugte er die Treppe.

»Es muss ja nicht sofort sein«, schlug ich vor. »Nachher hyperventilierst du noch. Wir können auch außen herumgehen.«

»Es sei denn, du läufst vor mir, dann falle ich zumindest auf dich drauf.« Das Grinsen war ihm jedenfalls noch nicht vergangen.

»Abmarsch!« kommandierte ich scherzhaft und streckte meinen Arm zum Uferweg aus.

»Mir war gar nicht klar, dass du so herrisch sein kannst«, sagte er und ging betont nah und langsam an mir vorbei.

»Tja, immer mal was Neues«, frotzelte ich zurück und genoss die Unbefangenheit, die ich ihm gegenüber empfand. Ob ich sie nur in seiner Gegenwart spüren konnte? Oder würde sie sich auch in anderen Lebensbereichen zeigen? Und wenn ich sie nur bei ihm spürte – was hieß das?

Rasch schob ich den Gedanken an einen Flirt beiseite, auch wenn ich anfing, diese kleinen Neckereien zwischen uns zu mögen. Vor allem freute es mich, dass es ihm besser zu gehen schien.

»Danke für den Umweg«, sagte er, als wir wohlbehalten und ohne Schnappatmung unten ankamen.

»Woher kommt denn deine Höhenangst?«, fragte ich.

»Ein Trauma aus dem Schwimmunterricht. Ein Klassenkamerad, der mich nicht leiden konnte, hat mich vom Drei-Meter-Brett geschubst, weil ich so lange gezögert habe, von allein zu springen.«

»Wie fies«, kommentierte ich.

»Er ist in diesem Jahr sitzengeblieben.«

Ausgleichende Gerechtigkeit, dachte ich.

Wir ließen die Hafenmole mit den Segelboten, die behäbig auf dem Wasser tanzten, hinter uns und gelangten zum Naturstrand. Die Küste zeigte hier eher ihre schroffe Seite, was ich liebte. Peitschender Wind, klatschende Wellen und jede Menge kreischende Möwen begleiteten einen bis zum berühmten Königsstuhl

Der Steinstrand war nicht zum Baden geeignet. Dafür war er ein Paradies für Fossilien-Liebhaber. Lochsteine, Donnerkeile und Seeigel versteckten sich als Schätze zwischen den Milliarden Steinen, die säuselnd unter unseren Schritten knirschten. Tom bückte sich hier und da, um nach besonderen Exemplaren Ausschau zu halten.

»Falls du noch einen für deine Sammlung benötigst kann ich den da empfehlen«, rief ich ihm zu und deutete auf den riesigen Findling, der etwa 20 Meter vom Ufer entfernt wie eine kleine Pyramide aus dem Wasser ragte.

Er schirmte seine Augen mit der Handfläche gegen die Sonne ab.

»Das nenne ich mal Fels in der Brandung«, sagte er und zückte sein Handy, um ein Foto zu machen. »Bisschen üppig, um als Deko-Artikel durchzugehen.«

»Das ist der **Schwanenstein**, ein Wahrzeichen des Ortes.«

»Was hat er denn mit Schwänen zu tun?«, wollte Tom wissen.

»Laut Sage bringt im Sommer Adebar der Storch und im Winter der Schwan die Babys auf die Insel. Bis dahin sind sie im Stein verborgen.«

Wir setzten uns auf einen Baumstamm und beobachteten die Wellen, die sich kraftvoll am Fels brachen.

»Eine kleine geheime Brutstätte für neues Leben.«

»Und auch ein Todesbringer. Es gab mal ein tragisches Unglück«, offenbarte ich, ohne den Blick vom Meer abzuwenden.

»Klingt nicht gut.« Tom sah mich erwartungsvoll an.

»In den Fünfzigerjahren sind drei Jungen im Winter auf dem Stein erfroren. Sie liefen auf dem Eis zum Felsen. Dann schlug auf einmal das Wetter um, ein heftiger Sturm kam auf. Das Eis brach und sie konnten nicht ans Ufer zurück. Alle Rettungskräfte hatten aufgrund des hohen Wellengangs keine Chance, den Fels zu erreichen. Am nächsten Tag konnten sie nur noch tot geborgen werden.«

»Tragisch. Tja, die Natur ist die wahrhaft Mächtige, nicht der kleine Mensch«, sagte er nachdenklich und auch ehrfürchtig.

»Und hier wird es einem immer besonders bewusst.«

Wir schauten einander kurz an, in dem stillen Wissen, dass wir ähnlich dachten.

»Woher kamen die Jungen?«

»Aus dem ehemaligen Kinderheim, das ist die verfallene Ruine oben am Uferhang. Vielleicht hast du sie schon mal gesehen.«

Er zog die Stirn kraus, als er überlegte.

»Keine Ahnung, jetzt will ich sie auf jeden Fall sehen.«

»Dafür müssen wir wieder hochklettern«, verkündete ich verheißungsvoll.

»Ich wusste, es gibt einen Haken«, erwiderte Tom trocken.

Der Wind blies seine Haare andauernd in sein Gesicht und er strich sie beharrlich nach hinten. Eine Weile saßen wir nur da und schauten, jeder in seine eigenen Gedanken versunken, hinaus aufs Meer.

»Was hörst du gerne für Musik?« fragte ich ihn unvermittelt.

»Du meinst außer Meeresrauschen?«

»Hm, hm!«, machte ich lächelnd.

»Ach, alles Mögliche.«

»Geht's noch ein bisschen unkonkreter?« fragte ich.

Er schaute mich von der Seite an.

»Du willst echt den Inhalt meiner Playlist wissen?«

»Nein, deine Schuhgröße«, witzelte ich. »Natürlich.«

»Nichts verrät so viel über einen Menschen wie seine Playlist, wusstest du das?«, philosophierte er.

»Ja.«

Er kniff die Augen zusammen, während er mich musterte.

»Du versuchst also, mich zu ergründen.« Seine Mundwinkel kräuselten sich leicht.

»Nein«, protestierte ich und schaute aufs Wasser. Dabei hatte er mich längst ertappt. Ja, ich wollte ihn ergründen, aber ich hatte nicht erwartet, dass er das so schnell durchschauen würde.

»Okay, wir spielen folgendes …«, schlug er vor. »Meinen Song für deinen.«

»In Ordnung«, stimmte ich zu. Das könnte spannend werden.

»Was hörst du bei Liebeskummer?« wollte er wissen.

Das geht ja schon mal richtig deep los, sagte ich in Gedanken und dachte kurz nach. »Lily Allen.«

Er warf mir einen ungläubigen Blick zu und seine linke Augenbraue zuckte.

»Denken wir an denselben Song?«

Ich nickte und grinste. So ein *Fuck You* konnte durchaus sehr befreiend sein.

»Zumindest in der fortgeschrittenen Phase«, fügte ich hinzu und er grinste ebenfalls. »Davor ist es *Lost* von Mogli. Und du?«

»*Fix You.*«

Coldplay, nicht schlecht, dachte ich.

»Und *The Wreck of Our Hearts* von Sleeping Wolf.«

»Kenne ich nicht«, sagte ich.

»Lohnt sich. Vor allem, wenn man sich so richtig im Leid suhlen will. Okay, was hörst du, wenn du glücklich bist?«, fragte er weiter.

»Amy Macdonald.«

Er nickte anerkennend. »Coole Frau.«

Ich zeigte auf ihn. »*Don't Stop Me Now.*«

»Freddie ist immer eine gute Wahl«, sagte ich lächelnd Beeindruckt sah ich ihn an. »Du hast Geschmack.«

»Das will ich ja wohl hoffen«, entgegnete er energisch, als ließe er keinen Zweifel an dieser Tatsache zu.

Bevor er weiterfragen konnte, funkte ich ihm dazwischen. »Ich weiß was. Was hörst du auf Reisen?«

Er nahm ein Stück Treibholz in die Hand und richtete seinen Blick aufs Wasser.

»*Last Mile Home* von Kings of Leon. And you?« Das letzte Wort zog er in die Länge.

»*1000 KM bis zum Meer* von Luxuslärm.«

Er lächelte. »Sehr passend. Und was hörst du, wenn du im Flow und mit allem zufrieden bist?«

Ich schloss die Augen und versuchte, mich in diesen Zustand hineinzufühlen. Dann fiel mir auf, dass ich das gar nicht musste. Ich befand mich bereits mitten in einer solchen Atmosphäre, war absolut entspannt und im Hier und Jetzt und kostete Toms Anwesenheit aus. Das wollte ich ihm auf keinen Fall so direkt verraten, wenngleich mir unser Spiel richtig Spaß machte.

»*Myth* von Beach House«, sagte ich und neigte dabei meinen Kopf zur Seite.

»Kodaline *High Hopes*.«

»Und wenn du läufst?«

»Franz Ferdinand. Und manchmal muss es Fritz Kalkbrenner sein. So zur Justierung der inneren Geisteshaltung.«

Er schaute mir mitten in die Augen. Sein spitzbübisches Grinsen konnte ich nicht deuten. Verwirrt blies ich mir eine Locke aus der Stirn.

»Guck mich nicht so an, ich jogge nicht«, sagte ich. Er hob beide Hände und fixierte mich immer noch mit einem unergründlichen Blick, als heckte er etwas aus.

»Was?« Argwöhnisch ging ich ein Stückchen auf Abstand.

»Was hörst du, wenn du dich verliebst?« Seine Stimme war so leise, dass sie sich fast in den Windböen verlor.

Ich schluckte kurz, als hätte ich es geahnt. Und bevor sich die kribbelnde Hitze in meinem Gesicht zu Röte verwandeln konnte, stand ich eilig auf und steuerte den Weg zurück an, was mir vorkam, als liefe ich auf rohen Eiern. Tom schloss zu mir auf.

»He, ich hab dich was gefragt.«

»Das verrate ich nicht«, sagte ich.

»Wieso nicht? So peinlich?«

»Nein.« Ich wollte ihm nicht offenbaren, dass ich erst gestern *A Thousand Years* gehört und seit langer Zeit dabei *nicht* an Victor gedacht hatte.

»Ich verrate es auch keinem. Großes Indianerehrenwort.«

Er stellte sich vor mich, sodass ich stoppen musste, legte seine Handflächen aneinander und machte Hundeaugen. Ich musste grinsen, bleib jedoch stur.

»Vergiss es.«

Resigniert ließ er den Kopf hängen, als würde es ihn unendlich traurig machen, diese Information vorenthalten zu bekommen.

»Was ist mit dir? Warum machst du nicht den Anfang? Was hörst du, wenn du verliebt bist?«, gab ich die Frage an ihn zurück. Er lief wieder neben mir und die Steine knirschten unter seinen Schritten.

»Bowie.«

Abrupt drehte ich mich zu ihm. Zog er mich etwa auf?

»Tust du nicht«, widersprach ich und schlug spielerisch meine Faust gegen seinen Oberarm. Er schwieg und schaute geradeaus. »Tust du?«, hakte ich skeptisch nach.

»Tue ich?«, fragte er, anstatt zu antworten. Ich glaubte, ein feines Lächeln um seine Mundwinkel herum wahrzunehmen, doch im Profil konnte ich es nicht genau erkennen, da seine Haare sein Gesicht umwehten.

Dann lief er still neben mir her, während ich meinen eigenen ratternden Gedanken überlassen war, ob seine Antwort ernst gemeint war und wie ich sie zu verstehen hatte.

Der brausende Seewind kühlte mein Gesicht, aber in meinem Herzen begann sich etwas zusammenzubrauen, das einem Wüstensturm glich. Krampfhaft versuchte ich, cool zu bleiben, um mir meinen inneren Tornado nicht anmerken zu lassen, denn noch wusste ich nicht, was er zu bedeuten hatte.

Für den Rest des Tages sah ich Tom nicht mehr. Wieder einmal stocherte ich im Nebel, was in ihm vorging und wie ich ihn einzuschätzen hatte. Jedes Mal, wenn ich dachte, ich hätte eine Erkenntnis über ihn gewonnen, ploppte das nächste Rätsel auf, wie ein Pilz aus dem Boden. Es machte mich schier wahnsinnig. Gleichzeitig war es genau das, was mich so an ihm betörte.

In meinem Zimmer setzte ich mich auf den Fenstersims, öffnete meine Musik-App und hörte ein paar der Songs, die er erwähnt hatte.

Während die Musik durch mich hindurch erklang, legte ich mir meinen Block auf die Knie und versuchte, Toms Profil aus dem Gedächtnis zu skizzieren – mit seinem windzerzausten Haar, an dem ich seltsamerweise mehr und mehr Gefallen fand.

Jenna

Etwas zog mich heraus aus diesem träumerischen Schutz-raum. Ich wollte weiterschlafen, weiterträumen, nichts denken und nichts sehen, sondern in diesen schwebenden Dämmerzustand zurückgleiten.

Jemand rief meinen Namen. Meine Augenlider begannen zu flattern und zuckten schließlich, um sich langsam zu öffnen. Ich blinzelte gegen die Reste von Schläfrigkeit an und die letzten Traumbilder entfernten sich aus meinem Kopf wie Zugvögel, die ich nicht aufzuhalten vermochte.

Müde schaute ich aus dem Fenster. Der Himmel war in ein kräftiges Lichtspiel getaucht – jener pink gefärbte Moment, bevor flammend die Sonne am Horizont emporstieg.

Dann klopfte es an der Tür und erneut erklang mein Name.

»Jenna? Bist du wach?«

Tom. Er war es, der mich gerufen hatte. Und er stand vor meiner Tür – nachdem ich ihn den ganzen gestrigen Nachmittag nicht mehr gesehen hatte. Ruckartig erhob ich mich.

»Tom? Was gibt es?«

»Darf ich kurz reinkommen?«

Auch das noch. Rasch wuschelte ich mir durch die Locken, zog die Decke bis zum Kinn und stützte mich auf meinen Ellenbogen.

»Okay«, rief ich.

Zaghaft öffnete er die Tür, zunächst nur einen Spalt breit, und lugte herein.

»Was ist los? Brennt das Haus?«, wollte ich wissen.

»Nein. In dem Falle hätte ich wohl nicht erst angeklopft. Darf ich?«

Ich nickte und er trat ins Zimmer. Er trug eine Jacke, als wäre er auf dem Sprung.

»Hör zu, ich muss für zwei Tage weg«, verkündete er. »Ich habe ein Vorstellungsgespräch. Hat sich gestern spontan ergeben. Es geht um ein Projekt einer Organisation, die sich für Organic Farming in Schwellenländern einsetzt.«

»Okay«, machte ich, obwohl ich nur die Hälfte verstanden hatte, denn mein Gehirn war noch nicht auf Betriebstemperatur hochgefahren.

»Ich wollte nicht einfach so losfahren, ohne, dass du Bescheid weißt.«

»Das ist nett von dir«, sagte ich und war erfreut, dass es ihm offensichtlich wichtig war, es mir persönlich mitzuteilen.

»Übermorgen bin ich wieder da.«

»Alles klar.« Meine Stimme klang belegt und in meinen Gliedern steckte noch immer eine gewisse Nachtschwere.

»Ich hoffe, du nimmst dir was Schönes vor, während du sturmfreie Bude hast.«

»Vielleicht streiche ich die Wände neu«, gab ich lakonisch zurück. Er lachte und winkte mir zu, bevor er leise die Tür von außen zuzog, was im Grunde unnötig war, da ich ja wach war.

Träge ließ ich mich zurück ins Kissen sinken und schloss noch einmal die Augen. An Schlaf war nicht mehr zu denken. So spürte ich noch einen Augenblick das Gefühl hinein, von Ruhe getragen zu sein.

Meine Gedanken wanderten wie eine exakt ausgerichtete Kompassnadel zu Tom. Das taten sie in letzter Zeit öfter. Es passierte wie von selbst. Und mein Herz legte jedes Mal ein paar Schläge zu.

Optisch war er eigentlich nicht mein Typ – zu groß, zu drahtig, zu braunhaarig. Doch es gab eine Anziehungskraft an ihm, gegen die ich immer weniger ausrichten konnte.

Wenn er lächelte, hatte sein Gesicht etwas Weiches und gleichzeitig Verschmitztes. Seine ungewöhnlichen Augen besaßen eine rätselhafte Tiefe, die mich fesselte und sein Wesen faszinierte mich.

Mein Kopf bewegte sich hin und her, als wollte er *Nein!* zu neuen emotionalen Verstrickungen rufen. So schob ich Tom gedanklich erst einmal beiseite und meinen Hintern aus dem Bett. Zwei Tage lang das Haus für mich allein – das musste sich doch nutzen lassen.

Nach dem Duschen lief ich nur mit einem Handtuch bekleidet durchs Haus. Es bestand ja keine Gefahr einer kompromittierenden Situation. Ich liebte es, meine Haut an der Luft trocknen zu lassen.

Während die Kaffeemaschine gluckerte, bestrich ich meinen Toast mit Erdnussbutter. Beides genoss ich bei chilliger Sommermusik auf dem kleinen Tritt vor der Terrassentür.

Der Juli hatte seinen Zenit überschritten und der Hochsommer präsentierte sich von seiner besten Seite. Die Grillen zirpten im kniehohen Gras, die Blumen zeigten ihre farbige Pracht, die Gräser wogten gemächlich im warmen Wind. Helle Tage, kurze Nächte und ein Gefühl, als bliebe dies für alle Ewigkeit.

Mein neues Leben in Berlin rückte rascher näher, als ich in diesem Moment realisieren wollte. Die Zeit hier verging erstaunlich schnell, obgleich ich von außen betrachtet nicht so viel erlebte, wie es auf der Europareise der Fall gewesen wäre. Dafür regte sich umso mehr in mir selbst.

Immer öfter ertappte ich mich bei der Frage, was aus Vic und mir geworden wäre, wenn er sich nicht in Meli verliebt hätte. Bis zu diesem Unfall hatte es für mich nie einen Zweifel gegeben, dass er jener Mann war, mit dem ich mein Leben verbringen würde. Heute war ich mir dessen nicht mehr so sicher.

Hätte unsere Beziehung tatsächlich der wöchentlichen Distanz standgehalten, wenn erst mal ich in Berlin war? Oder hätte er sich trotz alledem von mir entfernt? Oder ich mich von ihm?

Ich war Weltmeisterin darin, mir Was-wäre-wenn-Fragen zu stellen. Sie brachten mich nur nicht voran. Was es zu akzeptieren galt, waren die Dinge, so wie sie waren und nicht, wie sie möglicherweise hätten sein können.

Und diese Was-wäre-wenn-Fragen kreisten außerdem immer öfter um Tom. Er war noch keine zwei Stunden weg, da fühlte es sich bereits komisch an, das Haus plötzlich allein zu haben, auch wenn genau das anfangs mein sehnlichster Wunsch gewesen war. Inzwischen hatte ich mich so an ihn gewöhnt, dass ich seine Anwesenheit vermisste. Er gehörte mittlerweile hierher, wie der Mohn auf die Felder.

Lächelnd beobachtete ich zwei Schmetterlinge, die im Sommerwind umeinander herum tanzten, bis meine Gedanken von Tom zu Victor zurückkehrten. Noch immer hatte ich keine einzige Nachricht von ihm abgehört. Und die Vorstellung, dies zu ändern, schickte trotz der Wärme ein Frösteln über meine Haut.

Womöglich war jetzt die beste Gelegenheit dafür. Denn wenn ich deswegen anschließend schräg drauf sein oder heulen würde, womit zu rechnen war, musste ich es zumindest vor niemandem verbergen. Außerdem wurde es allmählich Zeit, mich den unbequemen Wahrheiten zu stellen, die ich bislang erfolgreich vor mir hergeschoben hatte.

Zurück in der Küche checkte ich im Kühlschrank, ob ich noch Lebensmittel brauchen würde. Für meinen Kaffee eben hatte ich den allerletzten Schluck Milch aus der Packung tröpfeln lassen. Und meine geliebten Grapefruits waren auch aufgebraucht.

Also würde ich gleich zum Biohof fahren. Und falls ich Malte dort treffen würde, konnte ich mich bei ihm auch gleich für meinen tränenreichen Abgang neulich auf der Party entschuldigen – wenn ich schon mal dabei war, mental aufzuräumen. Denn meine überstürzte Flucht schleppte ich gedanklich ebenfalls noch mit mir herum.

***

Eine halbe Stunde später kam ich am Hof an. Mit einem mulmigen Gefühl schlich ich durch den Laden und hielt nach Malte Ausschau. Ich entdeckte ihn am Konservenregal und bewegte mich unschlüssig auf ihn zu. Er saß auf einem vollen Warenkarton und rückte Dosen zurecht. Sein kurzer Seitenblick reichte, um mir zu signalisieren, dass er sich nicht gerade freute, mich zu sehen.

»Jenna«, sagte er nur. Es klang überrascht und nicht unbedingt einladend. Unser Zusammentreffen schien ihm unangenehm zu sein.

»Hey«, begrüßte ich ihn.

»Musst du hier ran?«, fragte er in sachlichem, professionellem Ton, wie man eben mit Kunden sprach.

»Nein, ich ... wollte mit dir reden«, sagte ich und mein Einkaufskorb baumelte vor meinen Knien hin und her.

»Ach ja?« Vermutlich wollte er lässig klingen. Ich spürte eine Spur Neugier in seiner Frage. »Und ... worüber?«, fragte er, während er Erbsendosen ins Regal sortierte.

»Könntest du bitte kurz aufstehen?«, bat ich ihn. Ich wollte dieses Gespräch auf Augenhöhe führen.

Er erhob sich und presste seine Lippen aufeinander. Heute trug er keine Schürze und von seinem T-Shirt blickte mich herausfordernd Jim Morrison an, als wäre er ebenso gespannt, was ich denn zu sagen hätte.

»Es tut mir leid, dass ich dich neulich einfach so habe stehen lassen.« Ich schaute ihm direkt in seine hellblauen Augen und er nickte stumm.

»Es war eine schöne Party«, fuhr ich fort. »Aber ... bei dem Kuss, da kam einiges in mir hoch und ... damit konnte ich nicht umgehen.«

»Ja, ich hab das schon kapiert. Es war blöd von mir, dich einfach so zu küssen. Ich wollte dir echt nicht zu nahe treten«, entschuldigte er sich ebenfalls und seine Gesichtszüge entspannten sich merklich, als wäre er erleichtert, es aussprechen zu können.

»Du magst halt jemand anderen«, fügte er hinzu.

Perplex starrte ich ihn an.

»Nein«, widersprach ich. »Das ist es nicht. Weißt du, ich habe mich gerade von meinem Freund getrennt und das Ganze – hat mich einfach überfordert. Und ich hatte viel zu viel getrunken.« Irgendwie hatte ich das Gefühl, ich würde mir gleich die Zunge brechen, so unbeholfen stolperten meine Erklärungen aus mir heraus.

»Trotzdem magst du einen anderen«, beharrte er.

»Wie kommst du darauf?«, wollte ich erstaunt wissen.

Er nahm ein Cuttermesser und ließ es geschmeidig durch den nächsten Kartondeckel gleiten.

»Der Typ, der bei euch wohnt …«, sagte er und klappte den Karton auf. »Du bist rot geworden, als du von ihm erzählt hast.« Eindringlich schaute er zu mir auf und ich musste seinem Blick ausweichen. Weder war es mir bewusst gewesen, noch hätte ich gedacht, dass ihm derlei Dinge auffallen könnten.

»Treffer«, kommentierte Malte, während ich beharrlich schwieg. Er deutete kurz mit dem rechten Finger auf mich und begann, Maisdosen ins obere Regalbrett zu stellen. Dann unterbrach er sein konzentriertes Dosen-Tetris und richtete seinen Blick auf mich.

»Weißt du was, lass uns das Ganze vergessen, Jenna«, lenkte er ein. »Abgehakt.«

»Ja, das wäre … echt schön«, pflichtete ich ihm bei. Meine Worte veranlassten ihn zu einem schrägen Grinsen.

Mehr gab es auch nicht zu sagen. Wir wussten beide, dass ich kein zweites Mal bei einem ihrer Beach-Abende dabei sein würde.

»Tja, dann … danke, dass du hergekommen bist«, sagte er versöhnlich und schob den nächsten Karton zu sich heran. » »Viel Glück in Berlin.«

»Danke. Dir auch alles Gute. Ich komme bestimmt noch mal einkaufen.«

»Klar, immer. Kannst den ganzen Laden leer kaufen.« Sein

Lächeln ließ mich aufatmen.

»Okay, bis dann, Malte«, verabschiedete ich mich.

»Bis dann, Jenna.« Gleich darauf fuhr er bereits mit der Aneinanderreihung von Konserven fort.

Innerlich und äußerlich befreit lief ich durch die Reihen und sammelte die restlichen Lebensmittel meiner imaginären Liste ein.

***

Auf dem Rückweg rekapitulierte ich mein Gespräch mit Malte und war stolz, mich der Begegnung mit ihm gestellt zu haben. Eine weitere emotionale Herausforderung wartete noch auf mich – und die wog schwerer, als die Klärung mit Malte.

Nachdem ich die Einkäufe verstaut hatte, lief ich mit meinem Handy durchs ganze Haus, fand aber keinen geeigneten Platz, denn ich verknüpfte nahezu jeden Raum mit Tom und ich sträubte mich, ausgerechnet hier Victors Nachrichten anzuhören. Zum Strand wollte ich auch nicht gehen. Der war mir heilig und sollte nicht der Ort sein, den ich mit meinem Beziehungsdebakel verband. Also lief ich zum Hochuferweg und suchte mir unterwegs einen Baumstamm, auf den ich mich setzen konnte. Ich stöpselte mir die Kopfhörer ein und zögerte noch einen Moment ehe ich mit zitternden Fingern meinen Chat mit Victor öffnete. Wenige Augenblicke, nachdem ich seine aktuellste Nachricht angeklickt hatte, stoppte ich sie und riss mir die Ohrstöpsel heraus. Ich ertrug seine Stimme kein einziges Wort lang.

Egal, wie viel er zu erklären oder gar zu rechtfertigen versuchte, es änderte nichts daran, dass er mich mit Meli betrogen hatte. Diese Tatsache würde unumstößlich bestehen bleiben.

Außerdem hatte sein mieses Verhalten nicht nur meine Beziehung, sondern auch meine Freundschaft mit Meli zerstört. Einmal mehr spürte ich Wut in mir aufsteigen. Was sich vor ein paar

181

Wochen noch heiß wie Magma angefühlt hatte, legte sich nun wie knisternde Eiskristalle um mein heftig pumpendes Herz.

Das Rascheln der Baumkronen im Wind übertönte das Gebrüll in meinem Kopf und ich überließ mich den Klängen der Natur. Selbst das Meer schien aufgebracht zu sein und jagte schnell aufeinanderfolgende Wellen gegen das steile Ufer.

Victor konnte nichts mehr sagen, was meine innere Welt wieder heil werden lassen würde. Weder in seinen Sprachnachrichten noch in der Zukunft. Das hatte unsere Aussprache doch schon längst gezeigt.

Nachdem das Außen zerfallen war, folgte das Innen. Etwas in mir war auseinandergebrochen – endgültig.

Wozu es sich neu zusammensetzen würde, wusste ich nicht, und ich wehrte mich nicht mehr dagegen. Seltsamerweise kamen auch keine Tränen mehr.

Ich konnte anschließend nicht sagen, wie lange ich reglos auf den Horizont geblickt hatte. Während ich dasaß und mich den Geräuschen der Natur hingab, wanderten meine Gedanken nach einer Weile zu Tom, als würden sie von einem rätselhaften Magnetfeld gesteuert.

Ich vermisste unsere Gespräche und wünschte mir, ich könnte mich jetzt mit ihm unterhalten – ganz egal, worüber.

Einem Impuls folgend öffnete ich meine Musik-App und wählte die Playlist aus, die er gern hörte. Als ich den Songs lauschte, spürte ich, wie meine Gesichtszüge weicher wurden.

Die schmerzende Leere in mir hatte ihre bedrückende Schwere verloren und verwandelte sich in eine stille Weite, die darauf wartete, neu gefüllt zu werden.

Ja, ein neues Kapitel hatte begonnen, und allein ich würde entscheiden, was es zu erzählen hatte – niemand sonst.

Bedächtig erhob ich mich und lief zum Haus zurück. Ich verspürte intensive Lust, mich kreativ auszudrücken, kramte Block und Buntstifte hervor und malte aus meiner Erinnerung heraus das blühende Mohnfeld – ein Lächeln auf den Lippen beim Gedanken daran, dass Tom es mir vorgeschlagen hatte. Dieses Bild würde das erste sein, das in mein WG-Zimmer in Berlin einziehen würde.

Tom

Befreit trat ich in den Hausflur, zog die Wohnungstür hinter mir ins Schloss und lehnte mich mit geschlossenen Augen dagegen. Nur noch ein Abend, dann würde ich wieder nach Rügen verschwinden.

Meine vergangenen zwei Tage hier in Rostock waren nicht nur randvoll, sondern auch extrem anstrengend gewesen. Nicht körperlich, dafür mental und energetisch.

Die Jungs aus meiner WG, die sich mal wieder uneins darüber waren, wer den Berg Abwasch am längsten ignorieren konnte, hatten mich nur noch genervt.

Mein gestriges Bewerbungsgespräch bei der gemeinnützigen Organisation hatte sich angefühlt, als wäre ich auf einem Casting für Laufburschen gelandet. Ihre Anzeige hatte so vielversprechend geklungen, aber die Realität hatte mich auf den Boden der Tatsachen geholt. Sie suchten einen Jungen für alles, der den leidigen Papierkram erledigen und für die anderen Kaffee kochen würde. Davon, die Welt zu retten und interessante Projekte voranzutreiben – und zwar vor Ort, wo sie nötig waren – war keine Rede mehr gewesen. Immerhin war es eine wertvolle Erfahrung und ich wusste nun noch deutlicher, was ich wollte und was nicht.

Meine anschließende spontane Routineuntersuchung bei meinem Arzt hatte sich ewig in die Länge gezogen, und letztlich hatte ich einen ganzen Nachmittag für nichts und wieder nichts im Wartezimmer verplempert. Hinterher hatte ich mich geärgert, den Termin so kurzfristig vereinbart zu haben, nur um mir nochmals die Bestätigung abzuholen, dass alles in Ordnung war.

Einen Besuch bei meiner Familie vermied ich wohlweislich, um meine eigenen Nerven zu schonen. Selbst Katharina gegenüber erwähnte ich nichts von meinem heimatlichen Abstecher.

Auf mein Treffen mit Jonas freute ich mich. Mir blieb noch eine halbe Stunde Zeit, bis ich mit ihm im Biergarten verabredet war. Seit meiner Ankunft in der Stadt hatte ich noch keine Gelegenheit gehabt, laufen zu gehen, und mir fehlte die Bewegung. Deswegen beschloss ich, mit dem Rad zu fahren. Obwohl Rostock auch nah am Meer gelegen war, fühlte sich die träge Schwüle in den Straßen ganz anders an, als die frische Brise am Hochufer auf Rügen, und ich hatte das Gefühl, dass meine Lungen nur widerwillig den stickigen Mief der Stadt einatmeten. Mein alter Drahtesel ächzte und war für weite Touren nicht mehr gemacht, aber für den Stadtverkehr reichte er noch aus.

Jonas saß schon über einem Bier, als ich ankam.

»Tom, du alter Insulaner«, begrüßte er mich und klopfte mir auf den Rücken. »Hattest also Sehnsucht nach der Großstadt, was?«

»Eigentlich nicht. Aber schön, dich zu sehen.«

Sobald ich mich auf der massiven Holzbank niedergelassen hatte, kam auch schon die Bedienung, um meine Bestellung aufzunehmen.

»Was darf's bei dir sein?« Die brünetten Haare der hochgewachsenen jungen Frau reichten ihr bis zur Taille.

»Ein Weizen bitte«, bestellte ich.

»Und mir noch ein Kühles von dem hier.« Jonas hob kurz sein Pils hoch.

»Kommt sofort«, sagte sie und verschwand zwischen den Tischreihen.

»Wie sieht's aus, Dude? Hast du den Job?« Jonas trank in einem Zug sein Glas leer.

»Den will ich nicht für geschenkt haben«, entgegnete ich lustlos. »Die Anzeige klang richtig gut. Im Grunde suchen sie allerdings jemanden für den Schriftkram. Und in einem Büro zu versauern, ist so ziemlich das Letzte, was mir vorschwebt.«

»Hake es ab. Kommst du wenigstens mit deiner Abschlussarbeit voran?«

»So lala.« Ich machte eine abwägende Geste.

Die Kellnerin kam mit unseren Getränken zurück und wir prosteten einander klirrend zu.

»Na, dann auf die Zukunft«, wünschte uns Jonas feierlich.

»Erzähl mir, wie es bei dir läuft«, lenkte ich von meinen ungewissen Lebensumständen ab.

»Beruflich oder privat?« Er grinste, obwohl ich genau wusste, worüber er am liebsten redete – seine Frauengeschichten. Entgegen meiner Annahme und seiner sonstigen Gewohnheit berichtete er zuerst von seinen neuen Aufgaben im Vertrieb seiner Firma, die Delikatessen für Hotels und Restaurants importierte. Und erst dann schwärmte er mir in den höchsten Tönen von seiner neuen Bekanntschaft vor, als hätte er sich das Beste zu Schluss aufgehoben.

Er war von ihr so begeistert, dass er konsequent alle Dating-Apps gelöscht hatte, was mich erstaunte.

»Wie du siehst, bei mir läuft alles spitze«, fasste er zusammen.

»Freut mich ehrlich für dich.«

»Du wirkst 'n bisschen angespannt.« Er schaute mich aufmerksam und beinahe besorgt an.

»Ach, ich bin nur genervt von der Stadt.« Ich machte eine wegwerfende Handbewegung. »Morgen geht's auf die Insel.«

»Du haust schon wieder ab?«

»Ja, zurück ins Ferienparadies.« Mein Lächeln animierte ihn augenscheinlich zu seinen ganz eigenen Schlussfolgerungen.

»Verstehe. Wartet da etwa jemand auf dich?« fragte er geheimnisvoll. »Obwohl …« Demonstrativ hob er einen Zeigefinger. »… hier ja auch.« Den Hinweis auf Katharina verstand ich sehr wohl. »Sie weiß gar nicht, dass du gerade hier bist, oder?«

Kopfschüttelnd bestätigte ich seine Vermutung und senkte

eine Sekunde zu lange die Lider.

»Oh, oh!«, machte er dramatisch. »Was läuft'n da?«

»Gar nichts«, leugnete ich hastig und nahm einen Schluck.

»Genauso siehst du aus«, gab er ironisch zurück.

»Hast du mir nicht selbst geraten, nichts anbrennen zu lassen?«, fragte ich provokativ.

»Komm schon«, entrüstete er sich scherzhaft und machte sich ganz groß. »Da konnte ich doch noch nicht ahnen, dass du mir tatsächlich meinen Rang als Womanizer streitig machen willst.«

Sein Kommentar entlockte mir einen Lacher.

»Dann lass mal hören. Ich will die ganze schmutzige Wahrheit wissen.« Erwartungsvoll hob er die Brauen. Anstatt etwas zu sagen, holte ich mein Smartphone hervor und zeigte ihm das Bild von Jenna.

»Du hast sie fotografiert?«

Ich blieb stumm.

»Echt, du hast sie heimlich fotografiert und das Bild in deinem Handy gespeichert?«, wiederholte er und nahm erst das Foto und dann mich in Augenschein. Noch immer sagte ich nichts.

»Ich glaub, jetzt hast du wirklich 'n Problem.«

Schulterzuckend steckte ich mein Handy in die Tasche.

»Darauf brauch ich erst mal noch ein Bier. Auch noch eins?«

»Hab noch«, lehnte ich ab und hob mein halb volles Glas hoch.

Während des Abends versuchte Jonas mich noch diverse Male über Jenna auszuquetschen, doch ich schwieg beharrlich und unterstrich lediglich, dass sie völlig anders war, als jede andere Frau, die ich kannte, woraufhin er verständnisvoll nickte.

Mein zaghafter Vorstoß, ihm von meinen ersten Meditationserfahrungen zu berichten, ging in die Hose. Bei diesem Thema blockte er entschieden ab. So viele merkwürdige Wendungen auf einmal an seinem besten Freund seien noch zu viel für ihn. Demzufolge fühlte ich mich mit meinen Gedanken und Emotionen gerade überaus allein.

Auf dem Rückweg in die WG fuhr ich einen keinen Umweg, um die Stimmung der Dämmerung zu genießen. Ich hatte den Abend mit Jonas überraschend schnell beendet, weil mir der Gesprächsstoff ausgegangen war.

Umso mehr freute ich mich, die Stadt morgen verlassen zu können und nach Rügen zurückzukehren.

***

Als ich am darauffolgenden Nachmittag in der himmlischen Ruhe der Insel ankam, beruhigte sich mein Nervensystem sofort. In einer knappen Stunde würde ich in Lohme sein. Eine deutliche Aufregung machte sich in mir breit, denn ich konnte es nicht erwarten, Jenna wiederzusehen.

Sobald ich mich wieder auf den Alleen befand, fühlte es sich an, wie nach Hause zu kommen. Hier schien die Zeit komplett anders zu vergehen und der Rest des Weges verflog wie ein Wimpernschlag.

Langsam zockelte ich über den Grasweg zum Haus und ließ den Motor verstummen. Beschwingt schnappte ich mir meine Tasche, stieg aus dem Auto aus und lief durch den Vorgarten zur Tür.

Drinnen erwartete mich eine Überraschung, die mich sofort lächeln ließ. Jenna war im Obergeschoss und sang lauthals einen Song, der mir vage bekannt vorkam. Gleichzeitig musste ich an ihre Bowie-Darbietung vor ein paar Nächten denken und lächelte noch breiter. Offensichtlich sang sie öfter, vor allem, wenn sie ungestört war.

Ich beschloss, erst einmal meine Klamotten auszupacken, bevor ich mich bei ihr bemerkbar machen würde. In meinem Zimmer schüttete ich den Inhalt meiner Tasche einfach aufs Bett und ließ ihn liegen, da mir der Song nicht mehr aus dem Kopf ging. Ein paar Textzeilen hatte ich aufgeschnappt, die ich googelte und sofort wurde mir der passende Song angezeigt. *A Thousand Years* von Christina Perri. Stand sie etwa auf Vampire?

Mir kam unser Gespräch am Strand in den Sinn, als wir uns über Musik unterhalten hatten. Auf meine letzte Frage war sie mir eine Antwort schuldig geblieben. War dieses Lied etwa jenes, was sie mir nicht hatte verraten wollen?

Bevor meine blühende Fantasie sich überschlagen und ich die Dinge überinterpretieren konnte, öffnete ich das Fenster und ließ die frische Meeresbrise herein, die mir die letzten zwei Tage gefehlt hatte. Sie kühlte weder mein erhitztes Gemüt noch beruhigte sie meinen pochenden Puls.

Allmählich versuchte mein Herz wahrhaftig, das Kommando an sich zu reißen. Sogar ich selbst begann, meine bis dato gut funktionierende logische Herangehensweise an Dinge immer öfter infrage zu stellen.

Was passierte hier nur mit mir?, fragte ich mich nicht zum ersten Mal.

Um mich nicht in Gedankenschleifen zu verstricken, räumte ich meine herumliegenden Sachen weg. Anschließend ging ich in die Küche und verstaute ein paar Lebensmittel, die ich unterwegs besorgt hatte. Hinter mir kam Jenna gut gelaunt herein.

»Hey, du bist zurück!«, rief sie aus. Mein Blick blieb wie magnetisch an ihr hängen. Täuschte ich mich, oder stahl sich ein Anflug von Freude auf ihr Gesicht?

»Ja. Bin ... da ...«, begrüßte ich sie mit Wortfindungsschwierigkeiten.

»Ist was?«, fragte sie und musterte mich. Schlagartig wurde mir bewusst, dass ich sie angestarrt hatte, als wäre sie ein Wesen aus einer anderen Welt.

Sehr unauffällig, hallte eine besserwisserische Stimme in meinem Kopf.

»Nein, nichts. Ich bin froh, wieder hier zu sein.«

»Das passt ja gut. Ich wollte gerade einen Kaffee aufsetzen«, sagte sie und fischte die Milch aus dem Kühlschrank.

»Spitzenidee«, pflichtete ich ihr bei, setzte mich an der Tisch und streckte meine Beine darunter aus, während die Kaffeemaschine gluckernd ihren Job erledigte.

»Wie ist es denn bei deinem Vorstellungsgespräch gelaufen?«

»Na ja, das Gespräch war ... ich sage mal interessant. Aber der Job wäre öde. Nur Papierkram. Und ich bin eher der Typ fürs Praktische.«

»Das heißt, du willst die Dachgeschossfelder selbst bestellen?« Sie pustete sich eine Haarsträhne aus dem Gesicht. Hatte sie schon immer so betörend ausgesehen?

»Wenn es erforderlich ist, ja«, gab ich zurück. »Vorher muss ich allerdings noch meine Abschlussarbeit fertigbekommen.«

Jenna hatte uns zwei Kaffee eingeschenkt und die Tassen auf den Tisch gestellt.

»Danke dir«, sagte ich und richtete mich wieder auf.

»Ja, die ist wohl die Voraussetzung für den Abschluss. Hab ich zumindest mal irgendwo gehört«, äußerte sie lächelnd. Dabei fuhr sie mit den Fingern über ihren Becher, als würde sie ihn streicheln, und für einen Moment fesselte mich ihre unbewusste Geste. Nur widerwillig riss ich meinen Blick von ihren schlanken Händen los.

»Kommst du denn gut voran mit deiner Arbeit?«, fragte sie weiter und schaute mich über den Rand des Bechers hinweg an.

»Geht so. Mein analytisches Superhirn muss noch so einige Kapitel fabrizieren und noch ist es ein wenig ... unkooperativ«, entgegnete ich salopp.

»Schon klar, Einstein«, spöttelte Jenna und tippte mit ihrem Zeigefinger an ihre Schläfe.

»Was ist mit dir?«, lenkte ich das Thema elegant von mir weg. Es erschien mir sicherer, nicht noch länger auf meinem persönlichen Stress-Thema herumzureiten. »Was hast du angestellt, während ich weg war?«

»Ach, dies uns das«, sagte sie ausweichend.

Ich quittierte ihre Worte mit einem Grinsen und lehnte mich zurück.

»Was? Irgendwas ist doch«, mutmaßte sie und warf mir

einen misstrauischen Blick zu. »Du hast vorhin schon so komisch geguckt.«

Mist, ertappt!, dachte ich, fing mich aber sogleich, indem ich ihr lächelnd meine akustische Beobachtung mitteilte.

»Offenbar benutzt du dieses Haus gern als Bühne.«

»Du hast das mitgekriegt?« Ihre Stimme war eine Spur höher geworden.

»War nicht zu überhören.«

Sie klatschte sich mit der Handfläche an die Stirn und schüttelte den Kopf.

»Es ist ja nicht so, dass ich dich noch nie singen gehört hätte.« Noch immer grinste ich.

»Die Geschichte schon wieder.« Gespielt genervt rollte sie mit den Augen.

»Du singst echt gut«, bekräftigte ich. »Ist doch nichts dabei. Es freut mich, wenn du eine schöne Zeit hattest.« Trotz meiner Neugier unterdrückte ich den Impuls, Jenna nach dem Song zu fragen und danach, was er für sie bedeutete. Eines wusste ich mit Sicherheit – ihr Ex-Blondschopf hatte ja keine Ahnung, *wen* er da gehen ließ. Welch ein Trottel!

Plötzlich spürte ich das allzu vertraute Pulsieren unter meinem Brustbein, verbunden mit einem schmerzhaften Ziehen im Oberkörper. *Bitte nicht!*, flehte ich innerlich. Doch es war zu spät. Innerhalb von Sekunden steigerte sich mein Herzschlag zu einem wilden Flattern und ich steckte mitten in einem neuen *Pseudo-Infarkt*.

Es brachte absolut nichts, sich dagegen zu wehren. Am schnellsten verging es wieder, indem ich versuchte, mich zu entspannen und tief zu atmen, was mir äußerst schwer fiel, da es ausgerechnet in Jennas Anwesenheit passierte. Dennoch beugte ich mich nach vorn zum Tisch und ließ es einfach geschehen. Jenna sprang erschrocken auf.

»Tom, was ist? Was hast du? Ist dir schlecht?«, fragte sie ängstlich, lief um den Tisch herum und blieb aufgeregt vor mir stehen. Ich legte eine Hand auf meinen Brustkorb und konzentrierte mich darauf, ruhig zu atmen. Mit der anderen signalisierte ich ihr, dass alles okay war.

»Sag mir, was ich tun soll!« Mit weit aufgerissenen Augen starrte sie mich an und zappelte nervös herum, sodass ich nach ihrem Handgelenk griff, um sie zu beruhigen.

»Nichts, Jenna. Es ist gleich vorbei«, keuchte ich und schloss meine Hand so fest um ihr Gelenk, dass sie in ihrer Bewegung innehielt. Nach ein paar heftigen Herzschlägen flachte der Anfall so schnell ab, wie er gekommen war, und ich setzte mich aufrecht hin. Mein Blick wanderte zu Jennas bleichem Gesicht.

»Es ist alles okay«, sagte ich ruhig und stieß erlöst die Luft aus. Sie fasste sich an ihr eigenes Herz.

»Was war das?«, flüsterte sie aufgelöst.

»Mein Herzchakra«, sagte ich.

Irritiert zog sie die Stirn kraus und ließ sich auf ihrem Stuhl nieder. »Ich brauch mehr Infos«, stotterte sie und ich lächelte, was sie offenbar noch mehr verwirrte. »Hast du das öfter?«

»In letzter Zeit ja.«

»Bist du etwa … herzkrank?«, fragte sie beunruhigt und ich spürte, dass es ihr schwerfiel, das Wort auszusprechen.

»Nein, Gott sei Dank nicht.« Ich griff nach meiner Tasse und trank den letzten Schluck Kaffee aus, während ich überlegte, wie ich ihr meine Anfälle am besten erklären konnte, ohne, dass es zu spooky rüberkam.

»Was ist es denn dann?«, wollte sie wissen.

»Es ist nicht direkt mein Herz, obwohl es manchmal wie hyperventiliert«, erklärte ich nüchtern.

»Und wieso tut es das?« In ihrem Gesicht tauchten immer mehr Fragezeichen auf. Also nahm ich all meinen Mut zusammen und erzählte ihr von meinem Besuch bei Juliane Hartner, wegen dem sie mich kürzlich meditieren gesehen hatte. Sie hörte mir aufmerksam zu, ohne mich zu unterbrechen.

»Erst dachten wir natürlich alle, es wäre mein Herz. Und ich hatte extrem Schiss«, sagte ich und sie nickte. »Na ja, jetzt weiß ich, dass es irgendwelche Energien sind, die sich da wohl neu verdrahten.« Mit meinen Fingern kreiste ich meinen Oberkörper ein. »Und das führt manchmal zu körperlichen Symptomen.«

»Das klingt abgefahren. Aber irgendwie auch schlüssig.« Sie musterte mich lange nachdenklich und ich fühlte mich befreit, ihr davon erzählt zu haben.

»Du hast mich echt zu Tode erschreckt«, sagte sie schließlich.

»Tut mir leid.« Ich verzog meine Mundwinkel zu einem schrägen Lächeln. »Ich funktioniere noch.«

»Gut«, seufzte sie und ich konnte auch ihre Erleichterung spüren.

Unsere Blicke verhakten sich ineinander und das Schweigen transportierte mehr, als Worte jemals hätten sagen können. Ich fühlte eine Nähe zu ihr, die ich schon eine lange Zeit nicht mehr erlebt hatte. Wenn das so weiterging, war mein Herz wohl in einer ganz anderen Art von Gefahr.

Deshalb durchbrach ich diesen Moment, indem ich symbolisch einen der Wälzer vom Tisch hochhob.

»Ich glaube, ich werde mich mal durch das nächste Kapitel meiner Abschlussarbeit hangeln.«

»Sicher. Ich … gehe noch mal zum Strand.« Sie stand auf und stellte ihre Tasse in den Geschirrspüler.

Als sie das Haus verlassen hatte, klappte ich lustlos meinen Laptop auf und tippte einige unkreative Sätze, die noch nicht einmal einem Zehntklässler gerecht geworden wären, geschweige denn Einstein. Soviel zum Thema Superhirn.

Tom

Nach meinen gestrigen halbherzigen Schreibversuchen hatte ich mir für heute vorgenommen, den Tag am Laptop zu verbringen – egal, wie verlockend das schöne Wetter auch sein mochte. Ich musste endlich voran kommen. Allmählich löste sich der Knoten in meinem Gehirn und ich bekam den richtigen Dreh für die nächsten Kapitel heraus. Etliche lose Fäden formten sich zu einem stimmigen Gesamtkonzept, was mich zufrieden stimmte. So saß ich bereits den ganzen Tag konzentriert über die Tastatur gebeugt und schrieb, was aus mir heraussprudelte. Meine Finger flogen über die Tasten und ich nutzte diesen Flow. So produktiv war ich seit Wochen nicht gewesen.

Erst gegen Abend klappte ich den Laptop wieder zu. Ein paar Blätter mit Satzfetzen und Notizen lagen noch neben mir. Die würde ich morgen abtippen. Für heute war es genug. Mein Energielevel sank außerdem merklich; genau wie die Sonne, die gerade hinter dem Horizont verschwunden war. Mir war gar nicht bewusst gewesen, wie die Zeit dahingeflogen war.

Mein Körper fühlte sich steif an, doch ich war unendlich befriedigt. Mit einem wohligen Seufzen lehnte ich mich auf meinem Stuhl zurück und hob die Arme zu beiden Seiten über den Kopf, um mich mal so richtig durchzustrecken.

Genau in diesem Moment spazierte Jenna in die Küche und mein Atem setzte für einen Sekundenbruchteil aus. Es fühlte sich noch immer befremdlich an, mich ihr so geöffnet zu haben. Gleichzeitig erfasste mich eine sonderbare Leichtigkeit.

Sie wirkte beschwingt und gut gelaunt und sah in ihrem

kurzen Sommerkleid unfassbar gut aus. Ihre Haut hatte einen goldenen Braunton angenommen, der sich deutlich von dem weißen Stoff abhob. Um nicht Gefahr zu laufen, sie anzustarren, sortierte ich geschäftig meine herumfliegenden Papiere.

»Du siehst echt fertig aus.« Die Ironie ihrer gespielten Anteilnahme war nicht zu überhören.

»Komplimente verteilen musst du echt noch üben.« Ich schob meine Zettelwirtschaft unter den Laptop.

»Läuft es denn?« fragte sie, während sie sich eine Apfelschorle eingoss.

»Und wie«, gab ich grinsend zurück. »Schenkst du mir auch eine ein?« Jetzt, wo ich sie trinken sah, merkte ich, wie durstig ich selbst war. Sie reichte mir ein volles Glas, das ich in einem Zug leerte. Die Schorle rann kühl meine Kehle hinunter.

Ihr Blick fiel auf den Tisch und ihre Augenbrauen schnellten nach oben. Sie hatte etwas entdeckt, das ihre Aufmerksamkeit erregte. Schon fischte sie meinen Autoschlüssel hoch.

»Ich hab mich schon die ganze Zeit gefragt, wieso ein Kerl wie du einen Snoopy-Anhänger hat«, spöttelte sie, hielt meinen Schlüssel hoch und schaute mich an, als hätte sie gerade erfahren, dass Blassrosa meine Lieblingsfarbe war.

»Snoopy ist cool«, verteidigte ich mich. Doch sie lachte nur – nicht mit mir, sondern über mich. Und es schien ihr diebische Freude zu bereiten. Ich hatte sie bislang viel zu selten so vergnügt gesehen und genoss selbst ihre ausgelassene Fröhlichkeit. Ihr Lachen klang hell, klar und melodisch wie ein perfekt gestimmtes Instrument. Und es fiel mir schwer, nicht mitzulachen.

»So, ich hätte ihn dann gerne zurück. Das ist nämlich mein Snoopy.« Ich hielt meine Hand auf und beugte mich vor, um meinen Worten mehr Nachdruck zu verleihen.

»Hol ihn dir doch«, rief sie keck, trat ein paar Schritte zurück und wedelte damit herum.

»Okay.« Langsam erhob ich mich und baute mich in voller Größe am Tisch auf. Kichernd rannte sie in die Bibliothek.

»Wenn das so ist, du willst es ja nicht anders …«, knurrte ich, lief ihr nach und verfolgte sie ein paar Runden um das Sofa herum, wobei ich höllisch aufpassen musste, mit meinen Socken nicht auf dem Parkett auszurutschen. Jenna war barfuß eindeutig im Vorteil.

Schließlich sprang ich kurzerhand über die Sofalehne, riss ihr den Schlüssel aus der Hand und wähnte mich schon als Sieger.

»Ha!«, machte ich.

Im nächsten Augenblick hatte ich ein Kissen im Gesicht und ließ vor Überraschung den Schlüssel fallen. Das nächste Kissen traf mich an der Brust. Prustend versuchte ich, meine Orientierung wiederzufinden. Meine letzte Kissenschlacht musste an die 15 Jahre zurückliegen. Kissen gab es jedenfalls genug, die nur darauf warteten, herumzufliegen.

»Na warte!«, drohte ich scherzhaft, schnappte mir eines und schleuderte es ihr entgegen. »Fordere mich nicht heraus.«

»Wieso nicht? Ich finde, du kannst mal eine kleine Pause von deinen staubtrockenen Büchern gebrauchen.«

»Bücher haben eine Seele, vergiss das nicht«, zitierte ich ihre eigene Aussage und griff nach einem weiteren Kissen, um damit auf ihre Oberschenkel zu zielen.

Jenna war erstaunlich flink, wich geschickt aus und ging zum Gegenangriff über. Ihre Wurfkünste konnten sich durchaus sehen lassen. Ich stand ihr in nichts nach. Die Kissen flogen durch die Gegend und zwischendurch ging beinahe die teure Vase zu Bruch, doch wir ließen nicht locker, bis wir nach zehn Minuten erbittertem Kampf und Dauerlachen so außer Puste waren, dass wir erschöpft nebeneinander auf die Polster plumpsten.

»Wer hat gewonnen?«, fragte sie atemlos.

»Na ich«, stellte ich klar.

»Haha, das hättest du wohl gerne.«

»Okay, okay. Du würdest ja sowieso keine Ruhe geben«, erwiderte ich flapsig.

»He!«, entrüstete sie sich, klatschte mir mit der Hand spielerisch auf meinen linken Oberschenkel und ließ sie dort liegen.

Unsere Gesichter waren einander so nah, wie noch nie zuvor und es war so still im Raum, dass nur noch unser beider Atem zu hören war. Der Moment schien sich unendlich auszudehnen, als hätte jemand die Realität mit einem unsichtbaren Regler auf *Slow Motion* verschoben.

Ich nahm ihren dezenten Geruch wahr. Es war derselbe, wie in jener Nacht, als sie vor mir getanzt hatte. Eine feuchte Haarsträhne klebte ihr über der Augenbraue. Nur mühsam widerstand ich dem Drang, sie ihr aus dem Gesicht zu streichen. Ihr Oberkörper hob und senkte sich deutlich.

Sie blickte mit ihren großen, wachen Augen direkt in meine, bis tief in meine Seele. So kam es mir jedenfalls vor. Und zum ersten Mal seit Langem schreckte ich vor dieser Art von intensiver Nähe nicht zurück. Ich rührte mich nicht, weil ich befürchtete, der Augenblick könnte sonst vorbei sein.

Meine gesamte linke Körperseite fühlte sich an, als züngelten kleine Flammen daran empor. Die Wärme ihres Schenkels an meinem, ihre Schulter, die spürbar gegen meine drückte, und ihr Gesicht, das von meinem nur wenige Zentimeter entfernt war, ließen mein Herz galoppieren wie ein ungestümes Wildpferd.

Mein Blick wanderte zuerst zu ihrer Nasenspitze und dann zu ihren vollen Lippen. Wie ich ihre Sommersprossen mochte, die in diesem diffusen Abendlicht umso kräftiger waren. Und die Konturen ihres geschwungenen Mundes verhießen etwas, das ich mich bislang nur heimlich zu denken getraut hatte. Und noch bevor sie das nächste Mal blinzeln konnte, fanden sich meine Lippen auf ihren wieder, als hätten sie auf nichts anderes gewartet.

Meine Finger fuhren über die zarte Haut ihres Nackens und vergruben sich in ihrem Haaransatz. Ihre Hand lag genau auf meinem wild pochenden Herzen. Behutsam fanden unsere Zungenspitzen zueinander und umkreisten sich sachte. Die Hitze hatte inzwischen meinen gesamten Körper erfasst.

Ich nahm das pulsierende Kribbeln in meinem Becken und die magnetisierende Energie zwischen uns wahr. Ihr Oberkörper drängte sich gegen meine Brust und meine Hand wanderte von ihrem Nacken Wirbel für Wirbel ihr Rückgrat hinunter.

Ewig hätte ich so verweilen können … bis mir schlagartig mein verdammter Verstand dazwischen funkte. Etwas in mir zwang mich, meine Lippen von ihren zu lösen. Liebevoll nahm ich ihren Kopf in beide Hände und schob ihn ein kleines Stück von mir weg.

»Jenna, wir sollten das nicht tun.« Meine Stimme klang heiser, als wäre ich selbst nicht ganz davon überzeugt, was ich sagte.

Sofort versteifte sie sich und nahm Abstand von mir, als hätte sie etwas Schlimmes getan. Unverzüglich bereute ich meine Worte, konnte sie aber nicht mehr zurücknehmen.

Hastig stand sie vom Sofa auf, um zu flüchten. Ich war schneller, holte sie in der Diele ein und schlang von hinten meine Arme um sie, sodass sie mir nicht entkam. »Hey, nicht abhauen.«

Sie wehrte sich nicht und so standen wir eine Weile stumm da, wiegten ganz leicht hin und her, meine Brust an ihren Rücken geschmiegt.

»Ist einfach nicht der passende Zeitpunkt … So sehr ich es auch genossen habe. Du bist gerade erst frisch getrennt«, flüsterte ich in ihren Haaransatz und spürte ihr Nicken. Zärtlich drückte ich ihr einen Kuss auf den Scheitel und gab sie frei. Schweigend und ohne sich umzudrehen, verschwand sie nach oben.

Der Raum um mich herum fühlte sich schlagartig um einige Grade kälter an. Mit bleiernen Schritten ging ich zurück in die Bibliothek und ließ mich seufzend aufs Sofa fallen. Mein Nacken knackte leise, als ich ihn zurücksinken ließ.

Was für einen Schwachsinn habe ich denn da gerade geredet?, schallte es in mir. *Nicht der richtige Zeitpunkt? Es war der perfekte Zeitpunkt! Perfekter hätte es nicht sein können.*

Zugleich hatte ich mich mies ihr gegenüber gefühlt. Stöhnend beugte ich mich vor, stützte die Ellenbogen auf meinen

Oberschenkeln ab, bettete mein Kinn in meine Hände und starrte finster auf den Boden.

Dann bemerkte ich den Autoschlüssel, der halb unter das Sofa gerutscht war, hob ihn auf, sah Snoopy an und sagte:

»Da habe ich wohl ganz schön Bockmist gebaut, Kumpel.«

Jenna

Konnte man einen Morgen nach einem solch filmreifen Kuss-Debakel eigentlich als »Morgen danach« bezeichnen? Zumindest fühlte es sich so an, als hätte ich erneut einen Kater – diesmal emotionaler Natur, der sich als diffuses Unwohlsein in meiner Bauchgegend bemerkbar machte und mich einen Großteil der Nacht wachgehalten hatte.

Ja, Tom und ich hatten uns tatsächlich geküsst und ich wusste nicht mehr, wer angefangen hatte. Auf einmal hatten meine Lippen auf seinen gelegen und er hatte den Kuss erwidert … so sehr, dass er mich an sich gezogen und meinen Nacken auf eine Weise berührt hatte, der keinen Zweifel daran zuließ, dass es ihm gefallen hatte. Doch dann hatte er brutal auf die Bremse getreten und etwas von »falschem Zeitpunkt« gefaselt. In meine Haare zwar, garniert mit einem Kuss auf den Scheitel, was aber nichts daran änderte, dass ich Angst hatte, ihm unter die Augen zu treten. Wie nur sollte ich in die Küche gehen und so tun, als wäre nichts gewesen? Bisher fehlte mir der Mut dazu. Allerdings würde ich Tom nicht für ewig ausweichen können.

Wenn nur das peinlich berührte Gefühl verschwinden würde. Am liebsten mit einem Fingerschnippen. Dummerweise erwies es sich als äußerst hartnäckig.

Mutlos saß ich auf der Bettkante und blickte aus dem Fenster. Der Himmel wirkte milchig verhangen. Es war weder bedeckt, noch sonnig. Draußen war es nur sehr hell, schattenlos und windstill, während in mir selbst ein Sturm tobte. Alles purzelte durcheinander.

Toms Zurückweichen hatte mich unsanft auf dem Boden der Tatsachen landen lassen. Irgendwo hatte er ja auch recht mit seiner Bemerkung. Ich war schließlich nicht hierhergekommen, um in ein neues Liebeschaos hineinmanövriert zu werden. Und doch steckte ich bereits mittendrin, wie in tückischem Treibsand. Seine Zurückweisung war zwar bestimmt, aber auch behutsam gewesen. Trotz alledem blieb sie, was sie war – eine Abfuhr. Aufgelöst drückte ich meine Handflächen auf meine übermüdeten Augen und seufzte.

Du hast dich gerade erst getrennt, hallten seine Worte in mir nach. Und genau das war das Dilemma. Ich wusste nicht mehr genau, was ich wirklich empfand. Ja, ich fühlte mich tausendmal besser, als bei meiner Ankunft. Dennoch redete ich mir etwas ein, wenn ich glaubte, meinen Schmerz schon überwunden zu haben. Wollte ich Liebeskummer etwa mit Liebeshunger betäuben? Und Tom war dabei nur Mittel zum Zweck? Am liebsten hätte ich laut »Nein!« geschrien. Dieser Gedanke kam mir unerträglich vor, aber drängte sich in den Vordergrund und verlangte gnadenlos meine Aufmerksamkeit.

Was also war Tom für mich? Vor Kurzem war er noch nicht einmal in meinem Leben gewesen. Und jetzt?

Außerdem wollte ich endlich wissen, was ich für ihn war und vor allem, was er wohl von mir dachte.

Ich konnte mutmaßen, was ich wollte – es würde mich keinen Schritt weiterbringen. Solange ich Tom nicht direkt danach fragte, würde ich nicht erfahren, was er dachte oder fühlte oder wie er auf mich reagieren würde.

Resigniert ließ ich mich aufs Bett fallen und verharrte in äußerer Stille und innerem Gedankenlärm, bis mich das Klingeln meines Telefons aufschreckte. Wer mochte mich anrufen? Gespannt sprang ich vom Bett auf und lief zur Kommode. Es war mein Onkel.

»Hey, guten Morgen«, sagte ich verwundert. »Möchtest du etwa wieder Tom sprechen?«

»Guten Morgen, mein Goldschatz«, sagte Onkel Martin. »Nein, natürlich will ich dich sprechen. Wieso fragst du wegen Tom? Ist alles okay mit ihm?«

Ertappt biss ich die Zähne aufeinander und verzog das Gesicht, als hätte ich in eine Zitrone gebissen.

Das weiß ich noch nicht, dachte ich und hütete mich, es auszusprechen. Auf keinen Fall würde ich auch nur ein Sterbenswörtchen unserer missglückten Annäherung erwähnen.

»Ja, ja. Alles okay«, beeilte ich mich zu betonen.

»Sag mal, Kleines, wann hast du das letzte Mal mit deiner Mutter gesprochen?« Martins Frage riss mich abrupt aus meinen Gedanken an Tom hin zu meinen Eltern. Sobald er es erwähnte, fiel mir auf, dass es schon eine ganze Weile her war. Das letzte Gespräch mit meiner Mutter hatte ich an jenem Morgen geführt, als Victor hier aufgetaucht war. Das war vor knapp anderthalb Wochen gewesen.

»Wieso? Ist irgendwas passiert?«, fragte ich alarmiert.

»Nein, ich habe nur mehrmals versucht, Charlotte anzurufen. Sie geht nicht ans Telefon und antwortet auch nicht auf meine Nachricht. Bei Euch zu Hause scheint auch niemand zu sein«, hörte ich ihn sagen.

Ich teilte Martin mit, dass Mama bei Oma Gerdi war und Eric allein das Haus hütete, solange mein Vater unterwegs war.

Anrufe oder Nachrichten zu ignorieren war ganz und gar nicht ihre Art und mich beschlich ein ungutes Gefühl. Die Vermutung, dass meine Eltern Eheprobleme haben könnten, behielt ich jedoch für mich, zumal ich selbst nichts Konkretes wusste.

Gegenwärtig fühlte ich mich restlos überfordert von den vielen emotionalen Dingen, die gerade parallel auf mich einprasselten. *Wenn das so weiterging, brauchte ich noch einen Urlaub vom Urlaub*, dachte ich.

»Oder denkst du, es hat was zu bedeuten, dass sie sich nicht bei dir meldet?«, fragte ich schließlich.

»Mach dir keine Gedanken«, besänftigte mich mein Onkel.

»Es gibt sicher eine simple Erklärung. Und es ging nur um Organisatorisches. Ich wollte dich auf keinen Fall beunruhigen.«

»Ich rufe sie auch gleich mal an«, sagte ich fest entschlossen.

»Geht es dir denn gut?«

»Ja, alles in Ordnung. Ich bin nur aufgeregt wegen Berlin«, versuchte ich meine aufgewühlte Verfassung zu erklären. Gelogen war es ja nicht. Mein baldiger Umzug löste auch einige Spannung in mir aus.

»Das wird alles wunderbar werden, glaub mir. Und wir sehen uns spätestens an meinem Geburtstag«, sagte er.

»Ja, darauf freue ich mich schon.«

Ende Oktober wurde Onkel Martin 55 und wollte diese Schnapszahl groß feiern. Zu diesem Zeitpunkt würde ich bereits einen Monat lang in Berlin wohnen – noch unvorstellbar.

Wir verabschiedeten uns und gleich darauf versuchte ich, meine Mum zu erreichen. Auch diesmal sprang nur die Mailbox an. Ich bat sie, mich sobald wie möglich zurückzurufen. Irgendetwas stimmte da nicht und mein mulmiges Gefühl nistete sich in meiner Magengegend ein.

Sehnsüchtig schmachtete ich mein Kopfkissen an. Es war zu verlockend, mich einzukuscheln und die Welt Welt sein zu lassen. Doch dieses Szenario hatte ich vor ein paar Wochen schon einmal gehabt und es hatte mich keinen Millimeter weitergebracht.

Also widerstand ich der Versuchung, mir die Decke über den Kopf zu ziehen und bemühte mich, meine Gedanken zu sortieren und mich innerlich auf die Begegnung mit Tom vorzubereiten – eine Vorstellung, bei der sich meine Pulsfrequenz deutlich erhöhte.

In all dem emotionalen Chaos spürte ich noch ein anderes, zart aufkeimendes Empfinden – eine leise, aber tiefe Sehnsucht nach Klärung und Heilung. Als hätte sich in mir eine Tür geöffnet, nur einen Spalt breit, gerade so viel, dass ein schmaler Lichtstreifen hindurchscheinen konnte.

Niemand anderes als Tom hatte diese Tür geöffnet, mit seiner Präsenz, seinen Worten und mit seiner stoischen Ruhe, die mich ab und an immer noch provozierte.

Bei diesem Gedanken musste ich lächeln. Gleichzeitig erschauerte ich, als hätte mich ein kühler Windhauch gestreift. Abhauen war keine Alternative mehr. Ich musste meine Flucht beenden und mich den unerwünschten Dingen in meinem Leben stellen, die noch zu klären waren.

Deshalb würde ich nach unten gehen und Tom fragen, ob er mich ins Krankenhaus begleitete. Es war Zeit, Meli zu begegnen. Den Kuss mit Tom konnte ich später immer noch klären. Nun musste ich erst einmal die Vergangenheit aufräumen.

Tom

Die Zeiger der Küchenuhr bewegten sich in einer lähmenden Langsamkeit. Von Konzentration gab es keine Spur mehr. Nachdem ich die gekritzelten Notizen in die Tasten gehauen hatte, war es vorbei mit meiner intellektuellen Ablenkung. Mit meinem Blick fixierte ich den Cursor, der herausfordernd auf ein und derselben Stelle blinkte, als wollte er mich dadurch provozieren. Mit Daumen und Zeigefinger massierte ich meine Nasenwurzel.

Seit Stunden war ich wach und trotz aller Versuche, meine Gedanken in meine Arbeit fließen zu lassen, erfüllte nur eines mein Bewusstsein – Jenna. Und unser Kuss.

Permanent lauschte ich auf jedes vermeintliche Geräusch von oben, das mir ankündigen würde, ihr zu begegnen.

Es war zehn Uhr durch und nach wie vor blieb das Haus still. Ich brannte darauf, zu wissen, wie es ihr ging, um sicherzugehen, dass alles in Ordnung war. Andererseits wühlte mich die Vorstellung, sie nach meiner hirnrissigen Aktion gestern Abend zu sehen, auf.

Die Ungewissheit, ob ich etwas zwischen uns zerstört hatte, machte mich mürbe. Und je länger ich hier in der Küche herumsaß, desto unsicherer wurde ich.

Meine Überlegung, laufen zu gehen, hatte ich schnell verworfen. Jenna sollte kein leeres Haus vorfinden und somit in ihrem möglichen Glauben bestärkt werden, dass ich ihr aus dem Weg ging, denn davon war ich meilenweit entfernt.

Halb elf hörte ich endlich ihre Schritte auf der Treppe. Ich schloss kurz die Augen, um mich zu beruhigen, als sie auch schon im Türrahmen erschien, lässig in Shorts und Hoodie.

Ihr Morgengruß war kaum mehr als ein Flüstern.

»Hey«, sagte ich nur. Für einige scheinbar endlose Sekunden blickten wir uns an. Ich widerstand dem Impuls, aufzustehen, sie wortlos in meine Arme zu ziehen und ihr zu erklären, was für ein kompletter Idiot ich gewesen war.

Sie brach unseren Augenkontakt ab, indem sie auf die Kaffeemaschine deutete. »Ist noch Kaffee da?«

»Mehr als genug«, gab ich zurück.

Ein wenig steif, als hätte sie Muskelkater, bewegte sie sich an mir vorbei und bediente sich, anscheinend froh, etwas zu tun zu haben. Dann lief sie um den Tisch herum und lehnte sich mit dem Rücken zum Fenster auf den Sims, wobei ich sie nicht aus den Augen ließ. Sie mied meinen Blick und konzentrierte sich auf ihre Tasse. Nur das leise Ticken der Uhr war zu hören.

»Fährst du mich ins Krankenhaus? Ich möchte Meli sehen«, brach sie schließlich das Schweigen.

Kurz erstarrte ich, weil ich mit allem gerechnet hatte – nur nicht damit. Gleichzeitig war ich froh über ihren Sinneswandel.

»Ja«, sagte ich ohne zu zögern. Sie schien es gar nicht gehört zu haben, denn sie redete weiter.

»Ich dachte an morgen. Ich weiß, das kommt ziemlich spontan und wenn es dir nicht passt, dann …«

»Das geht klar«, unterbrach ich sie langsam und deutlich.

Nun hielt sie meinem Blick wieder stand. Ein zaghaftes Lächeln breitete sich auf ihrem Gesicht aus.

»Danke«, sagte sie leise und ich lächelte zurück.

Jetzt verspürte ich erst recht den Wunsch, sie zu umarmen. Ich war unendlich froh, weil sich meine Befürchtung, der gestrige Abend hätte etwas zwischen uns kaputt gemacht, nicht bewahrheitet hatte. Im Gegenteil – sah sie nach vorn, stellte sich ihrer schmerzlichen Situation und bat mich um Hilfe, die ich ihr gern gewährte. Und doch wollte ich ihr mein Verhalten von gestern erklären.

»Jenna, ich war …«, begann ich, konnte den Satz allerdings nicht beenden, denn ein Hupen ertönte vor dem Haus. Ungläubig schauten wir uns an und dann Richtung Flur.

»Erwartest du etwa wieder Besuch?«, fragte ich verwundert.

»Nicht, dass ich wüsste.« Sie stellte ihre Tasse auf dem Fensterbrett ab. Gespannt stand ich auf und ging zur Haustür, gefolgt von Jenna.

»Shit!«, entfuhr es mir, als ich durch die Glasscheibe der Tür Katharinas roten Nissan sah. Diese Frau war schon immer für Furore gut gewesen und man musste bei ihr auf alles gefasst sein.

Jenna war neben mir aufgetaucht und schaute ebenfalls neugierig nach draußen. In diesem Moment stieg Katharina aus dem Auto.

»Na, mein Besuch ist es jedenfalls nicht«, bemerkte sie spitzfindig. »Und nach deinem Gesichtsausdruck zu urteilen ist sie ein ebenso überraschender Gast wie Vic«, setzte sie noch einen drauf. Ich registrierte ihren Seitenblick, drehte mich zu ihr um und schaute ihr intensiv in die Augen.

»Tu mir einen Gefallen. Was immer auch passieren wird, bitte halte deine Klappe.« Es klang eher wie ein Flehen, war aber auch mehr als unmissverständlich.

»Ich rede, wann ich will«, gab Jenna kühl zurück.

»So war das nicht gemeint … verdammt.«

Gott, wie ich es bereute, Katharina die Adresse vom Haus gegeben zu haben, für Notfälle. Dass sie frisch und fröhlich hier auftauchen würde, damit hatte ich nicht gerechnet.

»Dann mal viel Spaß.« Jenna wandte sich ab und lief zurück nach oben. Als ich zögernd die Haustür öffnete, war gerade ihre Zimmertür zugegangen.

»Hey, du Eremit«, trällerte Katharina. »Überraschung!«
Das kann man wohl sagen, dachte ich.

Lächelnd kam sie durch den Vorgarten auf mich zu.

»Was … was machst du hier?«, konnte ich nur stottern.

»Was ist das denn für eine Begrüßung?« Sie stand direkt vor mir, breitete ihre Arme aus und freute sich, mich zu sehen.

»Ich meine, ich habe nicht mit dir gerechnet.« Zurückhaltend erwiderte ich die Umarmung, was ihr nicht entging. Ihr vertrautes, edles Parfum stieg mir in die Nase, als sie mir einen Kuss auf den Mund drückte.

»Das ist ja gerade der Sinn von Überraschungen.«

Forschend wanderte ihr Blick über den Giebel.

»Hübsch hast du es hier. Ich dachte, ich besuche dich mal, um Abwechslung in deine Einsamkeit zu bringen. Und ich bin natürlich auch neugierig, wie du mit deiner Arbeit vorankommst.«

»Soweit ganz gut«, sagte ich und klang dabei, als würde ich jedes Wort sorgsam abwägen.

»Du hast dich so gar nicht gemeldet.« In ihrer Stimme lag ein leiser Vorwurf.

»Ich weiß«, stellte ich überflüssigerweise fest.

»Aber jetzt bin ich ja da. Willst du mich nicht hereinbitten?«

Wortlos machte ich einen Schritt zur Seite und ließ sie eintreten. *Auf in die Schlangengrube*, dachte ich bei mir.

»Wahnsinn, dieses Haus. Und dass du es einfach so zur Verfügung gestellt bekommen hast. Purer Luxus.«

Schweigend beobachtete ich, wie sie von Raum zu Raum ging, zunehmend begeistert, während ich mir mehr und mehr wünschte, unter mir täte sich die Erde auf. Ob Jenna immer noch in ihrem Zimmer war? Und würde sie da bleiben, bis Katharina weg war? Die Antwort darauf erhielt ich kurz darauf. Als Katharina zurück in den Flur trat, tauchte Jenna wie aus dem Nichts im Türrahmen zum Wohnzimmer auf.

»Hi«, sagte sie.

Ich schloss kurz die Augen, als wartete ich auf die Detonation einer unsichtbaren Bombe. Katharina musterte Jenna von oben bis unten. Der Kontrast zwischen den beiden hätte stärker kaum sein können. Katharina trug ein enganliegendes Blumenkleid und hochhackige Sandalen. Ihr braunes, langes Haar lag offen auf den freien Schultern.

»Hi«, machte Katharina. Es klang eher wie eine Frage. Sie schaute mich mit großen Augen an. »Du bist ja gar nicht allein.«

»Korrekt.« Meine Wortkargheit veranlasste Katharina, ihren Blick intensiver werden zu lassen.

»Das ist Jenna. Ihrer Familie gehört das Haus. Und sie kam hierher um …« Ich inspizierte kurz die Standvase mit dem Pampasgras, als könnte ich dort die Antwort finden. »… Ferien zu machen«, vollendete ich den Satz. »Jenna, das ist Katharina.«

»Freut mich«, sagte Jenna zuckersüß. Lässig lehnte sie im Türrahmen und ihr Gesichtsausdruck war schwer zu deuten. Ich konnte nicht genau sagen, ob sie mir gerade die Pest an den Hals wünschte oder sich diebisch freute, mich in meiner Verlegenheit zu beobachten.

Katharina blickte zwischen uns hin und her. »Ich verstehe«, war ihre knappe Antwort, ihre Augen nun wieder auf mich geheftet.

»Wir führen nur so eine Art Zwangs-WG und haben nicht viel miteinander zu tun«, erklärte Jenna.

Diese Lüge fühlte sich an wie ein nasses Handtuch, das mir ins Gesicht geklatscht wurde. Ich konnte nicht mal nicken. Ihre Worte schienen Katharina jedoch zu beruhigen. Ihr skeptischer Gesichtsausdruck wandelte sich in offenkundige Erleichterung. Es hatte noch nicht viele Situationen in meinem Leben gegeben, in denen ich am liebsten unsichtbar geworden wäre, aber diese hier war definitiv eine davon.

»Ich geh dann mal«, verkündete Jenna, schnappte sich ihre Tasche und drängte sich an mir vorbei, wobei sie mich beiläufig anrempelte und mir auf den Fuß trat. Ohne eine Entschuldigung verschwand sie nach draußen. Abermals schloss ich die Augen. Ich war noch lange nicht aus dem Schneider.

Katharina kam einen Schritt auf mich zu. »Also, Robinson

Crusoe, wenn du hier sowieso nicht allein bist, dann kann ich dich ja auch nicht stören.« Ihrem Argument und dem entwaffnenden Lächeln hatte ich nichts hinzuzufügen.

Zärtlich strich sie mir mit den Fingern durch mein Haar – ich wusste, wie sehr sie es liebte.

»Du hast mich noch gar nicht richtig begrüßt«, flüsterte sie und schaute mich mit einem Blick an, dem ich sonst nicht hatte widerstehen können. Wir hatten uns einige Wochen nicht gesehen; eigentlich hätte ich an der Tür über sie herfallen müssen.

»Stimmt«, sagte ich, schlang meine Arme um ihre Taille, zog sie an mich und küsste sie. Es war eine vertraute Geste, doch etwas in mir rebellierte dagegen. Ihr unangekündigter Besuch hatte mich vollkommen aus meiner Jenna-Energie herauskatapultiert. Aber dafür konnte sie nichts.

Entschlossen drängte ich meine Schuldgefühle beiseite und konzentrierte mich voll und ganz auf Katharina.

»Magst du einen Kaffee?« Ich ließ sie los.

»Für den Anfang«, sagte sie einen Hauch lasziv und folgte mir in die Küche. »Was ist das für ein merkwürdiges Arrangement, das ihr hier habt?« erkundigte sie sich und lehnte sich ans Fensterbrett, genau wie Jenna vorhin.

»Was genau meinst du?«, stellte ich mich dumm, während ich die übervollen Becher zum Tisch balancierte und meine Unterlagen beiseite schob.

»Na, dieses Mädchen, was macht sie hier?«

»Habe ich doch bereits erklärt. Das Haus gehört ihrer Familie. Sie wusste nicht, dass ich hier bin, als sie hier ankam.« Inzwischen war ich froh, zu sitzen. Katharina nahm elegant Platz und schlug ihre langen Beine übereinander.

»Und wieso ist sie dann nicht abgereist?« Genüsslich nahm sie einen Schluck Kaffee.

Es widerstrebte mir, Jennas Anwesenheit zu rechtfertigen und ich bemühte mich, sie so unverfänglich wie möglich zu erklären. »Sie wohnt nicht gerade um die Ecke. Und ich bin wohl nicht in der Position, sie rauszuschmeißen. Demnach … ist sie hier.« Ich hoffte, damit würde Katharina sich zufriedengeben. Aufmerksam studierte sie mein Gesicht, als probierte sie, meine Gedanken zu lesen.

»Und was ist mit dir? Darfst du hier Besuch empfangen?« In ihrer Frage schwang ein zweideutiger Unterton.

»Es gibt keine Statuten, die es verbieten.«

»Schön.« Ihre Augenbrauen wanderten nach oben und ihr Lächeln vertiefte sich.

»Was hast du denn vor?«

»Na, ich dachte, ich könnte ein paar Tage bei dir bleiben«, bewies sie meine vage Vorahnung.

Tief einatmend lehnte ich mich auf meinem Stuhl zurück. »Das ist keine so gute Idee.« Ich hatte Mühe, meine Beine davon abzuhalten, nervös auf und ab zu wippen. Wie sehnte ich mich danach, laufen zu gehen.

»Wieso nicht?« Sie klang, als hätte ich sie soeben tatsächlich hinauskomplimentiert, was in gewisser Weise auch stimmte, und ich wand mich zusehends in meiner inneren Zwickmühle.

»Ich weiß nicht, ob das für Jenna in Ordnung wäre«, antwortete ich ausweichend. Katharina schien mein Nein nicht so einfach hinnehmen zu wollen. Was auch auf viele andere Dinge zutraf. Sie war kein Mensch, der sich abwimmeln ließ, sondern sie wusste, was sie wollte, und nahm es sich – eine Eigenschaft, die ich immer an ihr bewundert hatte.

»Wir können sie ja fragen. Wieso sollten wir sie stören?« Schwungvoll strich sie sich eine Haarsträhne nach hinten. »Du wirst ja wohl dein eigenes Zimmer haben, oder?«

»Sicher«, gab ich zurück.

»Na also«, flüsterte sie und beugte sich ein Stück vor. »Wer sagt denn, dass wir da herauskommen?«

Dieses Argument hätte mich normalerweise vollends überzeugt. Aber *normal* war bei mir schon seit einer Weile nichts mehr und das musste ich erst einmal selbst auf die Reihe kriegen.

»Es geht trotzdem nicht«, blieb ich stur. Katharina stand auf, kam um den Tisch herum und setzte sich auf meinen Schoß. Ihre Finger spielten mit meinen Haaren im Nacken.

»Hast du mich denn gar nicht vermisst?«, fragte sie vorwurfsvoll. »Ich könnte glatt den Eindruck bekommen, du willst mich nicht hier haben.«

Sie hatte ja keine Ahnung, wie nah sie der Wahrheit war.

»Natürlich habe ich dich vermisst«, beschwichtigte ich sie. Meine Hände umfassten ihre schlanke Taille. »Ich bin hier auch nur Gast. Und … ich habe auch noch einen Berg Arbeit zu erledigen und hätte wenig Zeit für dich.«

Ihre rehbraunen Augen musterten mich eingehend und ich hätte schwören können, dass sie mir meine Lüge an der Nasenspitze ansah. Ich glaubte ja nicht einmal selbst, was ich sagte.

»Warum hast du nicht Bescheid gesagt, dass du herkommst?«, wollte ich von meinen fadenscheinigen Ausreden ablenken.

»Wie schon gesagt, weil ich dich überraschen wollte. Das kündigt man in der Regel nicht an. Außerdem …« Sie lehnte sich ein Stück zurück. »Wäre deine Antwort dann eine andere gewesen? Oder besser deine Ausflüchte?«

Dieses Battle ging eindeutig zu ihren Gunsten aus, dachte ich im Stillen. »Du hättest zumindest den weiten Weg nicht fahren brauchen«, erwiderte ich kühn, was mir sogleich eine spielerische Kopfnuss einbrachte. Dann legte sie ihre Hände um mein Gesicht.

»Weißt du, dein Kopf ist zwar echt hübsch, aber voll mit viel zu vielen unnötigen Gedanken.«

Damit könnte sie recht haben, dachte ich.

»Dir ist schon klar, dass du dir eine ausreichende Entschädigung dafür einfallen lassen darfst?« Sie legte ihre Stirn an meine. Folgsam nickte ich, woraufhin sie mich begehrlich küsste.

»Lass uns was essen gehen«, schlug ich vor und klopfte ihr sachte auf den Po. Nur widerwillig stand sie auf und strich ihr Kleid glatt.

»Das gehört noch nicht zur Entschädigung«, stellte sie klar.

»Verstanden«, brummte ich, während ich die Becher wegräumte. In Wahrheit hatte ich keine Lust, essen zu gehen. Auf der anderen Seite war es auch keine gute Idee, mit ihr hier im Haus zu bleiben. Der Grund dafür war Jenna und das gleich in mehrfacher Hinsicht. Weder lag es mir nahe, ihr zuzumuten, mich zusammen mit Katharina zu sehen, noch sollte unsere besondere Energie durch Katharinas Anwesenheit durcheinandergebracht werden – falls das nicht längst geschehen war.

Auch wenn ich heilfroh war, das Thema Jenna gegenüber Katharina vorerst einigermaßen gut umschifft zu haben, würde ich wachsam bleiben müssen, wenn ich redete.

Wir gingen hinaus und ich lotste sie den Grasweg entlang zur Ortsmitte. Auf ihren Absätzen war sie ein bisschen wackelig unterwegs. Eine ausgiebige Wanderung wäre keine sonderlich gute Idee gewesen, obwohl ich dazu nicht Nein gesagt hätte.

»Wie hast du denn jetzt den 15. Juli verbracht?«, fragte sie und schaute mich erwartungsvoll von der Seite an. Ich war froh über den Themenwechsel, auch wenn dieses nicht unbedingt vergnüglicher war.

»Bin ein bisschen Rad gefahren.« Das war zumindest keine Flunkerei.

»Fahrrad gefahren?« Ungläubig zog sie eine Augenbraue hoch.

»Ja«, bekräftigte ich, als wäre dies die gängige Art, Trauertage zu verbringen.

»Es gab schon einigen Ärger, weil du nicht da warst.«

»Habe ich gemerkt. Meine Mutter hat mir ungefähr acht Sprachnachrichten geschickt, in denen sie ihren Unmut darüber kundgetan hat, wie verwerflich ich mich als Sohn und Bruder verhalte«, knurrte ich verdrießlich.

»Sie versucht nur, damit klarzukommen«, sagte Katharina besänftigend und hakte sich bei mir unter.

»Ja, ich auch. Und ich kann ihr ihren Part leider nicht abnehmen.«

»Wenn du zumindest Bescheid gesagt hättest, dass du nicht kommst, wäre ihre Verärgerung mit Sicherheit nicht ganz so groß gewesen.« Ich spürte den Griff ihrer Hand an meinem Unterarm und musste zugeben, dass da durchaus was Wahres dran war. In diesem Fall hatte jedoch der Rebell in mir gesiegt. Und wie um dies zu bestätigen, fügte Katharina hinzu: »Ich weiß ja, dass du dich manchmal lieber in deine Höhle verkriechst und unerreichbar bist, und hab dir längst verziehen«. Seltsamerweise erzeugte ihr versöhnliches Lächeln erstrecht Schuldgefühle in mir. Mechanisch lächelte ich zurück, doch in mir blieb ein Rest Trotz bestehen. Es war allein meine Entscheidung, wie ich mit Carmens Todestag umging.

Als wir am **Panorama Restaurant** ankamen, war noch nicht allzu viel Betrieb und wir bekamen problemlos einen Tisch auf der Terrasse. Alles hier wirkte edel; genau wie Katharina es liebte. Sie in diese Fischräucherei zu entführen, hätte sie mir vermutlich übelgenommen. Ich verdrängte die Erinnerung an das Fischbrötchenessen mit Jenna und versuchte, mich in diesem noblen Ambiente wohlzufühlen.

Rauschend wogte das Meer unter uns. Der Blick auf die Nordspitze der Insel mit Kap Arkona war durch die Schleierwolken getrübt, aber es war herrlich warm. Aus der Küche duftete es nach gebratenem Fisch. Nun machte sich auch ein Hungergefühl in mir breit und mir lief das Wasser im Mund zusammen.

»Es ist fantastisch hier.« Zufrieden inspizierte Katharina die Speisekarte. Wir entschieden uns beide für das gebratene Kabeljaufilet an Sanddornsoße mit Gemüse der Saison und hausgemachte Limonade.

»Henning hat übrigens eine neue Freundin«, berichtete sie zwischen zwei Bissen. Ich nickte nur. Es war vier Jahre her, dass er seine Partnerin verloren hatte. Ein Kerl wie er würde wohl kaum sein Leben lang trauern. Katharina sah mich eindringlich an. Offenbar erwartete sie, dass ich etwas dazu sagte.

»Ja«, äußerte ich kauend. »Er hat jedes Recht, sein Leben

neu zu gestalten.«

»Ja, das hat er. Aber irgendwie ist es noch komisch.«

»Alles ist komisch, seit vier Jahren.« Mit der Zungenspitze leckte ich mir einen Tropfen Sanddornsoße von der Oberlippe.

Katharina legte ihr Besteck auf ihrem Teller ab.

»Weißt du, jetzt, wo er sein Leben neu ausrichtet, habe ich darüber nachgedacht, was mit dir ist.«

»Was soll mit mir sein?« Ahnungslos schaute ich von meinem Gemüse auf.

»Ich meine, wie stellst du dir eigentlich unser Leben vor, wenn du dich nicht mehr hinter deinem Studium verschanzen kannst?«

Obwohl ich keinen Bissen mehr im Mund hatte, musste ich schlucken, als ich begriff, worauf sie anspielte. Die Stichworte *unser Leben* und *verschanzen* lieferten sich dabei ein hitziges Gefecht.

Wie sie legte ich ebenfalls mein Besteck ab. Meinen ersten Impuls, mich zu verteidigen, was mein Studium anbelangte, unterdrückte ich. Ging es Katharina wirklich um meine Pläne nach dem Studium oder um ihre eigenen Wünsche? Hatte sie schon Dinge für uns beide anvisiert? Verübeln könnte ich es ihr nicht. Sie wusste eben, was sie wollte. Ich ahnte, was es war und … wollte es nicht, vermochte aber nicht, die Karten auf den Tisch zu legen.

»Ich … kann dir das nicht sagen. Nicht zu diesem Zeitpunkt«, wich ich aus und wusste selbst, wie erbärmlich das war. Auch wenn ich ihr nie irgendetwas versprochen hatte, was in Richtung bombenfeste Beziehung ging, so hatten wir seit Carmens Tod doch diese stumme Vereinbarung, dass sich unsere Wege nicht trennen würden. Komme, was wolle. Katharina war die einzige Person gewesen, die ich seitdem an mich herangelassen hatte. Doch das hatte sich nun geändert. Sie lehnte sich zurück und schaute aufs Meer.

»Du sollst wissen, dass ich mich sehr auf ein Leben mit dir freue«, sagte sie, wie um meine Vermutung zu bestätigen.

Endlose Debatten zu führen war nicht ihr Ding. Genau aus

diesem Grund fand ich unser Verhältnis ja so unkompliziert. Sie verlor sich nicht in kryptischen Andeutungen, sondern redete Tacheles.

Und ihre Worte führten mir meine eigene Unaufrichtigkeit noch deutlicher vor Augen – ihr und mir selbst gegenüber, denn ich hatte mich belogen, indem ich mir eingeredet hatte, den lockeren Status quo unserer Beziehung auf ewig aufrechterhalten zu können, ohne je etwas ändern zu müssen. Veränderung war jedoch genau das, was sich gerade überall in mir und um mich herum abspielte. Und dies schloss meine Verbindung zu Katharina selbstverständlich mit ein.

Was hatte ich noch zu Jenna gesagt? Die Dinge, vor denen man weglief, verfolgten einen auf kuriose Weise. Fast hätte ich laut aufgelacht über dieses grandiose Eigentor.

»Weißt du, was dein Problem ist?« Katharinas Frage riss mich aus meinen Überlegungen. »Du denkst zu viel. Und ich werde nicht müde, dir das zu sagen.« Sie hatte ihre Finger ineinander verschränkt, ihr Kinn darauf gestützt und schaute mich an, als sollte ihr Blick ein Loch in meinen Kopf bohren, damit all meine überschüssigen Gedanken herauspurzelten.

»Da hast du absolut recht«, stimmte ich ihr zu. »Und du solltest mich gut genug kennen, um zu wissen, dass das einfach zu mir gehört.«

Eine ihrer Augenbrauen bewegte sich nach oben. »Was aber nicht dazu führen muss, dass es dich vom eigentlichen Leben abhält.« Verführerisch lächelte sie mich an. »Wann hast du das letzte Mal etwas gemacht, ohne erst groß darüber nachzudenken?«

Gestern, schoss es mir in den Sinn und die Erinnerung an die Kissenschlacht mit Jenna und unseren Kuss löste ein heißes Kribbeln in meiner Magengegend aus – jenes Gefühl, das vorhin vollkommen gefehlt hatte, als Katharina mich geküsst hatte. Mühsam verdrängte ich meine Schuldgefühle und suchte nach einer harmlosen Antwort auf ihre Frage. »In das Ferienhaus zu ziehen, war … spontan.«

»Das kann ich durchaus nachvollziehen. Aus demselben Grund bin ich übrigens auch hier«, erklärte sie.

»Für mich ist es kein Erholungsurlaub.« Das war nicht gelogen und ich wähnte mich auf einigermaßen sicherem Terrain.

»Overthinker«, sagte sie nur.

Als die Kellnerin herauskam, bat ich um die Rechnung.

Anschließend liefen wir noch eine Weile durch den Ort und Katharina schwärmte mir von einem wunderschönen Resthof in Mecklenburg vor, der gerade zum Verkauf stand. Sie als Immobilienmaklerin war immer bestens informiert, wo es den schönsten Wohnraum gab und setzte mich allzu oft darüber in Kenntnis, ohne jemals direkt eine Andeutung in bezüglich Nestbau auszusprechen. Vermutlich hoffte sie, mich allein durch ihre Erzählungen inspirieren zu können.

Als wir an ihrem Auto ankamen, stellte sie sich vor mich.

»Und du bist immer noch sicher, dass ich wieder fahren soll?« Trotz ihres ruhiges Tonfalls hörte ich die unterschwellige Enttäuschung aus jedem Wort heraus. Doch ich blieb unnachgiebig.

»Bin ich«, versicherte ich mit fester Stimme. Sie und ich und Jenna in diesem Haus? Niemals! Das würde nur Dramen heraufbeschwören. Mir reichte mein eigenes Chaos. Das galt es zu regeln, danach konnte ich mich um den Rest kümmern Obwohl ich wusste, dass ich die Entscheidung damit nur vor mir herschob, war ich froh, ein wenig Zeit gewonnen zu haben.

»Also gut. Dann sehen wir uns zu Hause.« Ihre Worte klangen, als wollte sie damit ein Versprechen einfordern.

»Ja«, sagte ich nur.

Sie legte ihre Hand an meine Wange und hauchte mir einen flüchtigen Kuss auf den Mundwinkel. Dann stieg sie ein und ließ die Fenster herunter. Ich legte meine Hände auf dem Autodach ab und beugte mich zu ihr hinunter.

»Fahr vorsichtig«, gab ich ihr mit auf den Weg. Ohne ein Wort startete sie den Motor und fuhr los.

Nachdem sie aus meinem Blickfeld verschwunden war, legte ich beide Hände an den Hinterkopf, streckte mich durch und atmete stöhnend aus. Mein Verhalten ihr gegenüber war nicht gerade eine Glanzleistung gewesen. Gleichzeitig war ich froh, dass Katharina nicht darauf bestanden hatte, hierzubleiben.

Ich muss Jenna suchen, war der nächste Gedanke, der mir in den Sinn kam. Als ich das Haus betrat, war alles ruhig. »Jenna?« Keine Antwort. »Jenna, bist du da?«, rief ich lauter, aber es blieb still. Möglicherweise war sie noch nicht zurückgekehrt.

Nachdem ich noch eine Weile gewartet hatte, zog ich meine Sportklamotten an und beschloss, mir meine Anspannung aus den Gliedern zu laufen. Nebenbei würde sich dadurch auch das Durcheinander in mir lichten.

Jenna

Ich hatte nicht die geringste Ahnung, wie ich diesen Tag hinter mich gebracht hatte. Seitdem Katharina wie aus dem Nichts aufgetaucht war und Tom in Beschlag genommen hatte, hatte sich alles zu einem zeitlosen Nichts verwoben. Stundenlang war ich ziellos umhergeirrt wie eine streunende Katze und hatte die Nähe des Hauses gemieden. Hier draußen hatte ich zumindest das Gefühl, tief und frei atmen zu können.

Da ich die Gegend gut kannte, wusste ich, wo ich den wenigsten Leuten begegnen würde. Meine müden Füße ignorierte ich und lief einfach weiter, obwohl es bereits dämmrig wurde.

In was für ein grandioses Schlamassel war ich da nur hineingeraten?, fragte ich mich immer und immer wieder. Was hatte ich mir überhaupt eingebildet? Dass Tom sich nach mir verzehrte? Nun war mir klar, weshalb er mich gestern zurückgewiesen hatte. Von wegen, weil ich erst frisch getrennt war. Was für ein Blödsinn! Der Grund war Katharina. Natürlich hatte er eine Freundin – und was für eine. Im Gegensatz zu mir sah sie aus, als wäre sie gerade noch auf den Laufstegen der europäischen Mode-Metropolen unterwegs gewesen.

Wie hatte ich nur so blöd sein können, diese Möglichkeit nicht mal ansatzweise in Betracht zu ziehen?

Im Moment kam ich mir wie ein naiver Teenager vor. Es konnte nur ein kosmischer Witz sein, dass ausgerechnet ich, die von ihrem eigenen Freund hintergangen worden war, selbst jemanden dazu gebracht hatte, einen anderen Menschen zu betrügen. Na ja, zumindest fast. Ärgerlich kickte ich einen Stein beiseite, als könnte er irgendetwas dafür.

Wahrscheinlich sollte ich wieder nach Hause fahren, überlegte ich. Ich hatte zu viele andere Dinge in meinem Leben zu klären, um mich hier in romantischen Verstrickungen zu verheddern, die mich weder weiterbrachten, noch irgendeine Zukunft hatten. Meine Gedanken von heute Morgen fielen mir ein. Vielleicht benutzte ich Tom tatsächlich nur dafür, mich von meiner eigenen desolaten Beziehung abzulenken, anstatt das Ganze endlich mal zu klären.

Mein Handy begann zu klingeln. Meine Mutter. Erleichtert ging ich ran.

»Mama, wo bist du denn abgetaucht? Onkel Martin wollte schon eine Vermisstenanzeige aufgeben.« Das war zwar reichlich übertrieben, doch vermittelte ihr hoffentlich, dass ihre Funkstille uns irritiert hatte.

Sie berichtete mir, dass sie nach dem Besuch bei Oma spontan für ein paar Tage in einem Wellnesshotel abgestiegen sei, um zu entspannen. Dort hatte dann ihr Ladekabel den Geist aufgegeben und ihr Akku war schlichtweg leer gewesen. Wie mein Onkel vermutete hatte, gab es eine ganz einfache Erklärung, obwohl ihr Bedürfnis nach Wellness auffallend überraschend kam und ungewöhnlich war.

»Und, fühlst du dich relaxter?« fragte ich.

»Es geht mir wunderbar.«

Ab Herbst wolle sie wieder freiberuflich arbeiten und aktiviere gerade voller Motivation einige alte Kontakte. Ihre sprühende Energie war über die Entfernung hinweg spürbar. Obwohl es mich für meine Mutter freute, dass sie sich plötzlich voller Begeisterung verwirklichen wollte, kam ich mir dadurch in meinem eigenen Fiasko noch gefangener vor, als sowieso schon.

»Was sagt Papa denn dazu?«

»Ich hatte noch keine Gelegenheit, es ihm zu sagen. Du weißt ja selbst, dass er die meiste Zeit unterwegs ist.«

Das klang wie eine Ausrede. Konnte es sein, dass sie ihm

gar nicht erzählen wollte, was sie vorhatte? Mein Verdacht, dass meine Eltern immer weniger eine Ahnung hatten, was der jeweils andere tat, erhärtete sich.

»Wie geht es dir denn dort oben im Ferienidyll?«, wechselte sie das Thema und einen Augenblick lang hatte ich keine Ahnung, was ich sagen sollte. Mama wusste ja noch immer nichts von Tom und ich hütete mich zu erwähnen, dass unser Haus gerade überbevölkert war. Von Idylle keine Spur. Stattdessen erzählte ich von Victors überraschendem Besuch.

»«Er war bei dir?« fragte meine Mum verblüfft. »Wow.«

Wow?, wiederholte ich in in Gedanken. Als hätte er dafür noch einen Orden verdient.

»Ja, er ist hier aufgetaucht und hat letztlich nichts zu sagen gehabt, außer, dass er auch nicht weiß, wie das alles so kommen konnte!«

»Es zeigt vor allem eines — dass du ihm noch lange nicht egal bist.«

»Er hat es trotzdem vermasselt«, beharrte ich.

»Eric hat ihn neulich getroffen«, sagte sie dann und sofort war ich hellhörig. »Angeblich hat er ziemlich fertig gewirkt.«

Ich spürte eine leise Genugtuung in mir und hoffte, Victor hatte genauso viele schlaflose Nächte aufgrund seines schlechten Gewissens, wie ich wegen meines gebrochenen Herzens. Dann biss ich mir auf die Zunge, um nicht auszusprechen, was mir als Nächstes in den Sinn kam — dass er ja jetzt Meli hatte, die ihn trösten konnte.

Ich wollte gerade mein Vorhaben, Meli zu treffen, ansprechen, als sie das Gespräch beendete, weil sie noch einen Termin hatte. Sie versprach aber, sich bald zu melden. Nachdenklich ließ ich mein Handy sinken. Meine Mutter wollte wieder durchstarten und hatte so klar und bestimmt wie lange nicht gewirkt. Von übertriebener Fürsorge war auch nichts mehr zu spüren gewesen und ich fragte mich, was hier vor sich ging.

Als wäre ihr Aktionismus der Startschuss für meine eigenen

Pläne, stand ich entschlossen von meinem Baumstamm auf und trat den Rückweg an. Falls diese Katharina noch da war, hatte ich keine andere Wahl, als ihren Besuch hinzunehmen.

Schlimmer als heute Morgen konnte es nicht werden, dachte ich und lief zum Haus zurück.

Der rote Nissan war weg, als ich ankam. Toms Auto stand da, aber er war nirgends zu sehen. Rasch ging ich aufs Klo, machte mir in der Küche schnell ein paar Brote, schnappte mir eine Flasche Wasser und setzte mich auf die Bank im Garten. Allmählich kehrte Leben in meinen tauben Körper zurück.

***

»Hier bist du also.« Ich hatte Tom schon durchs Gras rascheln hören. Mit beiden Händen in den Hosentaschen blieb er vor mir stehen.

»Hey«, sagte ich und meine Finger krallten sich um die Wasserflasche.

»Darf ich?« Er nickte auf den Platz neben mir.

»Klar.«

Mit einem deutlich hörbaren Ausatmen ließ er sich neben mir nieder, achtete jedoch darauf, dass sich unsere Körper nicht berührten.

Einige Sekunden sagte niemand etwas. Wir schauten nur über die wild wachsende Wiese, hinter der ein maroder Drahtzaun das Grundstück begrenzte, was eigentlich nicht nötig war, denn wenige Zentimeter dahinter befand sich der steile Abhang zum Ufer. Das Meer rauschte in trägen, langsamen Wellen ans Land, als wäre es selbst der Windstille müde. Es hätte eine romantische Postkarten-Szene sein können, aber die tiefer sinkende Sonne versteckte sich noch immer hinter Schleierwolken und der Himmel hatte die Farbe von cremigem Vanilleeis.

Nach außen hin war es ein friedlicher Moment, wenn nicht die elektrisierende Spannung ungesagter Worte zwischen uns gelegen hätte. Mein Herz hämmerte wie tausend Trommeln und ich hatte das Gefühl, dass Tom es hören konnte. Schließlich brach ich das Schweigen

»Wo ist denn dein Besuch?«

»Nach Hause gefahren.«

Ruckartig drehte ich ihm mein Gesicht zu.

»Weil sie das wollte?«

»Ich habe sie darum gebeten.« Er bedachte mich mit einem kurzen Seitenblick.

»Warum hast du sie weggeschickt?«

»Weil es nicht passt, dass sie hier ist.«

»Wem?«

Sein Zögern verriet, dass ich ihn in Erklärungsnot gebracht hatte.

»Was willst du denn hören, Jenna?«

Diesmal war ich es, die sprachlos war. Ich erinnerte mich daran, dass er mich mal aufgefordert hatte, ihn direkt zu fragen, wenn ich etwas wissen wollte. Und vermutlich hatte er es genauso gemeint. Gleichzeitig war mir inzwischen klar geworden, dass er nicht immer über alles reden wollte.

Mir brannten tatsächlich etliche Fragen auf der Seele, aber ich wagte es nicht, sie ihm zu stellen, als ahnte ich, dass ich mich damit in zu luftige Höhen manövrieren würde. Ich hatte ohnehin schon das Gefühl, mich auf einer schwankenden Hängebrücke zu befinden.

Deshalb hielt ich meine vorlaute Klappe. Mein Bedürfnis, über Katharina zu reden, verschwand allerdings nicht.

Sein Bestreben, sich darüber auszutauschen, hielt sich anscheinend in Grenzen, denn er schwieg.

Stumm riss ich einen Grashalm aus und spielte damit herum.

»Ich sollte auch wieder abreisen«, offenbarte ich ihm meine Überlegung von heute.

»Ich möchte, dass du bleibst«, war seine prompte Antwort.

»Warum?«, fragte ich perplex.

»Weil ich dir heute Morgen versprochen habe, mit dir zum Krankenhaus zu fahren, und ich möchte das gerne durchziehen.«

Mein Mund öffnete sich, doch es kam zunächst kein Laut heraus.

»Dann … steht dein Angebot noch?«

»Ja, natürlich. Ich freue mich, dass du den Mut aufbringst, dich deiner Freundin zu stellen.«

Ich konnte seinem Blick nicht lange standhalten und ließ ihn stattdessen über den Horizont schweifen.

»Also morgen«, flüsterte ich. Es war nicht als Frage gemeint. Vielmehr wollte ich mich selbst noch mal von meiner eigenen Entschlossenheit überzeugen.

»Also morgen«, gab er zurück. »In welches Krankenhaus fahren wir denn?«

»Sie liegt im Evangelischen Krankenhaus Ludwigsfelde-Teltow.«

Er nahm sein Smartphone heraus und gab es im Routenplaner ein. »Vier Stunden Fahrt.«

»Ja … genau …«, warf ich ein. »Du musst es auch nicht machen, wenn du …«

Er ließ mich nicht ausreden. »Ich möchte es gern machen, Jenna.« Sein nachdrücklicher Tonfall bestätigte mir, dass ihm wirklich daran gelegen war, mich zu unterstützen. Und meine Zweifel, ob ich mir unsere besondere Verbindung nur eingebildet hatte, lösten sich allmählich auf. Sie war echt, fühlte sich stimmig an und sie ließ sich nicht mit bloßen Worten beschreiben. Meinem Verstand hingegen machte es andererseits auch Angst.

»Außerdem glaube ich, dass deine Freundin sich freuen würde, wenn du auf sie zugehst.«

Melis unbeschwertes Gesicht tauchte vor meinem geistigen Auge auf und ich merkte, dass ich sie unglaublich vermisste. Trotz alledem. Die Sehnsucht nach ihr fühlte sich an, als hätte jemand mein Herz in Stacheldraht eingewickelt.

Inständig hoffte ich, dass er recht hatte. Zumindest wollte ich meinen Besuch nicht vorher ankündigen, sondern das Überraschungsmoment nutzen, damit Meli sich keine vorgefertigten Erklärungen zurechtlegen konnte. Schließlich hatte ich mich ja auch nicht auf Victors Anruf oder seinen Besuch vorbereiten können.

»Weiß sie, dass du kommst?«, fragte Tom, als hätte er meine Gedanken gelesen.

Mit beiden Händen stützte ich mich auf der Sitzfläche ab, streckte meine Beine nach vorne und überkreuzte sie.

»Nein. Und das ist auch gut so.«

Er stupste mich aufmunternd mit seiner Schulter an. Sofort begann mein Herz wieder zu rasen. Seine Nähe machte mich schier verrückt.

»Ich geh mal rein, muss noch telefonieren«, sagte er leise und stand auf.

»Ich bleibe noch ein bisschen draußen und schaue mir den Nicht-Sonnenuntergang an.«

»Weil du im Grunde deines Herzens eine hoffnungslose Romantikerin bist.« Sein Grinsen provozierte mich. Mal wieder.

»Verschwinde!« gab ich zurück.

Lächelnd und mit einem Tänzeln drehte er sich um und stiefelte durchs Gras davon.

Nachdem ich alleine war, ratterten meine Gedanken wie gewohnt los. Ich fragte mich, ob er wohl mit Katharina telefonierte, um Boden gutzumachen. Er hatte das Thema umschifft und ich hatte es nicht gewagt, Fragen zu stellen. Nun bereute ich es, denn meine Neugier war dadurch nur noch mehr gewachsen. Obwohl es mich nichts anging, war mein Drang, über sie zu reden, übermächtig und ich schämte mich für meine aufkeimende Eifersucht.

Andererseits hatte er sie weggeschickt. Wir hatten das Haus wieder für uns – und würden morgen insgesamt 8 Stunden gemeinsam im Auto sitzen; wenn ich es gar nicht mehr aushielt, konnte ich ihn dann immer noch danach fragen. Jetzt galt es erst einmal, mich um mein eigenes Beziehungsdrama zu kümmern.

Tom

Ich saß schon im Auto, als Jenna nach draußen kam. Sie warf ihre Tasche in den Fußraum und stieg ein. Umständlich schnallte sie sich an. Ihre Aufregung war nahezu greifbar.

»Gib mir mal dein Handy«, bat ich sie.

»Weshalb?«

Anstatt zu antworten, machte ich eine auffordernde Geste mit der Hand und sie kramte es aus ihrer Tasche.

»Öffne dein Telefonbuch«, sagte ich.

Sie tat, wie ihr geheißen. Ich nahm das Handy, tippte meine Nummer ein und hielt es ihr hin. Als sie den Eintrag las, musste sie loslachen.

»Major Tom.« Kopfschüttelnd ließ sie das Ding in ihrer Tasche verschwinden, das Lächeln noch immer im Gesicht. Mission erfüllt.

Zufrieden startete ich den Motor. »Auf gehts.«

»Tom«, sagte sie ins Motorengebrumm hinein. »Danke, dass du das für mich tust. Das ist nicht selbstverständlich.«

Ich nickte und wir tauschten einen innigen Blick. »Sehr gern.«

Die nächsten paar Kilometer verbrachten wir schweigend, während die Insellandschaft an uns vorbeizog. Sonne und Wolken führten einen Tanz miteinander auf und partielle Schatten huschten vorbei. Eigentlich ein idealer Tag für einen Ausflug.

Ich musterte Jenna, die gedankenverloren in den Himmel schaute.

»Ist deine Freundin denn gut nach Hause gekommen?«, fragte sie.

Unvermittelt in ein Thema hineinzuspringen war eine Spezialität von ihr. Es war mir einfach nicht möglich, mich diesbezüglich zu wappnen, denn sie erwischte immer genau das ›perfekte‹ Timing, in dem es keine Ausweichmöglichkeit gab.

Bereits gestern hatte ich gespürt, dass sie mich nicht so einfach davonkommen lassen würde. Insofern war dieser Moment so geeignet wie jeder andere.

»Ja, Katharina ist gut angekommen.«

»Ich hoffe, es gab deswegen keinen Stress zwischen euch.«

Okay, Jenna hatte definitiv wieder die emotionale Bohrmaschine herausgeholt.

»Wir haben keinen Stress miteinander, weil sie nicht meine Freundin ist.« Irgendwie hatte ich das Gefühl, zu lügen.

Einige Sekunden herrschte Stille.

»Ist sie nicht?«

Ich schüttelte leicht den Kopf.

»Was ist sie denn dann?«

»Sie ist *eine* Freundin.«

»Von wie vielen?«

Obwohl ich wusste, dass sie es ironisch gemeint hatte, regte sich in mir eine innere Empörung darüber, dass sie mich so raffiniert aufziehen konnte. Erst wollte ich »*Was denkst du denn von mir?*« antworten, tat es aber nicht.

»Na ja, es ist nichts Ernstes, aber auch nichts Unernstes«, erwiderte ich stattdessen.

»Also eine Freundschaft plus«, stellte sie fest.

»Ich glaube, so wird das betitelt, obwohl es bescheuert klingt.«

»Wie würdest du es denn bezeichnen?«

Insgeheim amüsierte ich mich über Jennas offensichtliches Interesse an meinem Liebesleben — es hielt auch mir einen Spiegel vor.

»Wir kennen uns einfach schon eine lange Zeit.«

»Wie habt ihr euch kennengelernt?«, Jenna hatte sich mittlerweile zu mir gedreht und ihre Beine angezogen, als säße sie auf einem Sessel statt in einem Autositz.

»Sie ist die Schwester von Henning, dem damaligen Freund meiner Schwester.«

»Oh«, machte sie nur.

»Ja, so haben wir uns kennengelernt.«

»Sie ist sehr schön«, stellte Jenna fest.

»Ja, das ist sie.«

»Und warum bist du nicht so richtig mit ihr zusammen?«

»Man muss nicht immer unbedingt fest mit jemandem zusammen sein, um ihn zu mögen.«

»… und dennoch die Vorzüge eines gewissen Vergnügens zu genießen …« flötete sie.

»Wenn beide damit einverstanden sind, warum nicht?«

Ich schaute kurz in ihr zweifelndes Gesicht.

»Glaubst du denn, dass sie es ist?«

»Kann ich mal Ihren Dienstausweis sehen, Frau Kommissarin?«, fragte ich sie, woraufhin sie grinste.

Wir bewegten uns auf immer dünnerem Eis und ich wusste, dass Jennas Gespür untrüglich war. Ungeachtet dessen war ich neugierig, wohin dieses Gespräch führen würde.

»Nein, mal im Ernst – ich glaube, dass sie gern mehr will«, mutmaßte sie.

Damit traf sie den Nagel auf den Kopf, als wüsste sie um meine inneren Tretminen.

Katharina war zweifelsfrei ein ungeklärter Aspekt meines Lebens, den ich schon zu lange hintangestellt hatte. Und dass ich mich bislang nicht darum gekümmert hatte, flog mir gerade doppelt um die Ohren. Unser gestriges Gespräch hallte wie ein Echo noch immer in mir nach.

»Vermutlich hast du recht«, gab ich klein bei.

»Nicht nur vermutlich.«

»Und du willst ernsthaft Germanistik studieren, nicht Psychologie?«

Jenna lachte.

»Warum bist du mit solch einer tollen Frau nicht zusammen?«

Seufzend atmete ich aus. Sie würde nicht lockerlassen.

»Keine Ahnung. Frag mich, warum eine Banane krumm ist.« Nun legte Jenna herausfordernd den Kopf schräg, was bedeutete, dass ihr diese Antwort gewiss nicht ausreichte.

»Warum sind Menschen deiner Meinung nach zusammen?«, stellte ich die Gegenfrage. Sie überlegte nicht lange, bevor sie antwortete. »In erster Linie aus Liebe, schätze ich.«

Ich warf ihr einen skeptischen Blick zu.

»Und warum gibt es dann so viele unglückliche Beziehungen?«, hakte ich nach.

Jenna fixierte mich wortlos. Hatte ihr meine Frage etwa die Sprache verschlagen?

»Weißt du, ich glaube, viele lieben nicht wirklich die Person an sich, sondern sind verliebt in die Vorstellung von ihr und in die Idee einer Beziehung«, sagte ich.

»Hm, das klingt …«, begann sie und suchte nach Worten. »Es klingt abgeklärt und unromantisch.«

»Liebe hat ja auch nichts mit Romantik zu tun. Verliebtheit schon eher. Verliebtheit wiederum hat nichts mit Liebe zu tun«, philosophierte ich mich in Fahrt und empfand das Thema, um das unser Gespräch kreiste, inzwischen als äußerst unterhaltsam.

»Und das weißt du deshalb so genau, weil …?«

»… ich mich darüber informiert habe«, setze ich den Satz fort.

»Etwa im Internet?«, scherzte sie lachend.

»Nein, durch Erfahrungen und Beobachtungen.«

Plötzlich nahm ihr Gesicht einen nachdenklichen Zug an.

»Glaubst du denn nicht an die wahre Liebe?«, fragte sie leise. Mein Blick traf ihren.

»Klar, natürlich«, sagte ich.

Eine Weile musterte sie mich noch, dann schaute sie geradeaus und behielt ihre Gedanken für sich. Unwillkürlich fragte ich mich, ob Victor Jennas große Liebe gewesen war. Immer wieder warf sie mir verstohlene Blicke zu, doch schwieg weiterhin. Zu gern hätte ich gewusst, was sie wohl dachte.

»Magst du Musik hören?«, fragte ich sie nach einer Weile.

»Ja gern.«

»Irgendwelche Wünsche?« Ich aktivierte die Bluetooth-Funktion meines Smartphones.

»Such du was aus«, sagte sie und sah verträumt in die Landschaft. Erst war ich versucht, Bowie zu öffnen, entschied mich dann aber anders. Jennas breites Schmunzeln wärmte mein Herz, als die ersten Töne von *1000 KM bis zum Meer* den Wagen erfüllten. An ihren Lippen las ich ab, dass sie leise mitsang, obwohl wir gerade in entgegengesetzter Richtung unterwegs waren.

Jenna

Nachdem Tom den Motor ausgeschaltet hatte, verharrten wir noch eine Minute schweigend im Wageninneren. Müde schloss ich meine brennenden Augenlider, weil ich auch in der letzten Nacht keinen Schlaf gefunden hatte. Dann stieg ich mit zitternden Beinen aus dem Auto aus. Nur mit Mühe konnte ich mein Gleichgewicht halten.

Der Parkplatz war leer, da die meisten Besucher vermutlich am Wochenende kamen. Zögernd blieb ich neben dem Auto stehen, als könnte es mir Schutz bieten.

Lebendige Bilder dessen, was ich das letzte Mal hier erlebt hatte, stiegen in mir auf und ich verspürte zunächst den Impuls, wegzurennen. Diese Art von Ausflucht stand längst nicht mehr zur Debatte. Und unser Gespräch vorhin über Liebe hatte mir noch deutlicher bewusst gemacht, dass ich ernsthaft klären musste, was mit meiner passiert war.

Wenn es stimmte, dass die wenigsten aus wahrer Liebe zusammen waren, sondern aus einer romantischen Vorstellung heraus, was war dann meine Intention gewesen, mit Victor zusammen zu sein? Bis zu seinem Unfall hatte ich nie angezweifelt, ihn zu lieben. Die vergangenen Wochen hatten mir hingegen gezeigt, dass nicht alles klar auf der Hand lag. Vor allem nicht meine Gefühle. Und damit meinte ich nicht nur meine Gefühle zu Victor.

Ich schob die Gedanken an Toms Kuss beiseite und versuchte, mich auf meinen Atem zu konzentrieren.

Tom trat neben mich.

»Bist du bereit?«, fragte er.

»Weiß nicht.« Unsicher schielte ich auf das Gebäude und rührte mich nicht von der Stelle. Als ich das letzte Mal hier gestanden und dabei zugesehen hatte, wie Victor ins Gebäude ging, war endgültig eine Welt in mir zusammengebrochen. Nun war ich wieder hier und wollte schauen, ob von dieser Welt überhaupt noch etwas übrig war.

»Bist du jetzt bereit?«, fragte Tom noch einmal.

»Ich denke schon. Ich wünschte nur, ich könnte mich an etwas festhalten.« Mein Hals war trocken wie Wüstenstaub und ich bekam meine Worte nur mühsam heraus.

»Ich kann dir die hier anbieten.« Wie selbstverständlich hielt er mir seine Hand hin. Benebelt starrte ich erst sie an und dann in sein Gesicht. Er lächelte nicht, aber sein Blick war warm und einladend – ebenso wie seine Geste.

So schob ich meine Hand in seine. Die Berührung seiner warmen Haut schickte winzige Stromstöße meinen Arm hinauf. Beruhigend war das nicht gerade. Aber ich fühlte mich sofort dynamischer. Aufmunternd nickte er in zum Eingang.

Langsam und zielsicher liefen wir nebeneinanderher auf das Hospital zu. Beim Gedanken, gleich Meli gegenüberzustehen, krampfte sich mein Magen wellenartig zusammen, doch ich bewegte mich entschlossen vorwärts.

Der überdachte Haupteingang befand sich im älteren Teil des Komplexes. Vor der Tür blieben wir stehen. Nur widerwillig ließ ich Toms Hand los. Den Rest des Weges würde ich allein gehen.

»Danke, dass du mitgekommen bist.«

»Du kriegst das schon hin.« Seine Stimme war leise, sein Blick überzeugend.

»Ja«, hauchte ich und nickte.

»Schick mir eine Nachricht, wenn du hier fertig bist. Ich gehe ein bisschen spazieren.«

»Okay, bis später.« Dann drehte ich mich um und betrat die

Klinik. An der Rezeption erkundigte ich mich, wo Meli untergebracht war. Während ich versuchte, mich in den endlosen Fluren nicht zu verirren, spürte ich noch immer die Wärme von Toms Berührung in meiner Hand.

Als ich die richtige Station endlich erreicht hatte und um die Ecke in den Flur trat, in dem sich Melis Zimmer befand, stockte zuerst mein Herz und dann mein Atem. Victor kam gerade aus Melis Zimmer. Reflexartig verharrte ich mitten in der Bewegung und mein Körper erstarrte wie in einem frostigen Kälteschub.

Auch Victor war stehengeblieben und musterte mich. Es gefiel mir nicht, dass ausgerechnet er meinen Besuch bei Meli mitbekam, und ein Zusammentreffen mit ihm konnte ich im Augenblick am allerwenigsten gebrauchen.

Gleich beiden auf einmal begegnen zu müssen, fühlte sich an, als wäre ich zu einer Art Schocktherapie verdonnert worden. Einmal mehr verfluchte ich es, wie sich mein Leben mir seit diesem Sommer präsentierte – ein blöder ›Zufall‹ jagte den nächsten.

In den ausgestorbenen Fluren waren kaum Patienten unterwegs und eine spannungsgeladene Stille dehnte sich zwischen uns aus. Vorsichtig bewegte ich mich auf Victor zu, als näherte ich mich einem schlafenden Löwen.

Victor erschien ebenfalls steif und wirkte befangen. Seine Anwesenheit war für mich die unliebsame Bestätigung dessen, dass zwischen ihm und Meli längst eine viel größere Nähe herrschte, als ich es geahnt hatte. Möglicherweise besaß er ja sogar eine 24-Stunden-Besuchszeit, was sie betraf. Das durfte mich keineswegs davon abhalten, zu ihr zu gehen, so viel Überwindung es mich auch kostete. Mein Kiefer tat mir weh von meinen zusammengebissenen Zähnen.

Zögernd kam Victor mir entgegen, bis wir einen knappen halben Meter voneinander entfernt stehen blieben. Nah und gleichzeitig fern. Von unserer früheren Vertrautheit war nichts mehr übrig.

Sein blondes, dichtes Haar war länger. Augenscheinlich ließ

er es wachsen. Das war mir bei unserem letzten Aufeinandertreffen gar nicht aufgefallen.

Dafür hatte er abgenommen. Sein Lieblingsshirt hing schlaff an ihm herunter. War es das, was Eric gemeint hatte, als er sagte, Victor sähe fertig aus? Mir erschien er seltsam fremd, als wäre die Verbundenheit, die ich einst mit ihm hatte, nur noch der Hauch einer blassen Erinnerung. Wohin ging die Liebe, wenn sie ging? War es denn wirklich Liebe gewesen?

»Hi, Jen«, begrüßte er mich seltsam defensiv. Meinen Kosenamen von ihm zu hören, behagte mir nicht. Ich empfand es nicht mehr als passend. Darum benutzte ich seinen mit Absicht nicht.

»Hallo Victor.«

»Bist du wieder zurück?«, fragte er.

»Nein. Tom hat mich hergefahren«, erklärte ich knapp.

»Von Rügen?« Seine Augen weiteten sich überrascht, als wäre dies unvorstellbar.

»Er muss dich echt mögen«, sagte er und diese Schlussfolgerung klang seltsam befremdlich aus seinem Mund. Vernahm ich da etwa eine winzige Spur Unsicherheit? Oder gar Eifersucht?

»Du siehst gut aus«, redete er weiter, als ich nichts dazu sagte, und ließ seinen Blick kurz über meinen Körper huschen.

»Danke«, erwiderte ich mechanisch. So ganz konnte ich nicht nachvollziehen, warum er mir ein Kompliment machte, zumal ich einen Alle-Locken-in-die-falsche-Richtung-Tag hatte.

»Es ist schön, dass du hier bist«, redete er weiter und ich fragte mich, was er mit all dem Süßholzraspeln bezweckte.

»Ich bin nicht deinetwegen gekommen«, stellte ich klar. »Ehrlich gesagt wundert es mich gar nicht, dass du hier bist, weil ihr vermutlich …«

»Es ist nicht so leicht, wie du denkst, Jenna«, unterbrach er mich – ruhig, aber deutlich.

Im kalten Weiß des Deckenlichts fielen mir die kleinen Falten auf, die sich in seine Stirn eingegraben hatten. Beim näheren Hinsehen sah er tatsächlich blass und abgekämpft aus.

»Die letzten Wochen waren kein Zuckerschlecken, das kannst du mir glauben«, sagte er, wie um die Spuren zu erklären, welche die Ereignisse in seinem Gesicht hinterlassen hatten.

Ein Anflug von Mitgefühl stieg in mir auf und ich ballte meine Hände zu Fäusten, um nicht in Victors Sog gezogen zu werden. Möglicherweise war es keine Liebe mehr, die ich empfand, doch ich hatte definitiv noch Gefühle. Sehr verwirrende obendrein.

Auf der anderen Seite war es beruhigend zu spüren, dass ich nicht die Einzige war, für die es in den vergangenen Wochen nicht einfach gewesen war. Ja, es gab nicht immer nur Schwarz oder Weiß, sondern unzählige Nuancen dazwischen.

»Wie geht es Meli denn?«, fragte ich, um das angespannte Schweigen zu unterbrechen, das sich erneut wie zäher Nebel zwischen uns ausgebreitet hatte.

Er blickte kurz zu ihrer Zimmertür und rieb seine Hände aneinander.

»Der Bruch war kompliziert und heilt nur schleppend. Das macht sie irre. Na ja … du kennst sie … Geduld ist nicht unbedingt eine ihrer Stärken.« Er zuckte kurz mit der Schulter, während er dies sagte und mich unsicher anschaute. In der Tat brauchte er mir nicht zu erklären, wie meine Freundin tickte.

»Jedenfalls wird sie sich freuen, dich zu sehen.«

Kurz sah es so aus, als wollte er seine Hand nach mir ausstrecken. Seit dem alles verändernden Telefonat vor ein paar Wochen hatten wir uns nicht mehr berührt. Fast wäre ich beim Blick in seine vertrauten blauen Augen schwach geworden, um mich dann in seine Arme zu flüchten, als wäre damit alles ungeschehen und wie durch einen Zauber in Ordnung.

Ein Poltern am Ende des Flurs rettete mich aus meinem kurzen Ausflug in eine rosarote Illusion und ich gewann meine Selbstbeherrschung zurück.

Nichts würde jemals wieder in Ordnung sein zwischen uns – dafür war zu viel kaputt gegangen.

»Hör zu, ich … bin immer noch nicht bereit, mit dir über

all das zu reden«, sagte ich und war erstaunt, wie fest und entschlossen meine Worte klangen.

Er nickte nur. Wahrscheinlich war auch ihm klar, dass wir das Ende unserer Beziehung nicht zwischen Tür und Angel auf einem Krankenhausflur aufarbeiten konnten. Denn dass unsere gemeinsame Zeit zu Ende war, stand längst außer Frage. Ganz egal, auf welche sentimentalen Abwege mich meine Gefühle noch lotsen wollten.

Selbst wenn Victor eine Kehrtwende vollziehen und sich am Ende für mich entscheiden würde – diese Sache stünde für immer zwischen uns. Und zwar zwischen uns dreien.

»Ich werde dann mal gehen«, sagte er leise und steckte seine Hände in die Hosentaschen.

»Es war … schön, dich zu sehen«, fügte er flüsternd hinzu.

Ich senkte kurz die Lider. Schön fand ich diese Begegnung nicht. Es war, wie es war, und ich wehrte mich nicht mehr dagegen.

»Bis dann«, verabschiedete ich ihn vage. Mit hängendem Kopf trottete Victor davon, ohne sich noch einmal umzudrehen.

Nachdem er um die Ecke verschwunden war, stand ich erst einmal verloren im menschenleeren Flur und atmete tief durch, um mein stolperndes Herz in einen erträglichen Takt zu bringen. Die unerwartete Begegnung mit ihm hatte mich aufgewühlt und das machte es mir nicht unbedingt leichter, an Melis Tür zu klopfen.

***

Vergeblich suchte ich nach einer Sitzgelegenheit, um meine zitternden Knie unter Kontrolle zu bringen und meine konfusen Gedanken zu besänftigen. Der Flur war leer und der nackte Linoleumboden sah nicht besonders einladend aus. Also lief ich ein paar Mal auf und ab, um meine Nervosität aufzulösen, bevor ich vor Melis Tür stehen blieb und die Augen schloss.

Schwerfällig hob ich meine Hand und klopfte an.

»Ja, bitte«, hörte ich von drinnen ihre vertraute Stimme, die mir so gefehlt hatte und unzählige Erinnerungen jagten durch meine Gedanken. Trotz meines Fluchtinstinkts drückte ich tapfer die Klinke hinunter und spähte ins Zimmer.

Meli saß am Fenster an einem kleinen Tischchen. Sie war allein. Als sie mich hereinkommen sah, ließ sie ihr Buch auf ihren Schoß sinken, legte beide Hände vor ihren Mund und riss ihre ohnehin schon großen Augen auf.

»Jen«, drang mein Spitzname kehlig hinter ihren Händen hervor. Sie erhob sich so langsam vom Stuhl, als lastete das Fünffache an Schwerkraft auf ihr. Unsicher trat ich ein und schloss die Tür. Einige Sekunden lang standen wir schweigend da und blickten uns an. Dann kam sie in kleinen Schritten auf mich zu. Sie trug eine bequeme Stoffhose und ein lichtgraues T-Shirt. Ihre langen braunen Haare hatte sie zu einem lockeren Knoten gebunden. Im Gegenlicht hatte ich es zunächst nicht erkennen können, jetzt fiel mir auf ich, wie blass sie war.

»Hallo, Meli«, sagte ich steif. Im nächsten Augenblick fiel sie mir trotz ihres verletzten Schlüsselbeins um den Hals und schluchzte hemmungslos in meine Schulter, als wären die Schleusen einer Talsperre geöffnet worden.

Im ersten Moment war es befremdlich, denn meistens war ich immer diejenige gewesen, die näher am Wasser gebaut hatte. Mein leichter Widerwille legte sich und ich erwiderte ihre Umarmung und legte meine Hände sacht auf ihren Rücken. Ihre Nähe machte mir noch schmerzlicher bewusst, wie stark ich sie vermisst hatte und meine eigenen zurückgehaltenen Tränen fanden ebenfalls ihren Weg, auch wenn ich mir noch so sehr vorgenommen hatte, cool zu bleiben.

Sie roch anders – irgendwie nicht nach Meli und doch passend und natürlich. Trotzdem war es ungewohnt, dass sie nicht nach ihrem vertrauten Parfum duftete.

»O Jen, es tut mir alles so schrecklich leid«, murmelte sie in den Stoff meiner Tunika. Diese Worte hatte ich bereits schon einmal gehört, von Victor. Sie konnten alles Mögliche meinen. Meine Gefühle drohten, mich zu überwältigen, sodass ich nach Luft schnappte. Neben Victor war Meli mein Ein und Alles gewesen. Und nun lag unsere Freundschaft in Scherben.

Während sie sich schluchzend an mich klammerte, schweifte mein tränengetrübter Blick durch das spartanische Krankenzimmer. Von den zwei Betten, die längsseitig an den Wänden standen, war eines unbenutzt.

Beigefarbene Gardinen flatterten träge im seichten Wind und ein offener Schrank mit Fächern für die Habseligkeiten stand neben der Tür.

Ein großes Bild mit van Goghs *Sonnenblumen* zierte die Wand und verlieh dem Raum eine winzige Spur farbiger Sommeratmosphäre.

Auf dem breiten Fensterbrett standen lebendige Blumen in einer bauchigen Vase. Ein bunter Strauß frischer Gerbera – wahrscheinlich gerade von Victor abgegeben und ich fragte mich, wie viele Blumen Meli in der Zwischenzeit wohl von ihm geschenkt bekommen hatte. Möglicherweise waren es mehr, als mir in der gesamten Zeit unserer Beziehung zugutegekommen waren.

Behutsam, aber bestimmt löste ich mich aus Melis Klammergriff und wischte mir meine Tränen weg.

»Du bist hergekommen«, schniefte Meli und schaute mich aus rot geweinten Augen an.

»Ja das bin ich«, gab ich mit ähnlich erstickter Stimme zurück. »Und ich hätte gern Antworten auf eine paar Fragen.« Nur mühsam erlangte ich meine Fassung zurück und verschränkte die Arme, um die Ernsthaftigkeit meines Besuches zu betonen.

Sie strich sich mit beiden Händen über ihr Gesicht, als ließen sich so die Spuren ihres Weinkrampfes beseitigen. Vergeblich, wir sahen beide verheult aus.

»Okay, einverstanden«, hauchte sie mit dünner Stimme.

»Und erzähl mir bitte nicht die Story, dass du ja so gar nicht wüsstest, wie das alles passieren konnte. Die hat mir Victor schon aufgetischt. Und ich finde sie scheiße«, sagte ich und schob mir einige störrische Locken aus der Stirn. Meli wirkte, als hätte ich ihr soeben die Grundlage ihrer Argumentation genommen, nickte aber dann. »Du hast das Recht auf die Wahrheit. Lass uns nach draußen gehen«, schlug sie vor und nahm sich eine Strickjacke von der Stuhllehne, obwohl es draußen warm war.

Ihren Vorschlag fand ich vernünftig. Mehr Raum um uns herum würde die Situation ein wenig erträglicher gestalten. Da ich von Victor über den Zustand ihrer Genesung aufgeklärt worden war, fragte ich sie nicht nach ihrem körperlichen Befinden, obwohl sie sichtlich Mühe hatte, sich die Strickjacke überzuziehen. Ebenso behielt ich meine Begegnung mit Victor für mich.

Wir verließen das Gebäude und traten hinaus in den warmen Sonnenschein. Schweigend liefen wir über die Rasenfläche zu einigen Bäumen, bis wir uns auf einer Bank niederließen. Instinktiv hielt ich nach Tom Ausschau, weil ich insgeheim auf keinen Fall in die Verlegenheit kommen wollte, die beiden hier vorstellen zu müssen.

Tom gehörte nicht in mein altes Leben.

Noch immer sagten wir kein Wort. Mit geschlossenen Augen hielt Meli ihr Gesicht in die Sonnenstrahlen, die zwischen den wogenden Baumkronen hindurchschimmerten, als inhalierte sie das heilsame Licht. Die weiß gewordenen Fingerknöchel ihrer Hände, die sich um den Rand der Sitzfläche krallten, verrieten jedoch ihre Anspannung.

»Weißt du, nachdem ich einigermaßen wiederhergestellt war, hatte ich mich nicht getraut, mich bei dir zu melden.« Sie warf mir einen flüchtigen Seitenblick zu. Ich schwieg.

»Aber ich habe permanent an dich gedacht und dich so vermisst. Ich dachte, du würdest mich hassen … und willst mich nie wiedersehen …« Stockend brach sie ab.

»Das habe ich auch«, antwortete ich unverzüglich. »Dich gehasst – nein, euch beide«, fügte ich hinzu und sie nickte betroffen.

»Ich wünschte, das alles wäre nie passiert«, sagte sie.

Meine Finger verkrampften sich ebenfalls. Auch diese Story kannte ich zur Genüge. Hatten sie und Victor sich etwa abgesprochen? War diese abgedroschene Floskel in ihren Augen jene Wahrheit, die ich verdiente?

»Was meinst du mit *alles*?« Meine Frage klang schroffer, als beabsichtigt, weshalb ich einen tiefen Atemzug nahm, um mich zu beruhigen.

»Ich meine … den Unfall und … dass … sich das alles so verworren entwickelt hat«, stammelte sie.

So nannte sie das also. »Es hat sich beschissen entwickelt!« schleuderte ich ihr entgegen. Von Beruhigung war weit und breit keine Spur in mir.

»Es tut mir so leid«, wiederholte sie. Ihre Mundwinkel bebten und ich sah ihr an, dass sie um ihre Fassung rang.

»Wie lange ging das eigentlich schon zwischen euch – bevor der Unfall passiert ist?«, fragte ich geradeheraus und bemühte mich um einen sachlichen Tonfall.

»Etwa sechs Wochen«, flüsterte sie und senkte reumütig die Lider. Innerlich rechnete ich nach. Das stimmte ungefähr mit jenem Zeitpunkt überein, ab dem Victor spürbar distanzierter geworden war.

Fieberhaft hatte ich letzte Nacht noch in meinem Chat mit Meli nach Hinweisen gesucht, die mir Aufschluss darüber hätten geben können, was sich im Hintergrund angebahnt hatte. Zu dieser Zeit war unser Kontakt auf ein Minimum reduziert gewesen, weil ich zu beschäftigt mit meinen zwei Jobs und der Planung der Reise gewesen war. So hatte ich gar nicht bemerkt, dass auch von ihr viel weniger Nachrichten gekommen waren.

Noch immer hätte ich mir dafür in den Hintern beißen können, dass ich damals nicht auf mein Bauchgefühl hinsichtlich Victors Rückzug gehört hatte.

Hätte, wäre, wenn nutzten mir nicht mehr. Und der Unfall, der letztlich alles ans Licht gebracht hatte, war lediglich ein Weckruf gewesen.

»Lass mich das bitte verstehen.« Ich legte beide Handflächen aneinander. »Wieso ausgerechnet Victor? Wie kam es dazu? Hast du jemals auch nur ein einziges Mal daran gedacht, wie es mir dabei gehen könnte? Und ist dir nie in den Sinn gekommen, dass du damit unsere Freundschaft aufs Spiel setzt?« Meine Fragen schossen aus mir heraus wie Tennisbälle aus einer Ballmaschine.

Meli nestelte an den Köpfen ihrer Strickjacke herum. »Natürlich hab ich das«, wisperte sie.

»Anscheinend ja nicht«, widersprach ich trotzig.

»Es war alles ganz anders geplant«, sagte sie. Mit angespannten Kiefermuskeln wartete ich, was nun wohl kam.

»Es … gab da diese Party …«

»Welche Party?«, fragte ich und zog die Stirn in Falten.

»Die war Ende April. Ich war mit meinem Kollegen Robin auf der Party seines Bruders Jannik. Der wohnt in Potsdam. Er war öfter mal bei uns in der Bank. Wir haben miteinander geflirtet und ich hab mich in ihn verguckt. Deshalb hat Robin mich dorthin mitgenommen.«

Mein Gesicht musste inzwischen ein einziges Fragezeichen sein. Meli war verknallt gewesen in den Bruder ihres Kollegen aus der Bankfiliale, in der sie ihre Ausbildung machte – was hatte ich denn noch alles nicht mitbekommen? Allmählich glaubte ich, mehrere Monate lang in einem Paralleluniversum gelebt zu haben.

»Und was hat das mit Victor zu tun?«

»Victor war zufällig auch da, weil sein Kumpel Leon Jannik kennt«, erklärte Meli.

Noch immer versuchte ich zu begreifen, was es mit dieser

Party auf sich hatte und überlegte angestrengt, wann Victor ohne mich ausgegangen war. Er hatte es nie erwähnt und ich begann mich zu fragen, was er mir im Vorfeld bereits alles verheimlicht hatte.

»Okay, Victor war da … und dann?«, bohrte ich weiter.

Meli strich sich eine Strähne hinters Ohr, die sich aus ihrem Knoten gelöst hatte.

»Jannik hat sich mir gegenüber auf dieser Party wie ein Arsch verhalten. Aber das … spielt jetzt keine Rolle mehr«, sagte sie matt und winkte ab.

»Verstehe«, murmelte ich, obwohl ich überhaupt nichts verstand. Meli war hinter dem Bruder ihres Kollegen hergewesen; der hatte sich dann als Arsch entpuppt – was immer das bedeuten mochte – und plötzlich war sie scharf auf Victor? Das Ganze ergab nicht den allergeringsten Sinn für mich. Sie schien mir meine Verwirrung anzusehen und sprach weiter.

»Jedenfalls habe ich dann den Abend mit Victor und Leon verbracht.«

»Davon hat Victor mir nie etwas erzählt«, sagte ich, mehr zu mir selbst, und beobachtete eine Amsel, die unter einigen Blättern am Boden nach Würmern suchte. Ich zog mein Knie hoch und stellte einen Fuß auf der Bank ab.

»Na ja, du bist ja noch nie so gern auf Partys gegangen«, wandte Meli ein, woraufhin sich mein Blick messerscharf auf sie richtete.

»Und das gibt dir das Recht, dich an meinen Freund heranzumachen?«, fragte ich ungehalten.

»Das habe ich nicht«, gab sie kleinlaut zurück. »Es war verabredet, dass ich später mit Robin zurückfahre. Aber der hatte so viel getrunken, dass er nicht mehr fahren durfte, und wollte bei seinem Bruder übernachten. Und Vic hat mir angeboten, mich auf seinem Bike mitzunehmen.«

Unwillkürlich schloss ich die Lider und sofort spulte ein Film vor meinem geistigen Auge ab. *Ja, so war er*, dachte ich bitter. *Ritteräch und immer hilfsbereit.* Es traf mich tief, wie Meli von Victor redete. Zweifellos spiegelte es die Vertrautheit wider, die sie mit ihm entwickelt hatte.

»Es tat einfach nur gut, mir den Reinfall mit Jannik von der Seele zu reden«, riss sie mich aus meinen peinigenden Gedanken.

»Und als Tröster musstest du dir ausgerechnet meinen Freund aussuchen?« Mitgenommen legte ich eine Handfläche auf meine Stirn. Ein leichtes Pochen dahinter kündigte dumpfe Kopfschmerzen an.

»Wir haben nur geredet, Jen. Er hat mich daheim abgesetzt und jeder ging seiner Wege. Glaub mir, ich wollte mich nie an ihn heranmachen.« Ihre Worte klangen beinahe flehend und ihr ganzer Körper war in sich zusammengesunken.

»Und trotzdem ist es, wie es ist«, stellte ich ernüchtert fest. Ungeachtet dessen stiegen Gewissensbisse in mir auf und meine Kehle verengte sich. Durfte ich denn die Klägerin spielen nach meinem Flirt mit Tom? Schließlich hatten wir uns geküsst, obwohl er vergeben war. Nur hatte ich das nicht gewusst – und Katharina und ich waren keine besten Freundinnen. Also schob ich den Gedanken beiseite und konzentrierte mich wieder auf Meli.

»Und dann … warst du auf einmal verliebt in Victor?«, fragte ich ungläubig. Sie hatte ihre Lippen aufeinander gepresst und schüttelte den Kopf.

»Ein paar Tage später sind wir uns zufällig über den Weg gelaufen. Und er fragte, wie es mir geht. Und so kam es, dass wir miteinander geredet haben, über alles Mögliche. Und … na ja, … wir haben festgestellt, dass wir eine Menge gemeinsam haben und … seitdem hatten wir regelmäßig Kontakt. Anfangs war es nur freundschaftlich, ich schwöre es. Aber nach und nach …« Erneut brach sie mitten im Satz ab und senkte den Kopf, weil sie mir nicht mehr in die Augen schauen konnte.

Wie betäubt saß ich da und konnte mich nicht mehr regen.

Ein beklemmender Druck kroch in meiner Brust empor und das erschwerte mir das Atmen.

»Wenn du wirklich meine Freundin wärst, hättest du Victor weggeschickt – und zwar jedes einzelne Mal«, brachte ich mit zitternder Stimme hervor.

»Sag das nicht, bitte«, flehte sie. »Ich wollte niemals unsere Freundschaft zerstören. Aber …« Sie stockte und ich schaute sie mit zusammengekniffenen Augenbrauen an. »Aber was?«

»Man hat doch keinen Einfluss darauf, in wen man sich verliebt … oder?« Ihre Stimme war so leise, dass das Rauschen der Blätter sie fast übertönte. Sie sah aus, als erwartete sie eine Bestätigung von mir.

»Man hat sehr wohl einen Einfluss darauf, ob man seine beste Freundin hintergeht.« Meine Worte fühlten sich an, als zerschnitten sie endgültig die Illusion einer ewig währenden Verbundenheit zwischen uns.

»Ich wollte das alles nicht, das musst du mir glauben«, sagte sie und legte eine Hand auf mein Knie, als wollte sie damit unsere Zusammengehörigkeit aufrechterhalten. Ihre Berührung fühlte sich schwer und seltsam brennend an, selbst durch den Stoff meiner Jeans hindurch.

»Weißt du, ich musste hier an so vieles denken, was wir zusammen erlebt haben. Das fehlt mir alles – unsere Radtouren über die Felder im Morgennebel, wie wir abends nackt im See geschwommen sind und nachts stundenlang Filme geschaut haben. All das habe ich nie mit jemand anderem erlebt, immer nur mit dir und …«

»Hör auf!«, unterbrach ich sie unwirsch und hielt mir demonstrativ die Ohren zu, woraufhin sie ihre Hand wieder wegzog. »Was soll das, Meli? Es ist nicht nötig, all diese Dinge aufzuzählen. Ich habe meine eigenen Erinnerungen.« Meine abwehrende Reaktion war ein kläglicher Versuch, den stechenden Schmerz abzublocken, den ihre Worte frisch befeuert hatten.

»Außerdem interessiert mich die Vergangenheit gerade

nicht. Ich bin eher schockiert darüber, wie meine Gegenwart aussieht!« Meine Tränen gewannen die Oberhand. Ich verbarg mein Gesicht in meinen Händen und weinte, als ich langsam begriff, dass Meli und ich keine gemeinsame Zukunft mehr hatten. Ich hatte absolut keine Ahnung, wie meine Zukunft ohne sie aussehen würde. Und dieser Gedanke brach mir noch einmal das Herz.

»Sag mir, was ich tun soll«, krächzte Meli. Sie hielt ihre Hände ineinandergehakt und knetete ihre Finger.

»Mach es ungeschehen«, flüsterte ich und blinzelte sie durch meinen Tränenschleier hindurch an.

»Das kann ich nicht. Aber ich will dich auch nicht verlieren.« Für diese Erkenntnis war es mittlerweile zu spät.

»Es ist alles kaputt, Meli. Nichts wird wie früher sein«, entgegnete ich hart. »Wie soll das denn funktionieren mit uns?«

»Ich werde …«, hob Meli an, doch sie konnte ihren Satz nicht beenden, da plötzlich ihr Name fiel. Wir reckten unsere Köpfe in Richtung Hauptgebäude.

»Frau Arens!«, rief eine Krankenschwester streng und näherte sich eiligen Schrittes unserer Bank. »Sie verpassen bereits zum dritten Mal Ihre Physiotherapie. Wenn das so weitergeht, muss ich wohl Ihre Besuchszeiten einschränken lassen.« Sie hatte uns erreicht, baute sich vor uns auf und schaute mit hochgezogener Augenbraue zu uns herab.

»Schwester Iris«, piepste Meli unterwürfig. »Es tut mir leid. Ich habe wichtigen Besuch gehabt und …« Meli wies mit beiden Händen auf mich.

»Ihr Besuch scheint Ihnen immer wichtiger zu sein, als Ihre Genesung«, unterbrach die Schwester sie und warf mir einen kurzen Blick zu.

Meli sah sie schuldbewusst an und ich konnte mir lebhaft vorstellen, *welchen* Besuch Schwester Iris meinte.

»Ich muss sowieso los«, sagte ich monoton und konnte es nicht erwarten, von hier wegzukommen. Das Gespräch hatte sich schon im Kreis bewegt.

»Ich bin sofort da«, versprach Meli der Stationsschwester.

»Zwei Minuten!«, lautete ihr Befehl und sie stapfte genauso energisch davon, wie sie aufgetaucht war.

»Alle echt nett hier«, versuchte Meli zu scherzen. Mir war ganz und gar nicht nach Heiterkeit zumute und meine Miene blieb ernst.

»Ich sollte gehen«, sagte ich matt und spürte eine bleierne Erschöpfung in meinem gesamten Körper, begleitet von bohrendem Kopfweh.

»In ein paar Tagen bin ich endlich hier raus und … dann … reden wir noch mal ganz in Ruhe, ja?« Meli blickte mich beschwörend mit ihren großen braunen Augen an. Ich nickte, obwohl ich noch nicht wusste, ob ich das wollte. Gerade hatte ich nur noch einen Wunsch: So schnell wie möglich zurück nach Rügen zu kommen.

Meli beugte sich zu mir und umarmte mich zaghaft.

»Danke, dass du da warst. Das bedeutet mir unendlich viel.«

Bei diesen Worten zitterte ihre Stimme. Nur widerstrebend stand sie auf und lief zurück, wobei sie sich noch mehrmals zu mir umdrehte.

Mit geschlossenen Augen lehnte ich mich zurück gegen die Bank. Während ich so dasaß und unsere Begegnung reflektierte, erkannte ich, warum ich so kraftlos und ausgelaugt war. Was so intensiv an mir zehrte, war die Tatsache, dass ich Meli nicht mehr fühlen konnte – als hätte es zwischen uns die ganze Zeit eine Glaswand gegeben, die eine aufrichtige Verbindung verhindert hatte.

Nie wieder würden wir dort anknüpfen können, wo wir einst zueinander gestanden hatten, selbst wenn sie und Victor sich jemals trennen sollten.

Wenn wir noch einmal Freundinnen werden wollten, mussten wir ganz von vorn anfangen, und in mir stiegen Zweifel auf, ob das funktionieren würde.

Eine Weile blieb ich reglos auf der Bank sitzen, bevor ich schließlich mein Handy herauskramte und Tom eine Nachricht schickte. Zeit, nach Hause zu fahren.

Tom

Während Jenna bei ihrer Freundin war, hatte ich so vertieft gelesen, dass ich zunächst nicht bemerkte, wie sich jemand neben mich auf die Bank setzte. Nach meinem kurzen Abstecher nach Rostock vor ein paar Tagen, hatte ich das Buch in der Bibliothek gefunden, als hätte es dort schon die ganze Zeit auf mich gewartet, denn an Zufälle glaubte ich längst nicht mehr. Seitdem trug ich es die ganze Zeit mit mir herum, um bei jeder sich bietenden Gelegenheit darin zu schmökern.

Als ich aufblickte, sah ich einem älteren Herrn in seine stechend blauen Augen, die vor Lebendigkeit nur so strahlten. Milde lächelte er mich an und begutachtete mein Buch.

»Ich erinnere mich gut daran, wie ich es gelesen habe«, sagte er mit einer leicht kratzigen und zugleich festen Stimme.

»Sie kennen es?«, fragte ich erstaunt.

»Das und noch unzählige dieser Art.« Er hatte beide Hände vor sich auf seinen Spazierstock gestützt. Seine karierte Schiebermütze verlieh ihm einen Touch von britischem Gentleman. Eine wohltuende Ruhe ging von ihm aus und ich drehte mich ihm interessiert zu.

Er war bislang der erste Mensch in meinem Leben, dem diese Art von Literatur nicht fremd war.

»Und, haben Ihnen diese Bücher etwas gebracht?«, fragte ich neugierig.

»Sie haben meinen Wissensdurst gestillt. Somit hatte mein Verstand immer allerhand zu tun.« Er strich sich mit einer Hand durch seinen grauen Kinnbart.

»Am Ende ist alles immer wieder auf eine einzige Erkenntnis hinausgelaufen. Ich nenne sie mein Lebensmantra.«

Gebannt lauschte ich seinen Worten.

»Verraten Sie es mir?«, fragte ich hoffnungsvoll.

»Oh, meine Erkenntnis muss nicht unbedingt die Ihre sein. Sie sind noch so jung und haben noch so viel zu entdecken.«

»Ich würde sie trotzdem gern hören.«, bat ich ihn, während er mich aus seinen wachen Augen anschaute.

»Was ist denn Ihre eigene Erkenntnis bisher?«, fragte er mich, anstatt zu antworten.

Was ist meine Erkenntnis bislang?, hallte seine Frage in mir wider. Viel war es noch nicht und erst allmählich begriff ich, wie komplex das Leben war, wie viel sich jenseits der sichtbaren Realität verbarg, wie viele Geheimnisse es zu lüften gab … und dass ich vor Kurzem noch nichts darüber gewusst hatte.

»Ich habe das Gefühl, als hätte ich bis dato nur an der Oberfläche gelebt«, antwortete ich und er nickte bedächtig, als wisse er genau, was ich meinte.

»Alles bekommt irgendwie eine ganz andere Tiefe. Das kann ich gar nicht richtig mit Worten beschreiben.« Aufgeregt strich ich mir durchs Haar. Mich hier mit einem fremden Menschen auf eine so vertraute Weise auszutauschen, war mir neu und ließ meinen Puls ein paar Takte höher schlagen. Zudem schien er mich genau zu verstehen.

»O ja. Es geht noch durch viele Schichten. Glauben Sie mir, das wird ein wilder Ritt«, sagte er gütig.

Das war es schon, dachte ich. Obwohl sich im Außen nicht viel bewegte, offenbarte sich mir nach und nach eine völlig neue Welt.

»Was machen Sie in einem Krankenhauspark?«, fragte er »Für meine Begriffe sehen Sie reichlich gesund aus.«

»O danke«, sagte ich verlegen. »Ich warte auf eine Freundin, die hier jemanden besucht, und vertreibe mir solange die Zeit mit … Lesen«, erwiderte ich und hielt mein Buch hoch.

»Lesen Sie. Stillen Sie Ihren Wissensdurst. Doch wenn ich

Ihnen eines mitgeben darf – *fühlen* Sie es auch«, sagte er geheimnisvoll und erhob sich. Dass er bereits gehen wollte, fand ich äußerst schade, denn ich hätte mich gerne noch länger mit ihm unterhalten. Seine Worte waren wie ein Sog und lösten eine wohlige Wärme in meinem gesamten Brustraum aus. Er stellte sich direkt vor mich und sah mich eindringlich an.

»Die Wahrheit kann niemand mit dem Verstand erfassen, sondern nur über das Herz.« Er tippte sich an den Schirm seiner Mütze und war schon im Begriff, zu gehen.

»Das ist übrigens meine Erkenntnis des Ganzen«, hörte ich ihn noch sagen, nachdem er sich in Bewegung gesetzt hatte. Da war es wieder – das Thema *Herz*. Es zog sich durch sämtliche Facetten meines Seins.

»Ich danke Ihnen. Einen schönen Tag noch«, rief ich ihm nach und hob grüßend meine Hand, obwohl er meine Geste nicht mehr sehen konnte. Dann war er auch schon um die nächste Ecke verschwunden. Ich klappte das Buch zu und sann über diese Begegnung nach. Er hatte annähernd dasselbe gesagt, wie die Heilpraktikerin, nur in anderen Worten. Ehe ich noch weiter in die Tiefe schürfen konnte, vibrierte mein Handy in meiner Hosentasche und riss mich aus meinen Gedanken. Jenna hatte geschrieben.

Ich bin fertig.
Warte am Auto auf dich.

Freude huschte über mein Gesicht, als ich ihre Nachricht las und ihre Nummer in meinen Kontakten abspeicherte. Jetzt hatte ich sie immer bei mir – neben dem Foto, das ich am Wasser von ihr gemacht hatte.

Sie vorhin allein zu lassen, war mir schwerer gefallen, als ich gedacht hätte. Umso neugieriger war ich, wie es für sie gelaufen war.

Gemächlich stand ich von der Parkbank auf und streckte

mich ausgiebig – noch immer ein Kribbeln in meinen Gliedern von diesem kurzen und bewegenden Gespräch.

Als ich mich dem Parkplatz näherte, sah ich Jenna am Auto gelehnt in den Himmel schauen, als könnte sie dort all ihre Gedanken, die sie nicht mehr brauchte, abgeben. Ich stellte mich direkt vor sie, fast unverschämt nah. Langsam senkte sie das Kinn und schaute mich an. Ihre Iris schimmerte grün und ihre Lider waren leicht gerötet. Sie musste geweint haben.

»Lass uns zurück ans Meer fahren«, bat sie mit heiserer Stimme. Nur mit äußerster Beherrschung konnte ich mich davon abhalten, ihr Gesicht zu berühren. Für einige Sekunden versank ich in ihren Augen und wünschte mir nichts sehnlicher, als sie erneut zu küssen.

Im nächsten Augenblick meldete sich mein Magen mit einem lautstarken Knurren und sie verzog das Gesicht zu einem schiefen Lächeln.

»Aber erst muss ich was essen, sonst verhungere ich«, sagte ich, während ich um den Wagen herumlief und die Türen entriegelte.

Unterwegs holte ich mir ein Sandwich und ein paar Pommes und machte ein Picknick im Auto, bevor es auf die Autobahn ging. Jenna hatte keinen Appetit und blieb ungewöhnlich still. Obwohl ich neugierig war, zu erfahren, was sie erlebt hatte, drängte ich sie nicht, davon zu erzählen. Ich ließ sie in ihrem Schweigen, das sich wie ein unsichtbarer Kokon um sie gebildet hatte. Kurz, nachdem wir Berlin hinter uns gelassen hatten, war sie eingeschlafen.

Mit gleichmäßiger Geschwindigkeit fuhr ich durch den spärlichen Verkehr und kam gut voran. Das monotone Brummen des Motors und das Surren der Reifen über den Asphalt waren die einzigen Geräusche, die mich begleiteten. Wären Gedanken allerdings für die Ohren hörbar, dann wäre es wohl richtig laut im Wagen gewesen. Ich versuchte gar nicht erst, meine Überlegungen mit Musik zu übertönen, sondern ließ sie einfach durch meinen Kopf wabern, denn ich wollte Jenna nicht wecken.

Nach knapp drei Stunden erreichten wir die Küste. Die malerische Altstadt von Stralsund leuchtete kupferfarben in der Abendsonne und fesselte meine Aufmerksamkeit. Durch das geöffnete Fenster strömte die frische Meeresluft herein, was sofort neue Energie durch mein System schickte. Zum wiederholten Male in diesem Sommer passierte ich den Rügendamm und war froh, auf der Insel anzukommen. Es kam mir vor, als wären wir ewig weg gewesen.

Mein Blick fiel auf Jenna und ich musste schmunzeln. Inzwischen hatte sie sich zur Seite geneigt und ich spürte das Gewicht ihres Kopfes an meiner Schulter. Ihr Anblick strahlte so viel Frieden aus und mir kam in den Sinn, wie oft ich sie bei mir im Auto gehabt hatte, als gehörte sie mittlerweile selbstverständlich hierher.

Kurz vor halb elf brachte ich den Wagen vor dem Haus zum Stehen und ließ den Motor verstummen. Erschöpft lehnte ich mich im Sitz zurück und lauschte mit geschlossenen Augen Jennas regelmäßigen Atemzügen.

Sie hatte sich klammheimlich in mein Herz geschlichen und ich bekam sie da nicht mehr heraus – während zu Hause jemand auf mich wartete, den ich damit vermutlich sehr verletzen würde. Ich war mir nicht sicher, ob Katharina irgendeinen Verdacht geschöpft hatte, als sie hier gewesen war. Um ein klärendes Gespräch würde ich daheim jedenfalls nicht mehr herumkommen. Zwar war unsere Beziehung immer locker gewesen, aber selbst dies konnte ich längst nicht mehr mit meinen anderweitigen Gefühlen vereinbaren. Und ich wollte ihr nicht länger etwas vormachen, dazu mochte und respektierte ich sie zu sehr.

Hörbar blies ich sämtliche Luft aus meinen Lungen, und erst als der Reflex übermächtig wurde, atmete ich tief ein.

Dann berührte ich sachte Jennas Schulter und weckte sie.

»Hey, Dornröschen, aufwachen«, sagte ich in die Stille des Wagens hinein.

Jenna

Eine sanfte Berührung weckte mich. Das Ziehen entlang meiner Wirbelsäule ließ mich die Augen öffnen und ich blinzelte durch die Windschutzscheibe in die violetten Reste von Tageslicht, das sich am Horizont verflüchtigte.

Mein Kopf ruhte an Toms Schulter. Es war absolut still.

Mühsam bewegte ich mich zurück in eine aufrechte Position und drehte ihm mein Gesicht zu. Im Halbdunkel konnte ich den Ausdruck in seinen Augen nicht richtig erkennen, doch er lächelte mich an.

»Sind wir schon da?« Die Frage war überflüssig, denn ich erkannte selbst, dass wir vor dem alten Kapitänshaus standen.

»Ja, zurück am Meer«, sagte er leise.

Mit beiden Händen strich ich mir meine Haare nach hinten und streckte den Rücken durch. Die schiefe Position hatte mich ganz steif werden lassen.

»Habe ich etwa die ganze Zeit geschlafen?«, fragte ich ungläubig und benommen.

»Seit Berlin.«

»O Gott«, gab ich erschrocken zurück und meine Hand wanderte zu meinem Mund. Die Vorstellung, dass ich die ganze Zeit so da gehangen und die Bewegungsfreiheit seines Armes eingeschränkt hatte, war nicht gerade berauschend. Seine Nähe dagegen umso mehr. Und ich wünschte mir, dass ich diese Stunden mit ihm nicht verschlafen hätte. Als wir losgefahren waren, war ich mit einem Mal so müde gewesen, dass mir die Augen zugefallen waren.

»Ich bezahle dir die Tankfüllung«, teilte ich ihm mit, weil es das Nächste war, was mir in den Sinn kam.

»Das eilt nicht. Sag mir lieber, wie es dir geht.«

»Ich bin ziemlich fertig und froh, dass ich es hinter mich gebracht habe.« Meine Hände nestelten am Gurt und ich schnallte mich ab.

»Danke, dass du mich begleitet hast«, sagte ich zu und drehte mich zu Tom.

»Immer«, bestätigte er und nickte. »Was hat Deine Freundin gesagt?«

Eine kurze Weile verging, bis ich anfing zu reden. Meine Erinnerungen hatten sich zu einem verworrenen Knoten verfestigt, während ich geschlafen hatte, und alles kam mir vor wie ein Traum.

»Als erstes kam Victor aus ihrem Zimmer heraus.«

»O Shit!« Tom stieß ein leises Pfeifen aus. Ich zuckte mit den Schultern und fixierte kurz meine verschränkten Finger.

»Meli hat sofort losgeheult. Das kenne ich gar nicht von ihr. Sie heult nicht oft.« *Im Gegensatz zu mir*, fügte ich stumm hinzu.

»Sie hat dich hintergangen«, warf Tom ein. »Das ist nicht ohne und das weiß sie auch.«

Er hatte recht. Damit würde nicht nur ich, sondern auch sie von nun an leben müssen.

»Na ja, und durch ihre Heulerei habe ich auch damit angefangen und … das ging dann eine Weile, bis ich gesagt habe, dass ich Antworten haben will.«

Tom hatte sich ebenfalls abgeschnallt und mir seinen Oberkörper zugewandt. Auch seine Hände lagen in seinem Schoß.

»Es tut ihr alles unendlich leid und sie hat wohl lange versucht, ihre Gefühle zu verdrängen. Aber sie hat sich nun mal in ihn verliebt … und er sich in sie … und das alles ist ein einziger riesiger Schlamassel. Und sie will mich nicht verlieren.« Wieder wollten Tränen in mir aufsteigen. Energisch schluckte ich sie herunter, als ich Tom ansah.

»Verständlich«, sagte er. »Und genauso ist es. Nicht du verlierst sie, sondern sie dich.« Eine Pause entstand, in der seine Worte in mich einsickerten wie nährende Wassertropfen in einen ausgedörrten Boden.

»So habe ich das noch gar nicht betrachtet«, flüsterte ich. Diese Perspektive war immer noch dramatisch, aber tausendmal tröstlicher, als all die nagenden Zweifel, die ich in den letzten Wochen gegen mich selbst gerichtet hatte. Damit sollte ich wirklich aufhören.

Zu all den verwirrenden Gefühlen in meiner Bauchgegend mischte sich plötzlich ein ganz anderes Empfinden.

»Ich hab Hunger«, verkündete ich und Tom lachte über den Themenwechsel.

»Das kann ich mir vorstellen.«

»Lass uns Pancakes machen«, schlug ich vor.

»Hatte ich schon ewig nicht. Machen wir«, stimmte er nickend zu, zog Snoopy aus dem Zündschloss und öffnete die Autotür.

***

Drinnen suchte ich sofort die Zutaten für den Teig zusammen und kramte in den Schränken und Schubladen nach allen Gegenständen, die wir für unsere Küchenschlacht brauchten.

Tom war an den Tisch getreten. »Okay, was kann ich tun?« Wortlos drückte ich ihm den Rührstab in die Hand und füllte die Zutaten für den Teig in eine hohe Schüssel, die ich ihm ebenfalls hinhielt.

»Sollte ich hinkriegen«, sagte er.

Währenddessen lief ich in die Speisekammer und suchte nach Dingen, mit denen wir die Pfannkuchen verfeinern konnten.

»In irgendeinem Jahrhundert hatten wir hier auch mal Ahornsirup«, rief ich gegen das elektrische Kreischen aus der Küche an. Tom schaltete den Rührstab aus.

»Mir reicht auch Puderzucker«, gab er zurück.

255

»Ich fürchte, mehr haben wir auch nicht.« Im Kühlschrank fand ich noch ein paar Himbeeren.

»Dann mal los«, sagte er, gab Öl in die Pfanne und stellte den Herd an. Schmunzelnd sah ich ihm zu und freute mich, dass er anscheinend Spaß daran hatte.

»Okay, pass auf«, kündigte er an. »Die Wendeaktion startet ... jetzt.«

Er rüttelte die Pfanne hin und her und schwang sie in die Höhe – ein wenig zu dynamisch. Der Teigfladen löste sich vom Pfannenboden, nahm jedoch eine unvorhergesehene Kurve, und anstatt wieder in der Pfanne zu landen, klatschte er mit der noch wässrigen Seite neben die Kochplatte. Einige Spritzer verkohlten und verströmten ihr angebranntes Aroma.

Lachend warf ich meinen Kopf in den Nacken und zeigte mit dem Finger auf den verunglückten Teighaufen. Tom schaute mich mit ernster Miene an, was mich noch heftiger prusten ließ.

»Am Filmset hieße das wohl *Cut* und das Ganze würde noch mal gedreht«, kommentierte er seine klebrige Sauerei trocken.

»Ja, es wäre definitiv ein Outtake.«

Mit dem Pfannenwender kratzte er den Klumpen von der Arbeitsplatte und startete einen neuen Versuch, ohne gewagte Wendemanöver. Nach einer Weile hatte er einen ansehnlichen Stapel Pancakes produziert. Ihr herrlicher Duft erfüllte die Küche und mein Magen knurrte immer lauter. Das Einzige, was ich heute Morgen mühsam herunter bekommen hatte, war eine Banane. Nun war mein Appetit zurückgekehrt und ich freute mich, endlich in die fluffigen Pfannkuchen zu beißen.

Ich hatte den Tisch gedeckt und Tom verfrachtete den vollen Teller äußerst zufrieden darauf. Statt gegenüber Platz zu nehmen, setzte er sich diesmal an die Stirnseite direkt neben mich.

»Hau rein«, sagte er und servierte mir ein besonders goldbraunes Exemplar.

»Hm, danke.« Schnuppernd streute ich Zucker darüber, garnierte es mit Himbeeren und nahm genüsslich den ersten Bissen. »Himmlisch«, schwärmte ich.

Nachdem wir den gesamten Stapel verputzt hatten, ließ Tom sich gegen die Stuhllehne sinken und legte kapitulierend beide Hände auf seinen Bauch.

»Ich kann nicht mehr.« Für einen Moment schloss er die Augen und sah friedvoll und erfüllt aus. Es war ein Uhr in der Nacht, doch ich zappelte aufgekratzt auf meinem Stuhl herum und verspürte eine subtile Spannung in meinem Körper – eine Art Hintergrundvibration, die sich neuerdings unweigerlich einstellte, wenn ich Zeit mit Tom verbrachte.

In den vergangenen Tagen hatte ich permanent nach einer passenden Gelegenheit Ausschau gehalten, ihn auf sein Tattoo anzusprechen, das mir nicht aus dem Sinn gehen wollte. Auch in diesem Augenblick geisterte es in meinen Gedanken herum.

Sein Blick ruhte auf mir, und gerade als ich ihn danach ausfragen wollte, beugte er sich vor.

»Du hast da … noch Zucker …«, raunte er. Langsam kam er mit seiner Hand näher. Ich rührte mich nicht und ließ ihn gewähren. Die hauchzarte Berührung seines Daumens an meinem Mundwinkel schickte mich innerlich auf eine Achterbahnfahrt, die prickelnde Stromstöße durch meinen Solarplexus jagte. Verlegen wischte ich mir noch einmal über meinen Mund.

»Welche Bedeutung hat eigentlich dein Tattoo?«

Eine Sekunde herrschte Stille und seine Hand legte sich auf seine Brust.

»Oh, das«, sagte er leise. »Das habe ich mir nach Carmens erstem Todestag stechen lassen.« Mit dem Finger der anderen Hand umkreiste er den Rand seines Tellers, während er weitersprach.

»Es hat mich inspiriert, wenn man das so nennen kann. Als hätte ich damals unbewusst schon gespürt, dass der Adler für Klarheit, Weitblick und eine höhere Perspektive steht.«

»Da ist er wieder, der sogenannte Zufall«, äußerte ich lächelnd.

»Richtig«, bekundete er und erwiderte mein Lächeln.

»Warum fragst du?«

»Es … hat mich interessiert. Und na ja … es gefällt mir«, gestand ich, senkte dabei jedoch die Lider.

»Danke.« Fast klang er dabei verlegen.

»Hat es wehgetan?«, wollte ich wissen und schaute ihn wieder an.

»Nicht so sehr wie der Tod.« Seine Stimme blieb seltsam ruhig und sein Blick verhakte sich in meinem. Darauf wusste ich nichts mehr zu erwidern.

»Hast du auch ein Tattoo?«, lenkte er das Thema elegant zu mir zurück.

»Noch nicht. Ich überlege, mir eines stechen zu lassen.«

»Welches Motiv?«

»Rate«, forderte ich ihn auf. Zweifelnd bewegte er den Kopf hin und her.

»Das würde ganz sicher in die Hose gehen«, mutmaßte er.

»Okay, ich denke da an einen Schmetterling«, verriet ich.

Seine Mundwinkel wanderten nach oben. »Ja, das passt zu dir.« Er lehnte sich zurück und beobachtete mich.

»Am Dekolleté?« Ungeniert nickte er in Richtung meines Ausschnitts und grinste breit.

»Nein«, stieß ich hastig hervor und spürte, wie mir die Hitze ins Gesicht schoss. War es die vorgerückte Stunde, die unserem Gespräch diese intime Note gab?

»Schulterblatt?« Sein Grinsen war noch immer da. Nochmals schüttelte ich den Kopf. Nun befanden wir uns doch mitten in einem Ratespiel. Nachdem er auch mit Oberarm, Nacken und Handgelenk daneben gelegen hatte, hob er beide Hände und gab auf.

»Fußknöchel«, klärte ich ihn auf.

»Attraktive Stelle.«

»Es soll nicht immer und für jeden sofort sichtbar sein.«

»Ganz genau«, stimmte er leise zu und schenkte mir einen Blick, der mehr sagte, als jedes Wort, weil wir beide um den

Moment wussten, als ich seines zu Gesicht bekommen hatte. Ich wagte kaum zu atmen.

»Hast du Lust auf einen Strandspaziergang?«, fragte ich geradeheraus, um die Spannung zu lösen.

Er schielte zur Küchenuhr. »Jetzt?«

»Ja. Ich liebe den Strand bei Nacht. Dann herrscht dort so eine magische Atmosphäre.« Zunächst befürchtete ich, Tom könnte meine Idee kitschig finden. Überraschenderweise willigte er ein.

»Ich mach das hier schnell«, sagte ich, verwies auf das leere Geschirr und stand auf.

»Ich kann dir helfen.« Er erhob sich ebenfalls.

»Kommt nicht infrage. Du hast heute schon genug getan.«

Er blickte kurz zu Boden und knuffte mich dann in die Seite. »Es war mir eine Ehre.«

Dann verließ er die Küche, während ich mich beeilte, alles aufzuräumen.

Als ich zehn Minuten später um die Ecke kam, saß Tom zurückgelehnt auf der Couch und war eingeschlafen – natürlich. Es war halb zwei nachts und er hatte eine Marathonautofahrt hinter sich, während ich selig geschlafen hatte. Und ich hatte ihm noch einen nächtlichen Spaziergang vorgeschlagen. *Ging es noch dümmer?,* fragte ich mich. Was hatte ich mir denn vorgestellt? Noch dazu, wo erst gestern seine Was-auch-immer-Katharina hier aufgetaucht war und ich vor wenigen Stunden noch meinem Was-auch-immer-Victor gegenübergestanden hatte.

Ich war unschlüssig, ob ich Tom zudecken oder wecken sollte. Sein Anblick bannte mich und ich ertappte mich dabei, wie ich mir vorstellte, mich neben ihn zu kuscheln und einfach in seine friedvolle Nähe einzutauchen. Bevor ich dieser verrückten Idee tatsächlich noch nachgab, sollte ich besser versuchen, ihn zu wecken.

»Tom?«, fragte ich leise. Er rührte sich nicht, sondern schien fest zu schlafen. Sachte umfasste ich sein Knie und rüttelte ihn wach. Er öffnete die Augen und hob schwerfällig den Kopf.

»Wow, ich glaube, den Spaziergang verschieben wir mal lieber, was?«, nuschelte er schläfrig und rieb sich mit einer Hand über seine Augen.

»Ja. Ich weck dich auch nur, damit du ins Bett gehen kannst und dein armer alter Rücken morgen keine Schmerzen erleiden muss«, scherzte ich.

Er tätschelte jeweils zu seiner rechten und linken Seite die Couch.

»Weißt du, so unbequem ist es hier gar nicht«, sagte er und erhob sich, sodass er direkt vor mir stand. »Erfahrungswert«, fügte er verschmitzt hinzu.

Es wäre so leicht, ihn zu berühren. Ich musste an unseren Kuss denken. Seine Reaktion war mir allerdings auch im Gedächtnis geblieben. Deshalb hatte ich Angst, was wohl geschehen würde, wenn ich meiner Hand erlaubte zu tun, was ich ersehnte. In seinem intensiven Blick glaubte ich zu spüren, dass es ihm genauso ging. Dann trat er einen Schritt zurück und zeigte zur Treppe.

»Ich verschwinde mal kurz nach oben und hau mich dann hin«, sagte er, zögerte jedoch noch kurz, als wollte er sich meine Zustimmung einholen. Ich nickte nur.

»Schlaf gut, Jenna«, wünschte er mir leise und ging nach oben.

»Gute Nacht«, rief ich ihm hinterher und atmete meine Anspannung mit einem leisen Seufzer aus.

In meinem Zimmer ließ ich das Licht ausgeschaltet und sah in den sternklaren Himmel. Der gesamte Tag zog noch einmal in Bildern an mir vorbei und ich spürte in die vielen Emotionen hinein, die er mit sich gebracht hatte. Obwohl die Gespräche mit Victor und dann mit Meli mich extrem aufgewühlt und noch einmal vieles an die Oberfläche gebracht hatten, fühlte ich jetzt Frieden in mir.

Nach einem kurzen Abstecher ins Bad schlüpfte ich unter die Bettdecke und ließ mich wohlig in mein weiches Kopfkissen sinken. Mein letzter Gedanke, bevor der Schlaf mich einhüllte, galt Toms lächelndem Gesicht.

Jenna

»Sitz still, du Zappelphilipp«, ermahnte ich Tom. »Sorry, ich habe noch nie Modell gesessen.« Er ruckelte sich auf seinem Stuhl zurecht und bemühte sich, aufrecht zu sitzen und den Blick fokussiert geradeaus gerichtet zu halten. Ich wollte ihn porträtieren und ihm das Ergebnis schenken. So konnte ich mich erkenntlich zeigen für das, was er gestern für mich getan hatte. Zu diesem Zweck hatte ich vorgeschlagen, nach draußen auf die Terrasse zu gehen. Ich liebte warmes, weiches Tageslicht.

»Du meditierst doch. Stell dir vor, du sitzt in seliger Trance da und fliegst mit deinem Geist durchs Universum. Oder so ähnlich.«

»Ich bin doch kein Astronaut«, entrüstete er sich. »Das hast du mir zumindest selbst bescheinigt.«

Peinlich berührt erinnerte ich mich an die verrückte Nacht, in der ich sturzbetrunken *Space Oddity* zum Besten gegeben hatte. War das erst kürzlich gewesen? Es kam mir vor, als wären Lichtjahre vergangen.

»Meine Augenringe von letzter Nacht zeichnest du aber nicht mit, oder?«, vergewisserte er sich und zog eine Braue hoch, was mich schmunzeln ließ.

»Nur nicht so eitel. Außerdem sind Pandas süß.«

»Na, danke vielmals«, sagte er mit gespielter Empörung.

»Entspann dich, dann wird das schon.« Mein Blick wanderte zwischen seinem Gesicht und meinem Block hin und her. Endlich hatte ich die Gelegenheit, ihn genau zu betrachten, ohne dass es den Anschein erweckte, als würde ich ihn unangemessen anstarren.

Leicht wie eine Feder glitten meine Stifte über das Papier und erschufen ein kontrastreiches Abbild von ihm – sein Haar seidig braun, wie feuchter Waldboden, und seine besondere Iris, die ihre Farbe je nach Lichteinfall zu wandeln schien wie ein Chamäleon. Und ich mochte das alles mehr, als ich mir eingestehen wollte.

Das Meer plätscherte seinen unermüdlichen Singsang der Wellen und der Wind rauschte ums Haus. Trotzdem hatte es sich bereits auf über 28 Grad erwärmt, was für Rügen eher selten war.

»Und?«, fragte er nach einer Weile, um zu erfahren, wie es voran ging.

»Schhh«, machte ich.

»Ich dachte, man darf sich nur nicht bewegen.«

»Man darf auch nicht reden.« Vorsichtig radierte ich eine zu dick geratene Linie weg.

»Komische Künstler-Regeln habt ihr da.«

»Das Kunstwerk ist gleich fertig. Noch ein bisschen Geduld.« Ich war mit den finalen Schattierungen beschäftigt und äußerst zufrieden mit dem, was auf dem Papier entstand. Ja, das war Tom, wie er leibte und lebte. Ich brauchte ihm ja nicht zu verraten, dass ich neulich nach unserem Gespräch am Strand schon heimlich geübt hatte.

»Fertig!«, rief ich nach einigen Minuten.

»Zeig her«, verlangte Tom, der sofort aufsprang, um sein Konterfei in Augenschein zu nehmen.

»Wow!«, rief er aus, als er die Zeichnung mit weit aufgerissenen Augen anstarrte. »Ich bin sprachlos. Es ist, als würde ich direkt in den Spiegel blicken.«

»Na, dann hat sich das Stillsitzen ja gelohnt.«

Einige Sekunden wechselte sein Blick zwischen mir und der Zeichnung hin und her.

»Gefällt sie dir?«

»Gefallen?«, fragte er und klang, als ob es die Untertreibung des Jahrhunderts wäre. »Jenna, das hier ist der Wahnsinn! Die Idioten an der Kunsthochschule haben ja keine Ahnung, was ihnen entgangen ist.«

»Danke«, erwiderte ich und legte eine Hand auf meine Brust.

Tom drapierte das Bild auf dem Tisch und beschwerte es mit einem leeren Glas, damit es nicht wegflatterte.

»Es bekommt einen Ehrenplatz an der Wand«, versprach er.

»Und es wird dich immer an … das hier erinnern.« Mit einer umfassenden Handbewegung deutete ich auf alles um uns herum.

Er trat noch näher an mich heran und öffnete einladend seine Arme. Wohlig schmiegte ich mich an seinen Oberkörper, sodass seine Wärme auf mich überging. Sein vertrauter Geruch verursachte mir weiche Knie.

»Danke dafür«, flüsterte er an meinem Ohr.

Seine Nähe löste eine warme, tiefe Geborgenheit in mir aus. Und sie war nicht nur körperlicher Natur. Auf diese Weise hatte ich die Nähe mit einem Mann bislang noch nie erlebt. Paradoxerweise kannte etwas in mir dieses Empfinden, als würde ich mich daran erinnern.

Tom zögerte den Moment hinaus, in dem sich unsere Körper wieder voneinander lösten. Dann schaute er mich mit seinem unverwechselbaren Halblächeln an.

»Ich brauche gar keine extra Erinnerung an das hier.«

Als mir bewusst wurde, was genau er meinte, spürte ich förmlich, wie mein Gesicht errötete.

»Ich räum das mal weg«, stammelte ich, weil ich nicht wusste, wie ich mit der Situation umgehen sollte.

Eilig begann ich, die Stifte zusammenzuklauben. Ich war froh, meinen Block gegen meine Brust pressen zu können, um mein Dekolleté zu verbergen, denn es glühte inzwischen wie mein Gesicht und war vermutlich krebsrot geworden.

Tom legte seine Handflächen aneinander und verlagerte sein Gewicht auf sein rechtes Bein.

»Hey, ich schulde dir ja noch einen Spaziergang«, sagte er. Darauf spielte er also an. Mein Vorschlag von letzter Nacht kam mir jetzt töricht vor. Tom hatte ihn anscheinend ernst genommen.

»Ich würde ihn gern in eine kleine Unternehmung eintauschen, wenn du einverstanden bist.«

»Oh«, machte ich überrascht und verspürte kribbelnde Vorfreude. Sein Vorschlag klang nach mehreren Stunden Tom auf einmal.

»Was unternehmen wir denn?«, fragte ich und bemühte mich, nicht zu stottern.

Er grinste. »Überraschung.« Er nahm die Zeichnung vom Tisch und lief ins Haus. Ich folgte ihm wie ein Küken seiner Mutter. In der Diele blieb ich stehen. »Nehmen wir die Räder?«

»Nee, wäre ein bisschen zu weit«, widersprach er und durchquerte die Bibliothek.

»Wohin geht es denn? Muss ich irgendwas mitnehmen?«, bohrte ich weiter. Es machte mich nervös, nicht zu wissen, was auf mich zukam.

»Nope«, machte er nur und blieb im Türrahmen seines Zimmers stehen.

»Aber wenn ich nicht weiß, wo wir hinfahren … ich meine, vielleicht bin ich unpassend gekleidet oder brauche irgendwelche Dinge.« Ich schaute an mir herab und dann zu ihm. Er rollte gespielt mit den Augen und schüttelte dann lächelnd den Kopf.

»Mach dir keine Gedanken, es ist absolut keine besondere Ausrüstung notwendig. Und nebenbei bemerkt bist du vollkommen perfekt angezogen.«

Er zwinkerte anzüglich. Ja, meine Shorts waren ziemlich kurz.

»Aber …«, versuchte ich weiterzusprechen, doch er unterbrach mich.

»In drei Minuten hier unten«, ordnete er an und verschwand in seinem Zimmer.

Wie ein Wirbelwind stürmte ich nach oben und warf meine Zeichenutensilien aufs Bett. Nachdem ich kurz ins Bad gehüpft war, überlegte ich fieberhaft, ob ich mich nicht doch noch mal schnell umziehen sollte. Angesichts der Temperaturen draußen entschied ich mich, dass Top und Shorts das passendste Outfit waren. Als ich an meinem Spiegel vorbeikam, hielt ich inne. Mittlerweile war ich braun geworden, was meine blonden Locken noch heller erscheinen ließ.

»Okay, beruhige dich«, sagte ich zu mir selbst. Es war ja nicht so, als ob ich noch nie mit Tom unterwegs gewesen wäre. Erst gestern waren wir durch die halbe Republik gefahren. Und auch sonst hatte ich zigmal neben ihm in seinem Auto gesessen. *Was ist denn das Problem?*, fragte ich stumm mein Spiegelbild.

Mein Problem war, dass ich Hoffnungen hegte, die wahrscheinlich jeglicher Grundlage entbehrten. Auch, wenn ich nicht mehr mit Victor zusammen war, war der Weg noch lange nicht frei. Außerdem war da ja noch Katharina ... und diese merkwürdige Freundschaft-plus-Geschichte.

Seufzend ließ ich meinen Kopf nach hinten fallen und verbarg mein Gesicht in meinen Händen, während ich die Augen zusammenkniff. Ich musste ihn mir aus dem Kopf schlagen, dringend.

Dann sah ich wieder in den Spiegel und streckte mir selbst die Zunge raus. Ich würde diesen Ausflug mit ihm genießen, wohin er mich auch entführen würde. Und dafür brauchte ich meine Tasche. O verdammt, wo hatte ich sie gestern nur fallen gelassen?

Ich fand sie schließlich unter dem Sessel am Fenster. Hektisch zog ich sie hervor, streifte meine Flipflops ab und schlüpfte in meine Sandalen. Dann trat ich aus meinem Zimmer und lief die Treppe hinunter, wo mich Tom schon grinsend erwartete, als hätte er von unten gesehen, was ich oben getrieben hatte.

∗∗∗

Auch im Auto weigerte er sich strikt mir zu verraten, wohin es ging, bis ich es selbst erriet, nachdem wir Binz hinter uns gelassen hatten und den Parkplatz Granitz ansteuerten.

»Du willst zum Jagdschloss?«

»Genau das ist mein Plan.« Wir stiegen aus, um den bewaldeten Pfad zum Schloss hoch zu laufen. Der kopfsteingepflasterte Weg barg seine Tücken, sodass ich froh war, die Flipflops gegen Sandalen getauscht zu haben, die konnten mir zumindest nicht von den Füßen flutschen.

Eine halbe Stunde später ragte die majestätische Jagdresidenz mit ihrem quadratischen Grundriss und dem hohen runden Mittelturm vor uns auf – ein preußischer Prachtbau, der als die **Krone Rügens** galt. Zuletzt war ich als Kind hier gewesen. Es hatte sich nichts verändert, außer, dass das Schloss noch rosafarbener war, als in meiner Erinnerung.

Tom war stehen geblieben und zeigte auf den Turm.

»Da geht es rauf.« In seiner Stimme schwang nicht der leiseste Zweifel mit, dass irgendetwas ihn daran hindern würde.

»Nicht dein Ernst!« Ungläubig schaute ich zwischen ihm und der 40 Meter hohen Turmspitze hin und her. Er wollte trotz seiner Höhenangst da hoch?

»Und ob. Bist du dabei?«, fragte er entschlossen, als könnte er es kaum erwarten, dort hochzukraxeln.

Insgeheim fragte ich mich, ob heute Morgen etwas in seinem Müsli gewesen war, das ihn hatte überschnappen lassen. Doch meine Neugier, wie er diese Herausforderung wohl meistern würde, siegte.

»Klar«, gab ich mit fester Stimme und einem skeptischen Lächeln zurück.

Nah beieinander gingen wir das Schlossportal zu und hinein in die prunkvolle Eingangshalle, deren Wände mit unzähligen Jagdtrophäen in Form von verschiedensten Geweihen bestückt waren.

»Zweimal Rapunzelturm, bitte«, bestellte Tom die Tickets,

als wir vor dem Verkaufsschalter standen. Die Dame dahinter lachte und wünschte uns viel Spaß. Durch den mittleren Torbogen gelangten wir zum Turmaufstieg.

»Holy Shit!« stieß er hinter mir aus, als wir den Turm betraten und sein Blick auf die gusseiserne Wendeltreppe fiel, die sich spiralförmig nach oben verlor. Seinen Kopf weit im Nacken starrte er mit offenem Mund hinauf. Im Gesicht wurde er zusehends blasser und ich befürchtete, dass unser Aufstieg hier bereits sein Ende fand.

»Was hast du erwartet?«

Selbst für furchtlose Menschen war es durchaus herausfordernd, der Statik dieser besonderen Konstruktion zu vertrauen.

»Einen Aufzug gibt's hier nicht zufällig, oder?«, fragte er hoffnungsvoll und warf einen kurzen Blick zurück zur Eingangshalle. Um mir das Lachen zu verkneifen, presste ich rasch meine Lippen aufeinander und schüttelte den Kopf.

»Alles klar«, sagte er tonlos und blickte ehrfürchtig nach oben. Ich stand eine Stufe über ihm, sodass sich unsere Gesichter auf gleicher Höhe befanden.

»Es sind 154 Stufen bis oben. Und den freien Blick in die Tiefe gibt es gratis dazu«, versuchte ich ihm den Aufstieg schmackhaft zu machen, ohne die knallharte Realität zu vertuschen.

Er schaute mich an und atmete tief ein.

»Auf gehts«, sagte er und nickte energisch, während er mit seiner Hand das Geländer umklammerte.

»Ich laufe hinter dir und schaue einfach auf deinen …«

»Hintern?«, unterbrach ich ihn keck und war selbst überrascht von meinem verbalen Übermut.

»Ich wollte ja sagen Rücken, aber … leg du dir die Dinge ruhig so aus, wie sie für dich passen«, erwiderte er provokant, was mich grinsen ließ.

Er begab sich todesmutig in eine Angstsituation und konnte immer noch scherzen. Mitleid hatte er also nicht verdient.

»Wenn wir erst oben sind, müssen wir anschließend auch

runter«, sagte ich betont langgezogen, denn das würde die viel größere Herausforderung darstellen. Erneut nickte er.

»Möglichst ohne zu springen«, fügte ich hinzu.

Er näherte sich mit seinem Gesicht und eine schwerelose Sekunde lang dachte ich, er wollte mich küssen.

»Ich vertraue mir, dass ich es schaffe«, flüsterte er und sein warmer Atem kitzelte mein Ohr. Ihm so nah zu sein, ließ es mir schwindelig werden – und das ganz ohne Höhenangst.

»Wenn das so ist«, wisperte ich, drehte mich auf dem Absatz um und stieg die ersten Stufen empor, dicht gefolgt von Tom. Auch wenn uns andere Besucher überholten oder uns von oben entgegenkamen, behielten wir ein gemächliches Tempo bei.

154 Stufen später erreichten wir die Aussichtsplattform, die einen spektakulären Ausblick über die Insel bot.

»Ich habe es geschafft!« Tom stellte sich vor mich und ungeachtet der gaffenden Leute um uns herum schlang er seine Arme um meine Hüften, hob mich hoch und drehte sich einmal im Kreis, bevor er mich wieder absetzte. Ehe ich realisieren konnte, was geschah, war der Augenblick bereits vorbei. Obwohl meine Füße auf festem Boden standen, fühlte es sich so an, als befände ich mich auf wankendem Untergrund. Rasch unterbrach ich unseren Blickkontakt, indem ich die Lider senkte und auf das Außengeländer zuging.

»Ja, du Held. Da hinten ist Kap Arkona«, sagte ich und zeigte mit dem Finger in der Ferne.

»Da kann man auch rauf, oder?«

Ich stupste ihn an. »Willst du etwa auf alle Türme klettern, die es hier gibt?«

Tom wagte sich bis auf einen Meter an die Brüstung heran und sah hoch in den Himmel.

»Der hier reicht erst mal. Ein bisschen näher dort, wo Adler fliegen«, sagte er gedankenverloren. Der Wind spielte mit seinen Haaren und ich musste mich regelrecht zwingen, ihn nicht anzustarren.

Die Farben des riesigen Buchenwaldes der Granitz, der sich einige Kilometer vor uns sattgrün von der tiefblauen Ostsee abgrenzte, erstrahlten an diesem wolkenlosen Tag noch intensiver. Inzwischen fand ich es wundervoll, meinen Sommer hier zu verbringen. Das erste Mal seit Wochen hatte ich das Gefühl, wieder vollständig zu sein.

»Was denkst du?«, fragte Tom plötzlich dicht hinter mir und ich schloss die Augen. Was würde wohl passieren, wenn ich mich zu ihm umdrehte und aussprach, was ich wirklich wollte? Seit Tagen dachte ich nur noch daran, ihn zu küssen.

»Fragt das nicht üblicherweise die Frau den Mann?«, tarnte ich mein Geheimnis als Gegenfrage.

»Keine Ahnung, ich habe das Drehbuch nicht gelesen.«

Wie sehr ich seinen Humor liebte …

»Ich denke, es war eine überaus schöne Idee, hierherzukommen.« Ich drehte mich zu ihm um und hielt seinem intensiven Blick dieses Mal stand.

»Auf jeden Fall«, stimmte er leise zu.

Aus dem Augenwinkel nahm ich eine Frau mittleren Alters wahr, die auf uns zukam. Sie trug eine riesige, edle Sonnenbrille im Stil von Audrey Hepburn.

»Entschuldigen Sie«, begann sie und lächelte uns freundlich an. »Sie sind so ein entzückendes Paar. Soll ich ein Foto von Ihnen beiden machen?«

Ehe ich widersprechen konnte, hatte Tom bereits reagiert, zog sein Handy hervor, öffnete die Kamera und hielt es der Frau hin.

»Aber gerne«, sagte er zu ihr und setzte sein charmantestes Lächeln auf. Mir zwinkerte er zu, nahm mich wie selbstverständlich bei den Schultern und schob mich vor sich. Liebevoll legte er seine Arme um meinen Oberkörper, ließ seine Handflächen auf meinen Unterarmen ruhen und stützte sein Kinn auf meinem Scheitel ab. Die Nähe und die Wärme seines Körpers erschwerten es mir, ruhig zu atmen, und ich betete, dass er meine helle Aufregung nicht spürte.

Irgendwie bekam ich ein halbwegs natürliches Lächeln zustande, obwohl mein Mund vor Freude und Nervosität zitterte. Die Frau gab Tom sein Telefon zurück.

»Ich habe zur Sicherheit zwei gemacht«, sagte sie und lächelte uns noch immer an.

»Das ist außerordentlich nett von Ihnen«, bedankte sich Tom. Sie wünschte uns noch einen wunderschönen Tag und lief zu einer anderen Frau hinüber, die abseits auf sie gewartet hatte.

Wie angewurzelt stand ich da und konnte nicht glauben, dass sie gedacht hatte, wir wären zusammen.

»Sie hat uns für ein Paar gehalten«, brachte ich noch immer perplex heraus. Tom schmunzelte.

»Hältst du das für einen so abwegigen Gedanken?« Er bedachte mich mit einem durchdringenden Blick. Ich war so überrumpelt, dass ich kein Wort mehr hervorbrachte. Tom hingegen schien das Ganze relativ gelassen zu sehen und beschäftigte sich mit den Aufnahmen.

»Was ist?«, fragte ich alarmiert, als ich sah, dass seine Stirn sich zu runzeln begann.

»Hm, sind leider nichts geworden«, bemerkte er lakonisch.

»Was?« Meine Stimme war eine Spur zu schrill. Alarmiert trat ich an ihn heran und versuchte, auf sein Display zu spähen, aber Tom verbarg den Bildschirm grinsend mit der Hand.

»Zeig her!«, forderte ich ihn auf und zupfte ihm solange am Ärmel, bis er schließlich lachend nachgab und mir sein Telefon überließ. Von wegen nichts geworden! Die Fotos waren wunderschön. Hinter uns erstreckte sich der weite Horizont und wir beide lächelten glücklich in die Kamera. *Entzückendes Paar*, klangen die Worte der Frau in mir nach und ich musste zugeben, dass wir tatsächlich so wirkten, als gehörten wir zusammen. Nur mühsam konnte ich meinen Blick wieder davon losreißen.

»Also soll ich sie nicht löschen?«, fragte Tom, der direkt vor mir stand und mich aufmerksam musterte.

»Wehe!«, drohte ich und gab ihm sein Handy widerstrebend zurück. Am liebsten hätte ich die Bilder sofort von seinem auf meins gesendet bekommen. Stattdessen schob er es in aller Seelenruhe in seine Gesäßtasche zurück, als wäre nichts gewesen.

Dabei wollte mir seine Frage nicht mehr aus dem Kopf gehen. Was wohl seine Erwiderung darauf gelautet hätte?

Wir waren wieder an das Geländer herangetreten. Tom schaute sehnsüchtig in den blauen Himmel und sah beinahe verträumt aus.

»Das Beste an diesem Sommer …«, begann er und richtete seine Augen wieder auf mich, »… bist du.« Er sprach so leise, dass seine Worte nur ein Flüstern waren. Sie trafen direkt in mein Herz und legten sich wie Balsam um den darin eingeschlossenen Schmerz. Der Anfang dieses Sommers war einer gefühlten Katastrophe gleichgekommen. Und nun stand ich hier hoch oben mit ihm, erfüllt von einem wohltuenden Frieden und merkte, wie etwas in mir zu heilen begann.

Die Erinnerung an Maltes Worte am Strand flackerte in mir auf und auch meine damalige Weigerung, sie zu glauben.

Seltsamerweise hinterfragte ich kein bisschen, was Tom eben gesagt hatte, sondern gab das Kompliment an ihn zurück.

»Dito«, wisperte ich nur. Die Bedeutung hinter diesen zwei Silben war allerdings so viel mehr, als ich auszusprechen vermochte. Und ich wusste, dass er es verstand. Dieser Moment zwischen uns war jede Antwort, die ich brauchte.

Er öffnete die Lippen, wollte etwas sagen, als plötzlich eine größere Gruppe von Besuchern auf die Plattform drängte und es augenblicklich voll und laut um uns herum wurde. Tom nickte in Richtung Ausgang.

»Lass uns gehen«, schlug er vor und wir liefen zurück ins Turminnere. Missmutig warf ich der Touristengruppe einen Blick zu. Zu gern hätte ich gewusst, was Tom hatte sagen wollen, bevor sie aufgetaucht waren.

Im Schneckentempo bewegte sich Tom vor mir treppab

und vermied es so gut wie möglich, nach unten zu schauen. Schweißperlen rannen ihm von der Stirn ins Gesicht. Tapfer ging er weiter. Unten angekommen ließ er sich erleichtert auf die unterste Stufe plumpsen.

»Erst mal kuriert?«, neckte ich ihn.

»So was von!« Schwungvoll zog er sich am Geländer in die Vertikale.

Auf dem Rückweg zum Parkplatz erzählte er mir, dass er früher mit seinem Kumpel Jonas auf jeden Baum geklettert war und dass er als Kind mal Feuerwehrmann werden wollte, um die hohen Leitern erklimmen zu können. Seit dem Vorfall im Schwimmunterricht hatte er diese Aktivitäten verständlicherweise nicht mehr so prickelnd gefunden.

»Katharina hat mich gefragt, wann ich das letzte Mal etwas getan habe, ohne vorher groß darüber nachzudenken«, sagte Tom, als wir am Auto ankamen und zu beiden Seiten vor den Türen stehen blieben.

Sobald ihr ihre Name fiel, zuckte ich innerlich zusammen, als hätte mich ein Stromschlag erwischt. In den vergangenen Stunden hatte ich sie völlig vergessen.

»Und was hast du gesagt?« Meine Neugier war trotz allem übermächtig. Tom antwortete nicht sofort und spannte mich damit erst recht auf die Folter.

»Nicht das, was ich in Wahrheit … gemeint habe«, gestand er schließlich, wobei seine Stimme merklich leiser geworden war.

»Das hier heute … hätte auf jeden Fall ebenfalls dazu gehört«, fügte er hinzu und schaute mich mit einem vielsagenden Blick an, in den ich unendlich viel hineininterpretieren konnte. Als hätten mir seine kryptischen Andeutungen nicht schon genug zu denken gegeben.

Die gesamte Rückfahrt verlief still. Jeder von uns schien seinen eigenen Gedanken nachzuhängen. Ab und an schielte ich verstohlen zu Tom hinüber.

Das Beste seines Sommers, schoss es mir wiederholt durch den

Kopf – Katharina hin oder her.

Zurück in meinem Zimmer zeigte mir das Blinken meines Smartphones, dass er mir die Bilder schon vor über einer Stunde geschickt hatte. Ich fragte mich, wie er das angestellt hatte, weil ich gefühlt keine Sekunde lang meinen Blick von ihm hatte abwenden können.

Eingekuschelt in den gemütlichen Sessel am Fenster schaute ich träumerisch unsere Fotos an und konnte nicht aufhören, übers ganze Gesicht zu strahlen.

Jenna

»**23**«, sagte Tom.
»Wie bitte?«

»Sommersprossen. 23 Sommersprossen habe ich gezählt.« Mit seinem Zeigefinger deutete er vor meinem Gesicht mehrere Punkte an. Ich lächelte verlegen.

»Ja, im Sommer habe ich immer ein ganzes Sternbild im Gesicht.«

Am Abend unseres wunderbaren Tages am Jagdschloss saßen wir einander gegenüber auf der Bank im Garten, die Beine jeweils zu beiden Seiten der Sitzfläche und tranken eisgekühlte Limonade. Unsere Knie berührten sich. Längst mochte ich Toms Nähe so sehr. Bei ihm fühlten sich all die Dinge, die daheim geschehen waren, so unendlich weit weg an. Obwohl sich der Druck in meinem Herzen ein Stück weit gelöst hatte, würde es noch eine ganze Weile dauern, bis darin wieder Ordnung herrschte. Doch hier und heute, während Tom mich mit seinen Blicken taxierte, um meine Sommersprossen zu zählen, fühlte sich mein Leben perfekt an.

Ich hatte mich nie übermäßig geschminkt, einen Hauch Foundation, Mascara und Rouge – mehr Anstalten machte ich nicht mit meinem Gesicht. Und seit ich hier war, trug ich meist nichts anderes als meine ganz normale Tagescreme auf. Irgendwann hatte ich mir keine Gedanken mehr darum gemacht, ob die Beschaffenheit meiner Gesichtshaut jemanden störte – genaugenommen Tom. Vor ihm hatte ich sowieso nichts zu verbergen. Er hatte mich heulend und beschwipst gesehen, ohne dass es ihn vertrieben hätte. Doch nun, da er mich so eingehend betrachtete, fühlte ich mich ein wenig schutzlos.

»Wie lauten denn deine nächsten Pläne, Jenna Wilms?«, fragte er und schaute mich erwartungsvoll an. Ich war dankbar für seine Frage, denn sie befreite mich aus meiner Verlegenheit.

»Na ja, Major Tom …«, hob ich an, was ihn lächeln ließ. »In ein paar Wochen ziehe ich nach Berlin. So richtig kann ich das noch gar nicht glauben. Es kommt mir alles so unwirklich vor. Wie eine weit entfernte Galaxie.« Mit der rechten Hand fuhr ich mir durch meine Locken.

»Dann bist du ein Großstadtmädchen, das mit Lichtgeschwindigkeit die neue Welt erobert«, entgegnete er schmunzelnd. Wir hatten es mit dem Kosmos und es gefiel mir.

»Hm, schauen wir mal«, sagte ich zögernd und fixierte einen Punkt irgendwo im Gras. Zum ersten Mal seit Wochen spürte ich Vorfreude auf das, was kommen würde – wenn auch noch recht zaghaft. Gleichzeitig war mir, als würde ich einen Hoffnungsschimmer sehen.

»Du wirst dir schon deine eigene Welt erschaffen.«

Die Zärtlichkeit in seiner Stimme berührte mich. Vielleicht ergab ja doch alles, was geschah, irgendwann einen tieferen Sinn und meine Welt ohne Victor würde viel aufregender werden, als das Leben mit ihm jemals hätte sein können.

»Hat Meli sich nach deinem Besuch mal bei dir gemeldet?«

»Sie hat mir geschrieben, wie viel es ihr bedeutet hat, dass ich sie besucht habe.« Geantwortet hatte ich ihr bislang nicht. Dazu war ich nicht bereit gewesen.

»Das ist gut«, sagte er knapp.

»In ein paar Tagen kommt sie aus dem Krankenhaus raus. Keine Ahnung, was dann wird. Ehrlich gesagt, weiß ich absolut nicht, ob wir nach alldem noch Freundinnen bleiben können.« Bittere Wehmut sprach aus meinen Worten.

»Es ist zu viel kaputt gegangen. Vermutlich schmieden sie und Victor bereits Zukunftspläne.«

»Willst du ihn denn zurück?«, fragte Tom geradeheraus und blickte mir dabei tief in die Augen. Wow! Wichtige Frage – und bis vor einigen Tagen hätte sie mich noch aus dem Gleichgewicht gebracht. Aber jetzt nicht mehr. Ich presste die Lippen aufeinander und schüttelte den Kopf.

»Nein. Nein, möchte ich nicht.« Ich spürte, dass ich die Wahrheit sagte. Ich würde ihm nie wieder vertrauen können und seltsamerweise – passte er nicht mehr zu mir.

»Dann lass den Kerl los. Alles andere regelt sich von selbst«, sagte Tom. Sein nonchalanter Tonfall konnte nicht darüber hinwegtäuschen, dass er mit meiner Antwort offenkundig hochzufrieden war. Auch seine Schultern hatten sich sichtlich entspannt.

»Wann genau bist du so weise geworden?«

»Vorgestern.« Er grinste.

»Und du bist sicher, dass Philosophie nicht viel besser zu dir gepasst hätte?«

»Ist nur ein Hobby«, antwortete er und nahm einen Schluck aus seiner Flasche.

»Ah«, machte ich und tat es ihm gleich.

»Versprich mir, mich anzurufen, wenn du die ersten Kartoffeln auf dem **Empire State Building** geerntet hast«, sagte ich, nachdem ich den Rest Limo in einem Zug geleert hatte.

»Oder es werden Zucchini.«

»Von mir aus auch Brombeeren. Oder Mohnblumen. Mohnblumen sind schön. Bitte Mohnblumen.«

»Ich verspreche es.«

»Ich hole uns mal Nachschub und was zu knabbern«, verkündete ich und wollte aufstehen. Dabei blieb ich mit meinem Fuß an der Unterkante der Bank hängen. Der Schwung meiner Bewegung brachte mich aus dem Gleichgewicht, sodass ich mich an Tom festhalten musste, um nicht kopfüber ins Gras zu stürzen. Mein Gesicht schwebte direkt über seinem, und bevor ich einen neuen Atemzug nehmen konnte, schmiegte Tom seine Lippen auf meine. Unwillkürlich schloss ich die Augen. Nur eine einzige Sekunde genügte, um meinen gesamten Körper in Aufruhr zu versetzen und erregende Schauer darüber zu jagen. Abermals schien ich die Balance zu verlieren, nur aus einem anderen Grund.

Ich wich einen Zentimeter zurück, und als sich meine Lider langsam öffneten, sah ich direkt in seine geweiteten Pupillen, die seinen Augen eine geheimnisvolle Schwärze verliehen.

Seine Hände an meiner Taille lotsten mich zurück in eine sichere Sitzposition. Eine blieb, wo sie war, mit der anderen berührte er zart meine Wange. Sein Blick blieb an meinem Mund hängen. Wir sprachen kein einziges Wort. Es gab nichts mehr zu sagen. Seine Fingerspitzen wanderten durch meine Locken zu meinem Hinterkopf und er zog mich noch näher zu sich heran.

Diesmal hatte unser Kuss nichts Vorsichtiges, sondern trug eine drängende Leidenschaft in sich, als wäre ein Damm gebrochen und all unsere zurückgehaltenen Gefühle entluden sich. Es fühlte sich an, als würden sich meine Lippen an seine erinnern.

Ich wusste nicht, wo ich ihn als Erstes berühren sollte. Meine Hände fuhren ihm durchs Haar, strichen über seinen Rücken und schoben sich schließlich unter sein T-Shirt, bis sie auf der warmen, glatten Haut seiner Brust ruhen blieben, während seine sich erregend fest um meine Hüften gelegt hatten.

Ich berührte, atmete und schmeckte ihn, konnte nicht genug davon bekommen. Tief versunken in unserem innigen Kuss fühlte ich ein Verlangen in mir aufsteigen, das lange Zeit verborgen geblieben schien. Es war ein angenehmer Schwindel, der mich erfasste und ich wünschte, dieser ganze Sommer würde niemals enden.

∗∗∗

Ich wollte ihm gerade das T-Shirt über den Kopf ziehen, als wie aus der Ferne ein Handyklingeln zu uns durchdrang. Toms Lippen lösten sich von meinen und hinterließen ein seltsames

278

Gefühl der Leere. War unser Moment etwa schon vorüber? Würde er den Kuss wieder bereuen?

Es hätte keinen unpassenderen Zeitpunkt für einen Anruf geben können und ich bereute, das dämliche Telefon vorhin in meine Sweatjacke gesteckt zu haben. Umständlich fischte ich es heraus. Noch ehe ich abnehmen konnte, verstummte das Klingeln.

»Eric …«, sagte ich ungläubig und starrte reglos auf mein Display. Mein Bruder rief mich so gut wie nie an. Irgendetwas musste passiert sein.

»Ich … muss da mal zurückrufen«, murmelte ich konfus. Das konnte auf keinen Fall warten; mir war schon ganz flau vor Unruhe.

»Schon okay«, flüsterte Tom und deutete ein leichtes Nicken an. Nur widerwillig erhob ich mich, entfernte mich von ihm und stapfte angespannt durchs kniehohe Gras bis an den Zaun, während ich Eric zurückrief.

»Hey Schwester«, brummte er mit seiner Baritonstimme. »Wie geht's dir da im Ferienparadies?«

War das sein Ernst? Er hatte mich doch nicht wirklich angerufen, um sich zu erkundigen, wie es mir ging!

»Eric, was ist los?«, blaffte ich ohne Umschweife und spielte ungeduldig am Reißverschluss meiner Jacke herum.

»Hast du gewusst, dass Mama und Papa ernsthafte Eheprobleme haben?« fragte er. Ich stockte mitten in der Bewegung.

»Was meinst du?«, keuchte ich. Drohten sich meine stummen Befürchtungen der letzten Wochen zu bewahrheiten?

Oh nein, nicht auch noch das …

»Ich hab vorhin ein Gespräch zwischen den beiden mitangehört«, sagte Eric und ich schloss die Augen, während er weitersprach. »Papa will sich vorübergehend eine andere Bleibe suchen.«

Der Boden unter mir begann zu schwanken und ich hatte das Gefühl, als würde er mir zum wiederholten Male in diesem Sommer unter den Füßen weggerissen. »Was?«, krächzte ich fassungslos. »War Mama etwa deshalb so viel unterwegs?«

»Hast du irgendwas davon gewusst?«, fragte Eric noch einmal, diesmal um einiges nachdrücklicher.

»Nein, habe ich nicht«, erwiderte ich und versuchte ruhig und tief zu atmen, um die Beklemmung in meiner Brust aufzulösen. Ich war mir nicht sicher, ob ich meinen Verdacht, dass unsere Eltern offensichtlich Probleme hatten, ihm gegenüber erwähnen sollte.

»Ich meine, eine komische Stimmung war hier schon länger. Aber … sie trennen sich doch nicht etwa, oder?« Die Besorgnis in seiner Stimme jagte auch mir Angst ein.

»Bestimmt nicht«, beschwichtigte ich ihn. Meine Worte kamen mir nur schwer über die Lippen und klangen eher wie ein Flehen, als wollte ich mich damit selbst davon überzeugen, dass alles nur ein böser Traum war.

»Ich find's richtig scheiße«, hörte ich Eric sagen und gleichzeitig registrierte ich, wie Tom aufstand und ins Haus zurückging. Unser intensiver Kuss vorhin kam mir vor, als hätte ich ihn nur geträumt, und ich verfluchte es, dass mein Glück immer nur kurz verweilte, ehe ich in eine neue dunkle Schwere hineingezogen wurde.

Ich hasste es, hier am Telefon festzuhängen, noch dazu mit meiner sich gerade realisierenden Familienkatastrophe. Hatte ich diesen Sommer nicht schon genug ertragen müssen? Musste auch noch meine Familie auseinanderbrechen? Was kam denn noch alles? Am liebsten hätte ich laut geschrien, unterdrückte aber den Impuls und kickte stattdessen wütend gegen ein paar raschelnde Sommergräser.

»Hast du sie denn mal direkt danach gefragt?«, wollte ich von Eric wissen.

»Nein, ich habe es durch Zufall mitgekriegt und wollte erst mal klarkriegen, ob du was weißt.«

»Nichts, Eric«, wiederholte ich – jedenfalls hatte ich nichts darüber gewusst, dass meine Eltern vorhatten, getrennte Wege zu gehen. Allein schon das merkwürdige Verhalten meiner

Mutter hätte mir Warnsignal genug sein müssen. Erst ihr Aufenthalt bei meiner Oma, dann der überraschende Wellness-Urlaub und nicht zuletzt ihr Übereifer, sich beruflich reinzuhängen – all das waren Vorboten gewesen. Aber dass sie Papa gleich rausgeschmissen hatte? Oder ging er freiwillig? Und wenn ja, wohin?

All diese Fragen wirbelten durch meinen Kopf im Kreis wie in einem außer Kontrolle geratenen Kettenkarussell. Das konnte alles nicht wahr sein!

Mein Blick verlor sich im dunkler werdenden Himmel und um mich herum zirpten die Grillen – ein Geräusch, das ich normalerweise abgöttisch am Sommer liebte. Jetzt wollte ich ihnen ärgerlich zurufen, dass sie mir gefälligst nicht mit ihrem Konzert auf die Nerven gehen sollten.

»Wann kommst du nach Hause?«, fragte mein Bruder. »Ist echt gerade doof hier.«

Mir wurde klar, dass er mich brauchte. Auch wenn wir uns die letzten beiden Jahre etwas voneinander entfernt hatten, so hatten wir immer ein friedvolles Verhältnis gehabt und uns so gut wie nie gestritten. Und gerade wollte er seine ältere Schwester bei sich haben, was mich zu Tränen rührte.

»Ich weiß es nicht«, sagte ich ausweichend. Über den Zeitpunkt meiner Heimreise hatte ich mir bis heute noch keine Gedanken gemacht. Mein Blick fiel auf die Stelle der Bank, wo Tom gesessen hatte, und ich fragte mich, wie viel gemeinsame Zeit wir hier wohl noch haben würden. Auch er hatte bislang nichts über eine mögliche Abreise erwähnt. Ich fürchtete mich bereits vor dem Tag, an dem wir uns voneinander verabschieden mussten.

»Hast du mich gehört?« Erics Worte erinnerten mich daran, das sich ihm noch eine Antwort schuldig war.

»Sorry … ich bin gerade ziemlich durch den Wind«, antwortete ich konfus.

»Frag mich mal«, sagte er.

»Ich weiß noch nicht genau, wann ich heimfahre«, gestand ich.

»Was soll das heißen? Was machst du da überhaupt die ganze Zeit in dieser langweiligen Einöde?«

Ich verspürte nicht die geringste Lust ihm zu erklären, wie und mit wem ich hier meine Tage verbrachte, zumal es ihm vermutlich sowieso egal war.

»Ich habe versucht, meinen Kopf frei zu bekommen«, erklärte ich vage.

»Wochenlang?«, höhnte er. »Hier ist die Kacke am Dampfen. Du musst heimkommen!« Seine Stimme hatte einen drängenden Befehlston angenommen.

»Ich …«, begann ich und wusste nicht, wie ich meinen Widerwillen abzureisen erklären, geschweige denn rechtfertigen sollte. »Es geht einfach noch nicht.«

»Du musst zurückkommen, damit wir ihnen diesen Schwachsinn ausreden können«, verlangte mein Bruder.

»Na gut«, lenkte ich ein. »Ich komme, so schnell ich kann, versprochen.«

»Ich nehme dich beim Wort.«

»Okay, Bruderherz, wir sehen uns bald. Danke, dass du mich angerufen hast.«

»Na ja, so ein Mist geht ja wohl uns alle an«, brummte er verdrossen.

»Wir reden, wenn ich zurück bin«, versprach ich zum zweiten Mal, obwohl ich diesen Ort am liebsten gar nicht mehr verlassen wollte. Niedergeschlagenheit kroch wie unsichtbare Dornenranken meinen gesamten Körper entlang und ich hasste es, dass diese Hiobsbotschaft mir meine Nähe mit Tom zerstört hatte.

Nachdem wir uns verabschiedet hatten, schaute ich hinaus aufs Meer, das mit dem dunklen Violett des Himmels verschmolz und allmählich die Farbe der Nacht annahm – genau wie mein Inneres. Minutenlang sah ich dem tanzenden Farbspiel von Wasser und Himmel zu und mein Herz wurde schwerer und schwerer.

Von Glück auf Trübsinn mit nur einem Anruf – davon konnte ich diesen Sommer ein ganzes Album singen. Noch nie in meinem Leben hatte ich innerhalb so kurzer Zeit eine solche Achterbahnfahrt der Gefühle erlebt. Und ich fragte mich, was für eine Aufgabe mir das Leben wohl damit zum Lösen gab.

Mit hängenden Schultern trottete ich zurück ins Haus. Meine Hoffnung, Tom anzutreffen, zerschlug sich – er war nirgends zu sehen und seine Tür war geschlossen. Ich sehnte mich danach, bei ihm zu sein. Nach kurzem Zögern ging ich durch die Bibliothek und ließ meine Finger über das Sofa gleiten, was augenblicklich die Erinnerung an unseren ersten Kuss in mir weckte. Unser letzter war keine halbe Stunde her und gleichzeitig schien es eine Ewigkeit zu sein.

Mit pochendem Herzen blieb ich vor seiner Tür stehen, hob die Hand, um zu klopfen, doch mitten in der Bewegung hielt ich inne, als bremste mich eine unsichtbare Kraft.

Was würde passieren, wenn er die Tür öffnete? Was wollte ich eigentlich genau? Für einige Sekunden hörte ich auf zu atmen. Im Augenblick war ich in keiner besonders guten Verfassung und wollte auf keinen Fall nur meine Schwermut auf ihm abladen. Das hatte er wirklich nicht verdient. Und so drehte ich um, auch wenn es mir unendlich schwerfiel, und lief zurück in die Diele und durchs Wohnzimmer, stieg mit bleischweren Füßen die Treppe hinauf und lehnte mich seufzend von innen an meine Zimmertür.

Morgen würde es mir sicher besser gehen und Tom und ich konnten uns in neuer Leichtigkeit begegnen.

Kraftlos schleppte ich mich zum Bett, warf mich bäuchlings darauf, nahm mein Smartphone und betrachtete unser gemeinsames Foto, bis mir plötzlich ein Detail auffiel, das vorhin noch nicht dagewesen zu sein schien.

Ungläubig hielt ich das Telefon weiter weg und drehte den Bildschirm hin und her. Eine Reflexion der Sonne ließ eine Art Lichtkreis entstehen, der sich genau um unsere Köpfe herum abzeichnete. Irritiert schaltete ich es aus und öffnete die Galerie erneut, um zu prüfen, ob es nur ein Fehler im Display war. Doch der seltsame Kreis war eindeutig noch da. Als ich das Bild größer zoomte, bewegte er sich mit – als würde er etwas markieren, das zusammengehörte.

Tom

Schweißgebadet wachte ich auf, meine Hand instinktiv an meine linke Brust gekrallt. Es war noch dunkel. Die letzten wirren Traumfäden, die sich in meinem Bewusstsein verheddert hatten, lösten sich allmählich auf. Aber meinen neuen ›Herzanfall‹ hatte ich definitiv nicht geträumt. Auch wenn ich diese Attacken abgrundtief hasste, blieb ich still liegen und versuchte, meinen keuchenden Atem zu beruhigen, damit das schnelle Flattern hinter meinem Brustbein wieder aufhörte. Natürlich hatte ich nicht daran geglaubt, dass es wie durch Zauberhand nach ein paar halbherzigen Mediationsversuchen verschwinden würde. Doch so schlimm hatten mich die Anfälle schon länger nicht erwischt. Mein Körper versuchte mir zweifellos zu signalisieren, dass diese ganze Situation, in der ich hier steckte, nicht mehr so weitergehen konnte.

Erst vor wenigen Stunden hatte ich gehört, wie Jenna vor meiner Tür stehengeblieben und nach einigen Minuten ohne zu klopfen gegangen war – Minuten, in denen ich jeden einzelnen Schlag meines Herzens hatte hören können. Kein Wunder, dass es wieder verrücktspielte. Denn kurz vorher noch hatten wir uns innig geküsst, bis blöderweise ihr Telefon geklingelt hatte; offenbar eine Familienangelegenheit. Ich hatte nicht stören wollen und mich ins Haus zurückgezogen.

Für die restlichen Abendstunden hatte ich mich in meinem Zimmer verbarrikadiert und zermürbende Gedanken in meinem Kopf kreisen lassen, bis ich schließlich müde und erschöpft in einen bleiernen Schlaf gefallen war.

Mich plagte ein wahres Monster an schlechtem Gewissen – aus mehreren Gründen. Noch immer hatte ich nicht auf die zahlreichen Vorwürfe meiner Eltern reagiert, die mir mein Fernbleiben an Carmens Todestag massiv übel genommen und mich mit Sprachnachrichten nur so überhäuft hatten. Und ich hatte bisher keine einzige abgehört.

So oft wie in den letzten Tagen war mein Handy noch nie im Flugmodus gewesen – damit ich wenigstens noch ein paar Tage Ruhe hatte, um Zeit mit Jenna zu verbringen.

Doch ich konnte einer Konfrontation nicht länger aus dem Weg gehen und musste mich irgendwann ihren Vorhaltungen stellen.

Der andere Grund war die sträfliche Vernachlässigung meiner Abschlussarbeit. Statt diszipliniert an den letzten Kapiteln zu feilen, hatte ich mich in dieser wohligen Sommer-Sonnen-Bubble mit Jenna eingerichtet. Meine Prokrastination rächte sich nun sehr unschön, indem mir der Abgabetermin gefährlich nahe im Nacken saß.

Und dann war da auch noch Katharina, bei der ich ebenfalls auf Zeit gespielt hatte und die wahrscheinlich immer noch glaubte, wir würden unser restliches Leben miteinander verbringen – nicht in einer klassischen Ehe, vielmehr in unserer merkwürdigen Idee einer unverbindlich-verbindlichen Beziehung. Ich musste mich mit ihr aussprechen, je schneller, desto besser.

Ja, ich musste handeln und mich endlich konsequent um meinen Kram kümmern, der den Lauf der kommenden Monate meines Lebens bestimmen würde, ob ich wollte oder nicht. Und dafür brauchte ich einen klaren Kopf – den ich in Jennas Gegenwart inzwischen komplett vergessen konnte. Damit wäre ich auch beim vierten Grund angelangt – der war Jenna selbst.

Auch wenn ich oft genug zu ignorieren versucht hatte, dass dieser Sommer nicht ewig währen würde, war mir klar gewesen, dass jeder von uns in sein Leben würde zurückkehren müssen. Ja, es gab einen Teil von mir, der all dies hier festhalten wollte.

Aber nichts blieb jemals stehen, vor allem nicht die Zeit. Und so, wie ich vor ein paar Wochen noch versucht hatte, vor ihrem Ticken davonzulaufen, so hatte ich sie in den vergangenen Tagen umso entschiedener anhalten wollen – natürlich erfolglos.

Nachdem sich mein Körper endlich entspannt hatte, stieg ich aus dem Bett, schlurfte ans Fenster und lehnte meine feuchte Stirn gegen das kalte Glas. Mein Schädel war so schwer, als befänden sich Steine darin.

Ich musste abreisen. Jetzt, sofort. Ich konnte nicht länger bleiben. Denn sobald ich Jenna über den Weg lief, würde meine Entschiedenheit in sich zusammenfallen. Ich durfte sie nicht mehr sehen.

Wie getrieben fing ich an, meine herumliegenden Sachen einzusammeln und achtlos in die Reisetasche zu werfen. Immer wieder rang ich mit mir, ob ich Jenna wecken sollte oder nicht, und entschied mich jedes Mal dagegen. Es zerriss mir das Herz, denn ich hatte nicht nur Angst vor meiner eigenen Schwäche, sondern auch vor einem tränenreichen Abschied. Vielleicht war ich ein Feigling. Aber das wäre ich auch, wenn ich hier blieb und mich im Haus vor jenen Angelegenheiten versteckte, die ich klären musste.

Ich würde mich später in Ruhe bei ihr melden und hoffte, dass sie es verstehen würde.

Oben im Bad machte ich so leise wie möglich eine Katzenwäsche und schlich nach unten. Als ich die Tasche auf den Rücksitz meines Autos warf und das erste Streulicht am wolkenlosen Horizont hervorbrach, wusste ich, dass es richtig war, abzureisen. Der Morgen war klar und frisch. Kühle Tautropfen benetzten das Gras und ein Frösteln kroch meine nackten Arme empor. Es war deutlich spürbar, dass der Hochsommer allmählich in seine späte Phase überging.

Jennas Zeichnung legte ich auf den Beifahrersitz, auf dem sie so oft gesessen hatte. Eisern kämpfte ich gegen den Impuls an, noch ein paar Tage zu bleiben und auf mein Zimmer zurückzugehen.

Denn was würde es mir bringen, als den unweigerlichen Abschied nur hinauszuzögern? Mit jedem Tag in Jennas Nähe würde meine Abreise nur schwerer werden. *Okay, an diesem Punkt war ich schon gewesen*, dachte ich grimmig. Ich drehte mich nur im Kreis, wenn ich noch länger darüber nachgrübelte.

In der Küche klemmte ich mir meine Bücher und meinen Laptop unter den Arm und schaute mich wehmütig um. So viele Momente hatten Jenna und ich hier miteinander geteilt. Bei der Erinnerung an unser erstes Zusammentreffen huschte ein bitteres Lächeln über mein Gesicht. *Burger? Wie Cheeseburger?*, hallten ihre Worte in mir wider.

Leise ging ich noch einmal durch die unteren Räume und ließ die jeweiligen Erinnerungen, die mit ihnen verknüpft waren, in mich einsinken.

Beim nächsten Schritt jedoch rutschte das dickste Buch, das ich blöderweise ganz oben balancierte, vom Stapel, fiel herunter und krachte polternd auf das helle Eichenparkett des Wohnzimmers.

Vor Schreck biss ich mir auf die Zunge und unterdrückte ein schmerzgeplagtes Fluchen. Doch offenbar hätte es gar nichts geändert, denn oben ging die Tür auf – Jenna war wach geworden.

Ich erstarrte zur Salzsäule.

Jenna

»Nein … nein, das tust du nicht«, wisperte ich lautlos in die Dunkelheit hinein.

Gerade hatte ich mich noch einmal umdrehen wollen, um nach dieser wirren und unruhigen Nacht voller diffuser Träume und Gedankenkarusselle noch ein wenig Schlaf zu erhaschen, da hatte ich unten ein lautes Poltern gehört, als hätte jemand einen schweren Gegenstand fallen lassen.

Schlaftrunken war ich aus dem Bett gestiegen und auf den Flur getappt, um nachzusehen, was passiert war.

Nun hatte ich Tom erblickt, seinen gesamten Stapel Bücher auf dem Arm, bis auf eines, das am Boden lag und den Krach verursacht hatte. Es dämmerte bereits, aber ich spürte genau, dass er keine frühmorgendliche Lerneinheit in seinem Zimmer einlegen wollte, sondern … ich wagte den Gedanken nicht zu Ende zu führen. Er sah aus wie jemand, der gerade die Flucht hatte ergreifen wollen.

Er hob den Kopf und schaute schuldbewusst zu mir hoch

»Was tust du denn da so früh am Morgen?«, fragte ich ungläubig und mir wurde klar, dass dies die ersten Worte waren, die ich nach unserem Kuss zu ihm sagte. Darum kamen sie mir auch so verkehrt vor. Viel lieber wollte ich ihn ganz andere Dinge fragen.

»Wie geht es dir? Hast du gut geschlafen? Was wollen wir heute Schönes unternehmen?«

Mechanisch legte er den Stapel auf der Couch ab und hob wie in Zeitlupe das heruntergefallene Buch vom Boden auf.

»Hi, Jenna«, sagte er zögernd und seine Stimme klang, als wäre er bei etwas erwischt worden.

Barfuß lief ich ein paar Stufen sie Treppe hinunter.

Einige Sekunden lang war kein Geräusch zu hören und wir schauten uns nur an. Ein kühler Hauch umspielte meine nackten Beine und als ich die offene Haustür bemerkte, wusste ich, woher er kam.

»Bitte sag mir, dass du dich nicht einfach so verpissen wolltest.« Die trügerische Ruhe meiner Stimme war nur der Vorbote des Sturmes, der in mir tobte – mächtiger als jeder andere, den ich bisher erlebt hatte. Meine Wut, mit der ich in diesem Sommer schon mehrmals Bekanntschaft gemacht hatte, ließ sich nicht mehr länger kleinhalten. Meine Hände begannen zu zittern, als würde mich jemand schütteln. Toms ausweichender Blick bestätigte mir, dass ich richtiglag.

»Jenna, ich …«, setzte er an und brach dann ab, da ihm offenbar die Worte fehlten.

»Wolltest du?« Meine Stimme hatte eine schneidende Kälte angenommen und meine bebenden Hände ballten sich zu Fäusten.

»Ich … hätte mich später bei dir gemeldet«, stammelte er reumütig.

Ich stieß ein höhnisches Lachen hervor und vergrub meine Hände in meinen Locken, als wollte ich sie mir ausreißen. Erst jetzt begriff ich es vollends. Er hatte tatsächlich abhauen wollen.

»Was habt ihr Kerle eigentlich für ein verdammtes Problem?«, schoss ich ihm wütend entgegen und spürte, wie sich mein Gesicht zu einer zornigen Grimasse verzerrte.

»Was meinst du?«, fragte Tom und versuchte wie immer ruhig zu bleiben, was mich noch aufgebrachter werden ließ.

»Na, ihr macht, was ihr wollt, nehmt euch, was ihr braucht, und haut dann einfach ab, ohne irgendetwas zu klären!« Während ich ihn anschrie, fuchtelte ich wild mit meinen Händen herum. »Als wäre nie was gewesen!«, fügte ich zischend hinzu und funkelte ihn an.

Tom trat einen kleinen Schritt auf mich zu.

»Lass uns kurz hinsetzen, okay?«, schlug er vor, woraufhin ich mürrisch schnaufte, denn ich wollte mich weder hinsetzen noch konnte ich im Augenblick seine Nähe ertragen.

»Ich stehe ganz gut hier«, wetterte ich und verschränkte meine Arme vor der Brust, um meinen Standpunkt deutlich zu machen.

»Genau solch eine Abschiedsszene wollte ich vermeiden«, sagte Tom nüchtern und begann, sich wieder hinter seiner typischen Sachlichkeit zu verschanzen, die mich schier rasend machte.

»Du mit deiner … blöden britischen Beherrschtheit!« fuhr ich ihn an.

»Meiner was?«

»Ach nichts, vergiss es!« Ich machte eine wegwerfende Handbewegung.

»Was genau wirfst du mir vor?« wollte Tom wissen.

War das sein Ernst? Ich konnte nicht glauben, dass er sein Verhalten so locker nahm.

»Dass du ohne ein Wort abhaust, nach allem, was zwischen uns passiert ist, und dass es dir scheinbar scheißegal ist!«

Bevor er antwortete, nahm er einen tiefen Atemzug.

»Das Erste stimmt … nur halb. Der Rest stimmt nicht«, erwiderte er beherrscht und schaute mich durchdringend an.

»Trotzdem habe ich es endgültig satt, so mies behandelt zu werden!«, fauchte ich und machte eine ausladende Geste, mit der ich die gesamte Welt miteinschloss. Nahezu alles und jeder schien sich gegen mich verschworen zu haben. Angefangen damit, dass ich für mein Traum-Studium nicht zugelassen worden war, dann meine Jugendliebe, die sich meine beste Freundin geschnappt hatte, meine Reise, die krachend ins Wasser gefallen war, bis hin zu meiner Familie, die auseinanderzubrechen drohte. Und zur Krönung wollte sich Tom auch noch verpissen. Und langsam reichte es mir!

»Dann zieh deine Grenzen«, riss Tom mich aus meinen

grimmigen Gedankenspiralen. Anklagend deutete ich auf ihn.

»Ja! Tue ich! Und mit dir fang ich an!«

Überrascht zog er die Augenbrauen hoch, schwieg jedoch, als wartete er, was nun wohl kam.

»Ich wollte dich hier gar nicht treffen«, legte ich los und stieg noch eine Stufe zu ihm hinunter, sodass unsere Gesichter auf gleicher Höhe waren. Sein Blick ruhte auf mir, doch diesmal fiel ich nicht auf seine Augen herein, egal wie besonders sie waren.

»Alles, was ich wollte, war meine verdammte Ruhe und du hättest schon von Anfang an verschwinden müssen, weil es unser Haus ist! Ich hasse es, dass du hier warst und dass du es nur darauf angelegt hast, dass ich mich in dich …« Abrupt brach ich ab und legte erschrocken eine Hand auf meinen Mund. Nein, das wollte ich ihm auf keinen Fall offenbaren.

»Was, Jenna?«, fragte er nachdrücklich. »Dass du dich in mich verliebt hast?«

Betreten senkte ich den Kopf und fühlte mich verraten und bloßgestellt. Nervös bewegte ich die Zehen meiner nackten Füße.

»Ich habe es nicht darauf angelegt«, verteidigte sich Tom. »Im Übrigen geht es nicht nur dir so. Was ich gestern auf dem Turm zu dir gesagt habe, ist absolut die Wahrheit.«

Ich brauchte gefühlte Ewigkeiten, bis ich imstande war, meinen Kopf zu heben und ihn anzuschauen. Sein Gesicht war ernst und sein Fokus nach wie vor unverwandt auf mich gerichtet.

»Trotzdem wolltest du dich einfach davonschleichen«, gab ich vorwurfsvoll zurück.

»Ja, okay, das war … blöd«, lenkte er ein. »»Aber sieh uns an, Jenna. Du kämpfst mit deinen Verletzungen und irgendeinem Chaos in deiner Familie. Und ich muss endlich mein Leben auf die Reihe kriegen und mir Gedanken um meine Zukunft machen. Der Abgabetermin sitzt mir im Nacken. Und ich muss mich meiner Familie stellen, die es mir nicht verzeiht, dass ich an Carmens Todestag nicht da war.«

Ja, da mochte er recht haben, was noch lange kein Grund war, sich nicht von mir zu verabschieden.

»Glaubst du, unter diesen verkorksten Vorzeichen würden wir ein gelungenes Zusammensein hinkriegen?« Seine Worte standen für einige Augenblicke bedeutungsschwer im Raum. Dann schloss ich die Augen und schüttelte unmerklich den Kopf, den ich wieder gesenkt hatte.

Plötzlich spürte ich seine Hand unter meinem Kinn und er hob es behutsam hoch, sodass ich gezwungen war, ihn anzusehen.

»Außerdem«, murmelte er, »… kann ich nichts mit dir anfangen, solange ich die Geschichte mit Katharina nicht geklärt habe.«

»Wir haben doch längst etwas angefangen«, widersprach ich heiser.

Er zog seine Hand zurück, senkte kurz die Wimpern und presste seine Lippen aufeinander, bevor er weitersprach. »Genau deshalb muss ich gehen. Und du weißt, dass es richtig ist. Sonst wärst du gestern Abend nicht weggegangen, sondern hättest geklopft.«

Fassungslos schnappte ich nach Luft und mein Herz stolperte über seinen eigenen Rhythmus. Die halbe Nacht hatte ich mich hin und her gewälzt und mich in endlosen Wiederholungsschleifen gefragt, was geschehen wäre, wenn kein Anruf uns gestört hätte. Und vor allem was geschehen wäre, wenn ich an seine Tür geklopft hätte.

Und Tom hatte gewusst, dass ich minutenlang davor gestanden hatte.

»Dann geh«, sagte ich tonlos und wollte mich ein Stück die Treppe hinaufschleichen, als er meinen Rücken umfasste, mich zu sich heranzog und sein Gesicht für einige Sekunden an meinem Hals vergrub. Wortlos gab er mich frei, griff in seine Hosentasche und legte einen gefalteten Zettel auf die Sitzfläche der Couch. Dann klaubte er den Bücherstapel zusammen und lief in die Diele. Von dort sah er mich noch einmal an. Stocksteif stand ich da und unsere Blicke schickten geheime Botschaften durch den Raum, die nur wir verstehen konnten.

»Vertrau der Zeit, Jenna«, sagte er, bevor er hinaustrat und die Haustür hinter sich ins Schloss zog.

***

Bis Tom seinen Wagen startete, schaffte ich es noch, meine Tränen zurückzuhalten. Als das Gebrumm des Motors in der Ferne verstummt war, ließ ich mich auf die Couch fallen und schluchzte hemmungslos. Eine riesige Welle aus Traurigkeit und Wut schwappte über mich.

Natürlich hatte ich gewusst, dass unsere gemeinsame Zeit hier irgendwann ein Ende haben würde. Und es traf mich erst recht wie tausend Schläge, dass er versucht hatte, sich klammheimlich davonzumachen. Und er hätte es durchgezogen, wenn ich ihn nicht bei seiner Nacht-und-Nebel-Aktion erwischt hätte. Ich konnte nicht mal sagen, was besser gewesen wäre – diese letzte Szene zwischen uns oder dass ich seine stillschweigende Abreise verschlafen hätte. In jedem Fall fühlte ich mich schrecklich.

Zweimal verlassen zu werden innerhalb eines Sommers, dazu meine Familie, die gerade auseinanderbrach – so viel schlechtes Karma konnte noch nicht einmal ich angehäuft haben. Warum war das Leben so? Warum handelten Menschen, wie sie handelten? Und warum tat es immer wieder so weh?

»Scheiße!«, brüllte ich und schlug mehrmals mit der Faust auf das hellgraue Polster ein. Dann lag ich eingerollt wie ein Embryo da, heulte und gab mich dem düstersten Weltschmerz hin, weil für mich gar nichts mehr von Bedeutung war.

Nachdem ich mich beruhigt hatte, richtete ich mich umständlich auf und trottete mit hängenden Schultern hoch ins Bad, wo ich mit weiteren ernüchternden Beweisen von Toms

294

Abreise konfrontiert wurde. Auf dem Ablagebord standen nur noch meine Sachen.

Es war zu merkwürdig. Noch vor ein paar Wochen hatte ich hier unbedingt allein sein wollen und hatte mich von Toms Anwesenheit anfänglich gestört gefühlt. Inzwischen hatte es sich ins Gegenteil verkehrt. Seine Abwesenheit schmerzte, da es definitiv keine vorübergehende war.

Diesmal würde er nicht in zwei Tagen zurückkommen. Weiß der Geier, ob wir uns jemals wiedersehen würden.

Wie konnte jemand, der bis vor kurzem noch gar nicht in meinem Leben gewesen war, innerhalb dieser wenigen Zeit einen so großen Platz in meinem Herzen einnehmen? Das alles musste einen Sinn haben!

Jetzt, wo Tom weg war, gab es für mich auch keinen Grund mehr, noch viel länger zu bleiben, zumal Eric mich gestern ohnehin beschworen hatte, nach Hause zu kommen.

Ich stellte mich unter die Dusche und drehte den Regler auf sibirisch kalt. Die eisigen Wassertropfen prasselten wie tausend Nadelstiche auf mich ein und meine gedämpften Schreie verhallten ohne Echo. Endlose Minuten verharrte ich unter dem Wasserstrahl.

Anschließend lief ich nur in ein Handtuch gewickelt und mit meinem Handy in der Hand nach unten und bemerkte im Vorbeigehen das Stück Papier, das Tom vorhin auf die Couch gelegt und das ich völlig vergessen hatte.

Ich setzte mich auf die Sofakante und griff danach. Es war etwas darin eingewickelt. Neugierig faltete ich den Zettel auseinander und Toms Schlüsselanhänger fiel mir in den Schoß. Langsam hob ich Snoopy hoch und blinzelte die Tränen weg, die erneut in mir aufstiegen. Die Erinnerung an das, was er zwischen uns ausgelöst hatte, durchströmte mich und ich zog schniefend die Nase hoch.

Was hatte Tom sich nur dabei gedacht? fragte ich mich. *Sollte dieser blöde Snoopy mich etwa daran erinnern, was nicht sein durfte?*

Gerade als ich den Zettel schon achtlos zerknüllen und in die Ecke pfeffern wollte, fiel mir auf, dass er nicht leer war. Sprachlos klappte mein Unterkiefer herunter, als ich die Worte darauf las. In Toms geschwungener Handschrift stand dort jener Satz geschrieben, der vor ein paar Wochen wie aus dem Nichts in mir aufgeblitzt und dessen Ursprung mir ein Rätsel geblieben war – bis zu diesem Augenblick.

Nächsten Sommer sehen wir uns wieder!

Fassungslos starrte ich auf die Worte. Wie konnte das nur sein? Hatte er sie aus meinem Kopf gestohlen? Während ich ergriffen den Zettel ansah, vibrierte mein Smartphone und mein unverkennbarer Klingelton schallte durch den Raum. Für den Bruchteil einer Sekunde dachte ich, es sei Tom, aber auf dem Display erschien eine unbekannte Nummer.

»Hallo«, meldete ich mich neugierig.

»Spreche ich mit Jenna Wilms?«, ertönte eine dunkle Männerstimme.

»Richtig«, bestätigte ich und setzte mich aufrecht in den Schneidersitz.

»Frau Wilms, mein Name ist Ronald Grams, Lehrbeauftragter der SRH Berlin. Sie hatten sich für einen Studienplatz bei uns beworben.«

Mittlerweile war ich vom Sofa aufgesprungen und lief mit hämmerndem Herzen in die Bibliothek.

»Ja«, hauchte ich nur schwach.

»Leider ist uns ein Fehler beim Mailversand unterlaufen. Bei der Überprüfung hat sich herausgestellt, dass Sie irrtümlicherweise das Ablehnungsschreiben erhalten haben. Und ich möchte Ihnen mitteilen, dass Sie fürs Wintersemester zum 1. Oktober bei uns zugelassen sind.«

Ich presste meine Hand auf den Mund, um meinen Aufschrei zu unterdrücken, da ich nicht glauben konnte, was ich gerade gehört hatte.

»Im Ernst?«, quiekte ich schrill, doch es war mir gerade reichlich egal, was dieser fremde Mann von mir dachte. Ich durfte mein Studium beginnen! Und zwar genau das, von dem ich immer geträumt hatte!

»Im Ernst«, wiederholte Herr Grams amüsiert. »Und wir möchten uns für den Fehler entschuldigen. Sie müssten allerdings innerhalb von drei Tagen zu uns nach Berlin kommen, um so schnell wie möglich die Formalitäten zu erledigen«, fügte er hinzu.

»Gar kein Problem«, versicherte ich und wollte noch immer am liebsten losschreien.

»Sehr schön. Dann erwarten wir Sie. Melden Sie sich dann bitte im Sekretariat. Ich schicke Ihnen die Details gleich per E-Mail zu. Wir freuen uns, Sie begrüßen zu dürfen, Frau Wilms.«

»Ich … danke Ihnen«, sagte ich überschwänglich und sobald ich aufgelegt hatte, ließ ich meinen unterdrückten Schrei endlich heraus, hüpfte lachend durchs Zimmer und riss vor übersprudelnder Dankbarkeit meine Arme hoch. Diesmal waren es Freudentränen, die mein Gesicht hinabliefen. Endlich war etwas Gutes passiert – und zwar etwas richtig Gutes!

»Yes! Yes! Yes!«, jubelte ich und wusste kaum, wohin mit mir. Als ich auf mein Handy blickte, war die versprochene Email eingetroffen. Ich konnte es noch immer nicht fassen, dass sich mein sehnlichster Wunsch tatsächlich erfüllte.

Völlig aus dem Häuschen rannte ich mit dem Zettel, Snoopy und dem Handy hoch in mein Zimmer, sprang aufs Bett und trommelte mit meinen Fäusten glücklich auf die Matratze ein, wobei sich das Handtuch, in das ich noch immer gewickelt war, löste. Es wurde wirklich Zeit, dass ich mich anzog. Nein, es wurde höchste Zeit, dass ich abreiste! Schließlich hatte ich nur drei Tage, um nach Berlin zu kommen. Und jetzt hatte ich den allerbesten Grund zu fahren – einen viel schöneren, als ich es vor einer halben Stunde noch zu träumen gewagt hätte.

Andächtig hob ich Toms Abschiedsgrüße vom Bett auf und schaute zuerst Snoopy und dann seine Worte an.

»Na, mal schauen, Major Tom«, sagte ich mit einem zaghaften Lächeln auf den Lippen.

Es war, als wäre ein Puzzleteil an seinen Platz gefallen, um meinem Leben endlich jene Richtung zu verleihen, die ich so dringend brauchte. Und ich begann allmählich zu begreifen, dass meine Reise nicht zu Ende war, sondern gerade erst angefangen hatte.

Playlist

Space Oddity – David Bowie

Shape of You – Ed Sheeran

Fuck You – Lily Allen

Lost – Mogli

Fix You – Coldplay

The Wreck of Our Hearts – Sleeping Wolf

Spark – Amy Macdonald

Don't Stop Me Now – Queen

1000 KM bis zum Meer – Luxuslärm

Myth – Beach House

High Hopes – Kodaline

Take Me Out – Franz Ferdinand

It Takes a Fool – Fritz Kalkbrenner

A Thousand Years – Christina Perri

Danksagung

Ich danke Dir, schöne Seele, die Du dieses Buch gelesen hast. Es freut mich, wenn Du eine bereichernde Zeit damit hattest und vielleicht sogar einen Unterschied in Deinem Sein erfahren kannst.

Mein tiefer Dank geht an meine wunderbare Mentorin und Lektorin Bettina Kyrala Belitz. Auf meinem Weg von der Idee bis zum fertigen Buch durfte ich so viel von ihr lernen. Ihre Impulse, klugen Fragen, ihr ehrliches Feedback und auch ihre sanfte Strenge, haben mich gefordert und befähigt, mein bestmögliches Buch aus meinem Höheren Selbst heraus entstehen zu lassen.

Großer Dank geht an Tina Hörnicke für das hochqualitative Korrektorat und an Sophie Obwexer für den Buchsatz, der künstlerisch und ästhetisch meinen höchsten Ansprüchen gerecht geworden ist. Gerne immer wieder.

Danke an Bianca Wagner von Cover Up – Buchcoverdesign für diese besondere Covergestaltung.

Danke auch an Sascha Guse für die Erstellung meines Webauftritts.

Weiterer Dank geht an alle Menschen, die mich auf die verschiedensten Weisen auf meinem Weg unterstützt und an mich geglaubt haben.

Zudem danke ich zutiefst auch meiner Seele, die diese Geschichte empfangen und in die Welt gebracht hat.

Namasté
Dorit Lehmann

KALEIDOSKOP HERZEN

In die Tiefe

Jenna

Nachdem ich den Wagen direkt an der Dorfstraße geparkt hatte, stieg ich mit Mama und Eric aus und streckte mich wohlig der Oktobersonne entgegen. Es war ein ungewöhnlich milder und klarer Tag und ich freute mich, noch einmal mein türkisfarbenes Trapezkleid tragen zu können, dessen Saum sanft meine Oberschenkel umspielte. Von den bequemen Sneakers, die ich zum Autofahren angehabt hatte, wechselte ich rasch in meine hellgrünen Sandalen mit leichtem Absatz, die perfekt zum Outfit passten.

Zusammen liefen wir auf den anthrazit geklinkerten Bungalow zu, dessen quadratische Architektur und klare Linien sich inmitten all der Spitzdachhäuser kontrastreich abhoben. Der Bruder meiner Mutter war schon immer ein Individualist gewesen und das Wort *Anpassung* schien in seiner Welt schlichtweg nicht zu existieren.

Von drinnen drang gedämpfte Jazzmusik heraus; die Feier schien bereits im Gange zu sein.

Beherzt drückte ich auf den Klingelknopf. Nach nur wenigen Sekunden ging schwungvoll die Tür auf und mein Onkel empfing uns mit offenen Armen.

»Wenn das nicht meine Lieblingsfamilie ist«, begrüßte er uns gutgelaunt.

»Alles Liebe zum Geburtstag«, wünschte ich ihm und schmiegte mich als Erstes an ihn, bevor er mich bei den Schultern nahm, ein Stückchen von sich abrückte und mich mit einem breiten Lächeln betrachtete.

»Ich danke dir, mein Goldschatz. Die Großstadt bekommt dir unglaublich gut. Du siehst wunderschön aus.«

»Danke, du auch«, gab ich sein Kompliment keck zurück und meinte es ernst. Für seine frischen 55 Jahre hatte er sich großartig gehalten und war sportlich und vital. Seine wachen blauen Augen und grau melierten Schläfen verliehen ihm die Ausstrahlung eines klugen Professors.

»Schön, dass ihr da seid. Legt erst mal ab, die Bescherung machen wir später.« Er winkte uns herein und umarmte meine Mutter. »Charlie, mein Herz.«

Sie hielten sich einen Moment länger in den Armen, als könnte er ihr dadurch einen Teil ihres inneren Schmerzes nehmen, den sie nach außen so entschieden zu verstecken versuchte. Meinem Bruder klopfte er kumpelhaft auf den Rücken.

»Seid ihr gut hergekommen?«

»Jen ist gefahren wie ein Henker«, brummte Eric und legte sich seine Kopfhörer um den Hals.

»Gar nicht wahr!«, entrüstete ich mich und wollte ihm gegen den Arm boxen. Geschickt wich er mir aus und ich musste lachen. Ich war froh, hier zu sein und ein paar unbeschwerte Stunden zu verbringen.

Meine Mutter suchte kurz das Bad auf, um sich frisch zu machen und Eric ging schon einmal vor; wahrscheinlich wollte er das Buffet abchecken. Er hatte nahezu immer Hunger und konnte zu jeder Tages- und Nachtzeit essen. Normalerweise müsste er das Dreifache wiegen, doch aus irgendeinem Grund blieb kaum ein Gramm an ihm haften.

»Ich habe etwas ganz Tolles für dich«, verkündete ich Martin und freute mich bereits, ihm meine neueste Zeichnung zu überreichen – ein Dreimastschoner auf wogenden Meereswellen. Mit einem solchen Segelschiff war er im letzten Jahr auf einer Kreuzfahrt durch die Karibik unterwegs gewesen.

»Ich habe auch eine Überraschung«, entgegnete er, während wir uns Arm in Arm Richtung Wohnzimmer bewegten.

»Du hast heute Geburtstag und bekommst die Überraschungen«, widersprach ich lächelnd.

»Nun, diese ist ganz speziell für dich«, raunte er geheimnisvoll, als wir im Türrahmen stehen blieben. Die Herbstsonne schien durch die bodentiefen Fenster und tauchte den großzügigen Raum in goldenes Licht. Die ersten Gäste hatten sich bereits versammelt, nippten an ihren Getränken und unterhielten sich angeregt.

»Hast du mir wieder etwas von deinen Reisen mitgebracht?«, wollte ich gespannt wissen. Er bedachte mich stets mit einer besonderen Kleinigkeit aus jedem Land, das er besuchte.

»Nicht ganz.« Seine Stimme war immer noch gedämpft. Mein Blick war seinem gefolgt und schweifte umher, bis mein Herz einen unerwarteten Hopser machte und ich kurz den Atem anhielt.

Es war nicht *etwas* – es war *jemand*.

Tom.

Er befand sich inmitten der Gäste, als wäre er hier zu Hause und unterhielt sich mit einer älteren Dame. Fassungslos riss ich meinen Blick von ihm los und starrte Martin mit offenem Mund an.

»Du hast ihn eingeladen«, krächzte ich, nachdem ich meine Sprache halbwegs wiedergefunden hatte. Es war mehr eine Feststellung, als eine Frage.

»Ich dachte mir, dass es dich vielleicht freuen würde.« Verschwörerisch lächelte er mich an.

Wie angewurzelt stand ich da, während mein Herz pochend vor sich hin stolperte. Seit unserem unglücklichen Abschied vor drei Monaten hatten wir uns nicht mehr gesehen und zwischendurch nur einmal kurz geschrieben.

Nun war er hier, im Hause meines Onkels – mal wieder.

Nur war es dieses Mal kein Zufall. Obwohl ich wusste, dass seine Eltern mit Martin befreundet waren, hatte ich nicht einmal zu träumen gewagt, Tom so unerwartet wiederzusehen.

»Alles in Ordnung?«, fragte mich Martin, als könnte er mein trommelndes Herzklopfen hören.

»Äh … ja«, stotterte ich und schluckte trocken. »Ich … habe nur nicht damit gerechnet, dass er hier ist.«

»Als ich ihn eingeladen habe, hatte ich den Eindruck, dass er sich darüber freut.«

Ich schaute meinen Onkel an, als hätte er mir gerade das bestgehütete Geheimnis des Universums verraten und wusste nichts darauf zu erwidern. Dann sah ich wieder zu Tom und genau in diesem Moment drehte er sich um und wandte sein Gesicht in meine Richtung. Unsere Blicke trafen sich und sein vertrautes Halblächeln schien die Entfernung zwischen uns schrumpfen zu lassen, als würden sich Zeit und Raum auflösen.

Plötzlich spürte ich eine Hand in meinem Rücken, die mich sachte ins Zimmer schob. Wie in Zeitlupe setzte ich mich in Bewegung und lief Tom so vorsichtig entgegen, als balancierte ich auf einem Seil in luftiger Höhe.

Tom entfernte sich von der alten Dame, mit der er sich unterhalten hatte und kam ebenso langsam auf mich zu, bis wir direkt voreinanderstanden – mitten im Raum.

»«Hallo. Jenna«, begrüßte er mich leise und seine Stimme war genauso ruhig und tief, wie sie sich mir ins Gedächtnis gebrannt hatte. Sofort durchströmte mich dieselbe pulsierende Vibration, die ich auf Rügen permanent in seiner Gegenwart gespürt hatte. Und die Erinnerung an unsere verkorkste letzte Begegnung verstärkte meine Aufregung ins Unerträgliche.

»Hi, Tom.« Meine Stimme war kaum mehr als ein Hauchen. In dem verzweifelten Versuch, meine Nervosität abzubauen, strich ich mein Kleid mit meinen feuchten Handflächen glatt.

Tom hingegen sah kein bisschen überrascht aus, was kein

Wunder war – schließlich hatte er sich auf unser Wiedersehen vorbereiten können, während ich gerade ahnungslos hineingeraten war.

»Es ist doch noch gar nicht Sommer«, hörte ich mich leise sagen.

Über die Autorin

»Mein größter Wunsch ist es, Menschen mit meinen Buchhelden und ihren Geschichten tief im Herzen zu berühren.«

Seit sie selbst lesen konnte, liebt Dorit Lehmann Bücher über alles und hatte immer mit Ihnen zu tun – ob Zuhause, in Bibliotheken oder im Buchhandel.

Nun hat sie der Welt ihr eigenes Debüt geschenkt – der Auftakt zu einer Seelentrilogie, die die magische Verbindung von Jenna und Tom erzählt.

Dorit lebt in Hamburg und ist, wann immer es geht, in der Natur unterwegs, wo sie Kraft und Inspirationen schöpft.